欧洲十大
犯罪推理小说家
作品系列

不
到
最
后
·
没
有
真
相

欧洲十大犯罪推理小说作家作品系列

（冰岛）阿诺德·英德里达松

《沉默的墓地》 *Silence of the Grave*

《罪夜》 *Reykjavik Nights*

《瓮城谜案》 *Jar City*

《诡异海岸》 *Strange Shores*

《暴怒》 *Outrage*

《血色天籁》 *Voices*

《暗黑无界》 *Black Skies*

《干涸的湖》 *The Draining Lake*

《低温症》 *Hypothermia*

《寒城疑云》 *Arctic Chill*

沉默的墓地

[冰岛] 阿诺德·英德里达松 著

张露 译

SILENCE

OF

THE GRAVE

新 华 出 版 社

图书在版编目（CIP）数据

沉默的墓地 / (冰) 阿诺德·英德里达松著；张露译.
北京：新华出版社, 2016.12
书名原文: Silence of the Grave
ISBN 978-7-5166-2992-5

Ⅰ. ①沉…　Ⅱ. ①阿…　②张…　Ⅲ. ①侦探小说－冰岛－现代
Ⅳ. ①I535.45

中国版本图书馆CIP数据核字(2016)第285102号
著作权合同登记号：01-2015-7187

沉默的墓地

作　　者：[冰]阿诺德·英德里达松		译　者：张　露	

选题策划：黄绪国　　　　　　　　　　责任印制：廖成华
责任编辑：高映霞　　　　　　　　　　封面设计：臻美书装

出版发行：新华出版社
地　　址：北京石景山区京原路8号　　邮　编：100040
网　　址：http://www.xinhuapub.com
经　　销：新华书店、新华出版社天猫旗舰店、京东旗舰店及各大网店
购书热线：010－63077122　　　中国新闻书店购书热线：010－63072012

照　　排：臻美书装
印　　刷：北京凯达印务有限公司
成品尺寸：148mm×210mm
印　　张：9.625　　　　　　　　　　字　数：210千字
版　　次：2017年1月第一版　　　　　印　次：2017年12月第二次印刷
书　　号：ISBN 978-7-5166-2992-5
定　　价：29.00元

1

　　小女孩坐在地上，嘴里啃着她的玩具。他拿过玩具，一眼就看出那是一根人的骨头。

　　屋里的生日派对正值高潮，孩子们的喧闹声震耳欲聋。送比萨的小伙一来，参加派对的孩子们便一拥而上，狼吞虎咽地吃着比萨、喝着可乐。吃饱喝足之后，他们便像突然接到指令一般，纷纷跳下桌子，又开始互相追逐打闹起来。有些孩子手里拿着仿真机枪和仿真手枪，年纪小一点的则拿着汽车或者恐龙模型。一旁观看的他现在是一头雾水，完全搞不清楚他们在玩的到底是什么游戏，只觉得闹哄哄的。

　　小寿星的母亲正在用微波炉做爆米花。她告诉那个男人，她会打开电视机放部录像什么的，想办法让孩子们安静下来。要是这样还不行的话，她就把他们都赶回自己家去。这已经是第三次庆祝儿子的八岁生日了。想想看，连续三次生日派对！她已经要抓狂了。第一次，全家一起去了一家超级贵的汉堡包店，店里放着震耳欲聋的摇滚乐；第二次，他们邀请了亲朋好友，场面盛大得像是在为他行坚信礼；今天这一次，儿子自己邀请了同学和邻居家的小朋友们。

她打开微波炉，取出已经弄好的爆米花，又放了一袋进去。她暗想，明年儿子的生日一定要从简，而且办一个足矣——她小的时候一年也就只办一次生日派对而已。

客厅沙发上坐着的年轻男人似乎完全置身事外，什么忙也帮不上。她本想跟他聊会儿天，但最终还是放弃了，跟他待在一起让她觉得很不自在；吵闹的孩子们更是让她不知所措，想要好好地聊个天几乎是不可能的。他就那样愣愣地坐着，盯着天花板，一声不吭，更别说来帮忙了。他肯定是太腼腆了吧，她这样想。

她跟他并不相识。他是她儿子的朋友的哥哥，大约二十五岁，比她小了差不多二十岁。他骨瘦如柴，手指细长；人很腼腆，进门跟她握手时掌心还出了点儿汗。他是来接弟弟回家的，但他弟弟玩得正起劲，不愿意回去。派对马上就要结束了，就进来等一会儿吧，她跟他说。他告诉她，他父母的房子就在这附近，不过他们都出国了，现在是他在照看弟弟，他自己还在城里租了一套房。他站在走廊局促不安，而他的弟弟却又溜回到了混乱的孩子堆里。

此时，他坐在沙发上注视着小寿星的妹妹。小姑娘一岁左右，身穿白色花边裙，头上系着蝴蝶结，在一间儿童卧室门前爬来爬去，时不时地自言自语着。一个人在陌生的环境，这让他浑身不自在。他一边在心里骂着弟弟，一边想着要不要到厨房帮下忙。小寿星的母亲告诉他，孩子的父亲下班很晚。他只是点了点头，勉强地笑了笑，婉言拒绝了小寿星的母亲递给他的比萨和可乐。

他注意到，小女孩手里拿着玩具，坐在那里使劲地啃着，口水流个不停。他猜她一定是正在长牙齿，所以才会倍感不适。

他开始好奇她那玩具到底是个什么玩意儿。此时，她停了下来，翻过身坐在地板上，张着嘴看着他，一串口水流到了胸前。接着，她又把玩具放回嘴巴里啃了起来，并慢慢地朝他爬过来。爬着爬着，她做了个鬼脸，然后咯咯地笑起来，玩具便从嘴里掉下来，滚到了一边。她找了好一会儿才把它找到，一只手握着又朝他爬来。她慢慢地爬到沙发旁，停了下来，然后抓住沙发扶手，站到他身旁——尽管她还站不太稳，但她似乎还是很满意自己的这个小成就。

他拿过她的玩具，仔细地端详了起来。小女孩一脸困惑地盯着他，随后使出吃奶的劲儿大哭起来。他很快便发现，那是一根人的骨头—— 一根肋骨，大约十厘米长。骨头呈米白色，表面已经被磨得很光滑了，断口里面都是像泥土一样的褐色斑点。

他想，这应该是肋骨前端的一部分，而且年代久远。

听到小女儿的哭声后，小寿星的母亲向客厅望去，看到女儿站在那个陌生人身旁。于是，她放下手中的爆米花，走过去抱起女儿，瞪着那个男人。他呆呆地坐在那里，好像并没有注意到旁边的她和她正在哭闹的小女儿。

"怎么了，小宝贝？"她安抚着女儿，急切地问道。说话间，她提高了嗓门，试图盖过孩子们的嬉闹声。

男人抬起头，慢慢地站起来，把骨头递给了她。

"她从哪里弄来的这个？"他问道。

"什么东西？"她问。

"这根骨头。"他回答道，"她是从哪里得到的这根骨头？"

"骨头？"她又重复了一遍。小女孩看到骨头后立刻安静了下来，伸出手想要抓住它。她目不转睛地盯着它，嘴里的口水依旧流个不停。终于，她抢到了骨头，拿在手里摆弄着。

"我觉得那是根骨头。"男人说道。

小女孩把骨头放进嘴里，又安静了下来。

"她嘴里啃的东西，"他说，"我认为，那是人的骨头。"

母亲看见女儿正在啃着那根骨头。

"我以前从来没见过这东西呀。人的骨头？什么意思？"

"我觉得，那是人的肋骨的一部分。"他说，然后又解释道，"我是学医的，已经读了四年多了。"

"胡说八道！这是你带过来的吗？"

"我？当然不是。你知道这是从哪里来的吗？"他问道。

她看了看女儿，用力地把骨头从她嘴里拽出来，扔到了地上。小女孩立刻号啕大哭起来。男人捡起骨头，又仔细地看了看。

"她哥哥可能知道……"

他看着那位母亲。她不知所措地站在那里，瞟了一眼哭哭啼啼的女儿，看了看骨头，环顾了一下四周；接着，她的目光又落回到了那根骨头和那个陌生人的身上。最后，她终于发现了自己的儿子，他正从一间儿童卧室里跑出来。

"托蒂！"她大声叫道。儿子并没有理会她。她费了九牛二虎之力才把儿子从人群中拉到了那个医学院的学生身旁。

他把骨头递给小男孩，问道："这是你的吗？"

"是我找到的。"托蒂心不在焉地回答道，他不想错过自己生日派对的任何一个瞬间。

"在哪找到的？"他母亲问道。她放下怀里的小女儿，小女儿抬头看着她，好像又要哭起来。

“外面。”小男孩回答道，“我觉得它很好玩，就把它洗干净带回来了。”他气喘吁吁，脸颊边不停地淌着汗。

“什么时候？什么地点？你在那里干什么？”他母亲继续追问道。

小男孩一脸茫然地瞟了一眼自己的母亲，他不知道自己是不是犯了什么错，但是母亲的表情似乎说明了一切。他在心里琢磨着到底是怎么回事。

“应该是昨天吧。”他说，“在出门这条路尽头的工地地基那里找到的。怎么了？”

他的母亲和男人互相对视了一眼。

“你能带我们去那里吗？”她问道。

“现在就要吗？今天可是我的生日啊。”他说。

“是的。”他的母亲命令道，“现在就指给我们看。”

她抱起坐在地板上的小女儿，拉着儿子往大门方向走去。年轻男子紧随其后。屋里的其他孩子们顿时也安静了下来，眼瞅着小寿星的母亲抱着小女孩、拖着小男孩出门去了。孩子们面面相觑，赶紧跟了出去。

这是去往雷尼斯瓦特湖沿途会经过的一片新开发的地产，名为“千禧街区”。该街区修建在格拉法尔霍特的山坡上，山顶上矗立着巨大的蓄水池，像守卫乡村的堡垒，里面都是褐色的地热水。蓄水池两侧的道路都已经修整完毕，非常平坦。道路两旁正在修建新的房屋，有的房子配有花园；花园里有刚刚铺设完的草坪，还种着小树苗，日后可以用来遮阳纳凉。

托蒂朝着蓄水池旁最高的地方走去，其他人兴致勃勃地跟在后面。新建的排屋向草地延伸开来，而在更远处的北面和东面，则是雷克雅未克人破旧的小木屋。在这片新开发的工地里，孩子们在半竣工的房子里玩耍。他们有的爬上脚手架，有的躲在高墙的影子里，还有的溜到最近才挖好的地基里玩起水来。

托蒂带着青年男子、母亲和紧随其后的一大群孩子走到其中一个地基旁，指出了自己找到那根奇怪的白色骨头的地方。当时，他觉得那根骨头非常平滑，也非常轻，于是就将它装进自己的口袋，准备拿回家珍藏起来。托蒂还记得他发现那根骨头的具体位置，他跳进地基，径直走到一片干燥的泥地旁。他的母亲让他离那里远点儿，并在年轻男子的帮助下也爬到了地基里。托蒂从母亲手里拿过骨头，放到泥土里。

"之前就是这么放着的。"他解释道，心里仍然觉得这根骨头不过是块有趣的石头。

这是周五的下午，没人在地基处施工。横梁已经被搭在两侧的墙壁上了，就等着用混凝土浇筑了；但是，在还没有垒起墙壁的地方，泥土还暴露在外面。年轻男子走到泥墙旁边，仔细勘查着小男孩发现骨头的地方。他用手指拨了拨泥土，发现里面好像埋着像上臂骨头一样的东西，这让他惊恐万分。

小男孩的母亲发现年轻男子死死地盯着土堆，便顺着他的目光看去，也发现了骨头。她走近一些，还发现了颚骨和一两颗牙齿。

她先是愣了一下，又回头瞟了一眼年轻男子，最后看向自己的女儿。突然，她开始猛擦女儿的嘴——似乎完全出于本能。

直到感觉到太阳穴一阵疼痛，她才意识到发生了什么事。他突然紧握拳头砸向她的脑袋，毫无预警。也许是事发突然，以至她没有察觉到他挥向自己的拳头。也许是她根本不相信他会对自己动手。这是他第一次打她。接下来的几年里，她常想，假如当时她离开了他，日子是不是会不一样？

当然，前提是他允许她这样做。

她惊恐万分地看着他，完全不明白他为什么会突然打她。在这之前，从来没有人打过她。况且，他们结婚才三个月而已。

"你打了我？"她摸着自己的太阳穴，问道。

"你以为我没看到你看他的眼神吗？"他怒道。

"他？你在说什么？你指的是斯诺里吗？看斯诺里的眼神？"

"你以为我没注意到吗？一副骚样！"

她以前从不知道他性格里还有这一面，也从未听过他用"骚样"这种措辞。他在胡说八道些什么呀。她和斯诺里只不过是在地下室的门口简单地说了几句话，感谢他帮她把落在雇主家的东西带了回来。她并没有请他进屋，因为她老公非常不愿意见到他，为此还常常发脾气。临别的时候，斯诺里讲了个关于一个大户人家的笑话——之前她给那个大户人家做过佣人，他们哈哈大笑之后就互相道别了。

"只不过是斯诺里啊，"她说，"用得着那么大反应吗？为什么你一整天心情都不好呢？"

"你是在抗议吗？"他逼近她，"我从窗口看到你们了。你围着他团团转，像个荡妇！"他继续吼道。

"不，你不能……"

他再次狠狠地给了她一拳，她摔倒在厨房的碗柜旁。这一切发生得太突然了，她都没来得及用手挡一下。

"不要再骗我了！"他咆哮道，"你看他的眼神，你和他的调情，这些我都亲眼看到了。你这个婊子！"

又是一个她头一回听到从他口里说出来的词。

"我的上帝！"她泪流满面地说道，嘴角还淌着血。"你为什么要这样？我到底做错了什么？"

他走到她跟前，俯视着她，摆出一副随时准备打她的架势。愤怒让他涨红了脸。他咬牙切齿，狠狠地跺了几下脚，然后猛地一个转身，大步流星地走了出去。她独自一个人呆坐在原地，一肚子苦水。

后来，她常常回忆起那个场景。她总想，如果她当时就愤然离去，永远离开他，而不是苦苦寻找一切理由来责备自己、为他开脱，生活是不是就能变成另外一副模样呢？一定是自己做错了什么，才会让他变成这个样子，只是自己不曾发现，她想。她应该等他回来后跟他好好解释一下，并保证会改正错误，然后继续从前平静的生活。

她从未见过他那副模样，不论是他跟她在一起，还是他跟其他人在一起。他平日是个安静的人，有时会比较严肃，有时甚至像个思想家。这正是初识时他吸引她的一点。当时，他在尤斯工作，受雇于她前东家的兄弟，也会帮忙给她前东家送东西。一年半前，他们就这样相遇了。他们俩年纪相仿，他曾经说他不想给别人打工了，想要试试自己出海，因为打鱼也能赚些钱。他想拥有自己的房子，自己当家做主人。他说，当劳工既压抑，又过时，还很廉价。

她也曾跟他说过，自己已经厌倦了给商人做女佣。她的东家是个吝啬鬼，而且经常调戏三个女佣；女主人是个很丑的老太婆，而且非常挑剔苛刻，喜欢对下人呼来唤去的。她没有什么特别的计划和目标，也不曾想过自己的未来。从儿时起，辛苦工作便是她生活的全部，除此之外再无其他。

他经常找些理由去拜访她的东家，顺便也会去厨房看看她。于是，他俩之间的话越来越多，互相之间知道的事情也越来越多。她很快就将自己有孩子的事情告诉了他。他说他知道她是位母亲，因为他向其他人打听过她。这是他第一次透露出对她的好感。女儿快要三岁了，她告诉他，还特地从后院里把正在和东家的孩子们玩耍的女儿带过来给他看。

他看到她女儿后，笑着问她之前交往过几个男人，仿佛只是开了个无伤大雅的玩笑。后来的日子里，他经常拿这个说事儿，指责她滥交，用这种无情的方式击垮她。他从来不直接喊她女儿的名字，只用一些绰号，比如杂种或者畜生。

其实，她并没有交往过很多男人。她告诉他，孩子的生父是个渔夫，在科拉夫约杜尔淹死了。事故发生那年，他才二十二岁，船上的四个人都在暴风雨中遇难了。后来，她发现自己怀孕了。他们还没结婚，因此，她连寡妇都称不上。他们本打算结婚的，可惜他去世了，只留下她和他们的私生女相依为命。

当他坐在厨房聆听她的诉说时，她注意到，女儿并不想和他待在一起。女儿平时并不是个怕生的孩子，但每当他来访的时候，她都拉着母亲的裙角不肯松手。他从口袋里拿出一颗糖递给她，她反而把脸深埋在母亲的裙子里大哭起来。她只想回到其他小朋友那里——尽管硬糖果是她的最爱。

两个月后，他向她求婚了，过程一点儿也不像她在书里读过的那么浪漫。他们就只是在晚上约过几次会，在镇上随便转了转，还看了场卓别林的电影。当她被荧幕上的流浪汉逗得开怀大笑时，他却一点儿反应也没有。一天晚上，他们看完电影后在影院门口等他预订好的车时，他突然把她拉到自己跟前，问她他们是不是该结婚了。

"我想和你结婚。"他说。

她当时大吃一惊。后来，当一切都已尘埃落定，再回忆起这段往事时，她才发现，那根本不是求婚，他压根儿没有问过她的想法。

"我想和你结婚。"

她曾想过他向她求婚的可能性，毕竟他们的关系已经到了谈婚论嫁的那种程度。她想要一栋属于自己的房子，给她女儿一个温暖的家，还想生更多的小孩。除了他，似乎没有别的男人对她感兴趣，也许是因为她有孩子，也许是因为她的长相并不出众。她个子不高，有些微胖，五官棱角分明，还有点儿龅牙，双手虽小但很灵活，好像总是闲不下来。也许，她等不到更好的求婚了。

"你怎么想的呢？"他问道。

她点点头。他吻了她，两人拥抱在一起。不久，他们在莫斯菲尔的一个教堂里举行了婚礼。参加婚礼的人并不多，除了新娘和新郎，还有新郎在尤斯的朋友和新娘在雷克雅未克的两个朋友。婚礼结束后，牧师邀请他们一起喝了咖啡。她曾和他聊起过他的家人和朋友，但他不愿多谈。他说他是家里的独子，父亲在他还是个婴儿的时候就去世了，母亲养不起他，就把他寄养在别人家。来尤斯农场工作之前，他在许多农场工作过。他对她的家人和朋友似乎没什么兴趣，对她的过去也毫不关心。她告诉他，他们有着相似的成长经历，她不知道她的生父生母是谁，她是被领养的，先后在雷克雅未克的好几个家庭里生活过，最后给商人当了女佣。他点了点头。

"我们将要开始崭新的生活。"他说，"忘记过去吧。"

他们在林达加塔租了一间很小的地下室公寓，面积比正常人家的客厅和厨房加起来的面积稍大一些，院子里有户外厕所。之后，她就不再给商人干活了。他说她不需要再自己谋生了。他在港口找了份工作，希望有朝一日能加入某只渔船出海打鱼。

她站在餐桌旁，抚摸着自己的肚子。她确定自己已经怀孕了，但还没告诉他。这是预料之中的事，因为他们早就讨论过生小孩的事情。但她不知道他会是什么反应，他总是神秘兮兮的。如果是个男孩，她早就取好名字了，就叫西蒙。她一直想要个男孩。

她曾经听说过丈夫打妻子的事，而妻子通常只能忍气吞声。类似的故事她听过很多，但她从未想过自己会变成受害者之一——她不曾想过他会打她。她告诉自己这应该是个偶然。他就是觉得她在和斯诺里调情，她暗想，所以她以后会避免这样的事情发生。

她擦了擦脸，吸了吸鼻子。刚刚发生的事情简直太让人气愤了。他虽然出去了，但他一定会回来跟她道歉的。他怎么能那样对她呢。不可能的。绝对不可能。她十分困惑，但还是走进卧室去看了看女儿。小女孩叫米凯利娜，早上醒来时有点儿发烧，昏睡了一整天，此刻还在睡着。她抱起女儿，发现她全身滚烫。于是她坐下来，哼起了摇篮曲，但却心不在焉，还想着刚刚丈夫的毒打。

女孩们盒上站，

小小袜子脚上穿。

金色头发微微卷，

粉红衣裙最鲜艳。

　　米凯利娜喘着粗气，小胸脯一起一伏，鼻子发出微弱的声响，
脸蛋红通通的。她试图把她叫醒，但小女孩一点儿反应都没有。

　　她尖叫起来。

　　小女孩病得很重。

2

　　埃琳博格接到了一个关于千禧街区发现了人骨的电话。电话铃响的时候，她独自一人在办公室，正准备出门。她犹豫了半晌，看了看时间，还是回到了电话机旁。她本打算办一场晚餐会，所以一整天满脑子都是涂了烤肉酱的鸡肉。叹了口气，她最终还是拿起了电话。

　　埃琳博格的实际年龄不太容易看出来，大约四十来岁，身材匀称，热爱美食。她离过婚，有四个孩子，其中有一个是领养的，不过现在已经搬出去住了。后来，她嫁给了一个热爱烹饪的汽车修理工，他们俩和三个孩子住在格拉法沃厄尔的一栋小排屋里。她很久以前学过地质学，但从未从事过相关领域的工作。一开始，她在雷克雅未克警察局做暑期实习生，之后就转成了正式的警察。如今，她是那里为数不多的女侦探之一。

　　传呼机响起时，西于聚尔·奥利正在和他的女朋友贝格索拉疯狂地做爱。传呼机别在他裤子的皮带上，而裤子被扔在厨房的地板上。传呼机一直响个不停，看来必须下床关掉它才行。今天，他早早地下班了，而贝格索拉早就在家等着他了，一见面就给了他一连串热情肆意的深吻，后面的事情可想而知。他把裤子脱下来扔在了厨房，拔了电话线，关了手机。但是，他忘记关传呼机了。

西于聚尔·奥利深深地叹了口气，抬头看了看贝格索拉，她正跨坐在他的身上。她浑身是汗，满脸潮红。从她的神情看得出来，他想马上离开没那么容易。她紧闭双眼，趴在他身上，臀部轻轻地有节奏地上上下下，直到高潮逐渐退去，她的身体才逐渐放松下来。

而他却兴致全无，只能再挑个合适的日子。在他的生活里，传呼机永远占据着首要位置。

他从贝格索拉身下滑了出来，而她继续躺在床上，头放在枕头上，一副筋疲力尽的样子。

埃伦迪尔正坐在斯库拉卡菲餐馆吃着腌肉。他经常在那吃饭，因为那是雷克雅未克唯一一家提供地道冰岛菜的地方。他喜欢那家菜的口味，如果他不嫌麻烦，他烧出来的菜就是那种口味的。店内的装修也很棒：棕色的古旧墙纸；老式的餐椅——有些椅子的塑料垫子已经裂开，里面的海绵都已经露出来了；地板上的油地毡——已经被来来往往在此进餐的卡车司机、出租车司机、吊车司机、商人和海军士兵们踏薄了。埃伦迪尔独自坐在角落处的一张桌子旁，埋头吃着腌肉、煮土豆，还有豌豆和涂满甜面酱的芜菁。

午餐的高峰时间早就过了，但他还是请厨师帮他弄了点儿腌肉。他切下一大块肉，把土豆和芜菁放在上面，又涂上了一层奶油，三两下就吃完了。

埃伦迪尔正准备再吃这么一份，放在桌子上的手机响了。他瞟了一眼手机，看了看手中的食物，又看了一眼手机，最终略显遗憾地拿起了手机。

"为什么我就不能得到片刻的安宁？"西于聚尔·奥利还没来得及说话，他便抢先说道。

"千禧街区那里发现了一些骨头。"西于聚尔·奥利说，"我和埃琳博格正往那赶着呢。"

"什么样的骨头？"

"我也不知道。埃琳博格接的电话，我正在半路上，已经通知当地的卫生官员了。"

"我在吃饭。"埃伦迪尔不紧不慢地说道。

西于聚尔·奥利差点儿也说出自己当时在干什么，但还是忍住了。

"一会儿见。"他说，"千禧街区就在去雷尼斯瓦特湖的路上，蓄水池的北面，离出城的路不远。"

"'千禧街区'是什么？"埃伦迪尔问道。

"呃？"西于聚尔·奥利随口答应着，仍然在为刚才跟贝格索拉的美好时光被打断而窝火。

"是一千年的四分之一吗？两百五十年？到底是什么意思啊？"

"我的天哪！"西于聚尔·奥利抱怨着挂断了电话。

没过多久，埃伦迪尔便开着他的破车抵达了格拉法尔霍特。他把车停在地基旁的路边。警察也已经到了，用黄色胶带封锁了现场。埃伦迪尔钻进封锁区。埃琳博格和西于聚尔·奥利已经进入了地基，站在一堆泥土旁边。那个报案的医学院学生也在那，那个举办生日派对的母亲把所有孩子聚集起来送回屋里去了。工地地基里架起了三架梯子。雷克雅未克地区的卫生官员——一个大约五十岁的胖子——沿着其中一架梯子爬了下去。埃伦迪尔紧随其后，也爬了下去。

媒体显然对这件事非常感兴趣，现场聚集了大批记者。周围的住户们也纷纷围了过去，他们之中，有的人已经搬进了小区；有的人自家的房子还在搭建中，他们先前还在自家没有屋顶的房子上干活，手里还拿着锤子和铁锹——眼前的景象让他们一头雾水。眼下正是四月末，春风和煦，鸟语花香。

卫生官员们已经开始工作了，他们正小心翼翼地从泥土墙上刮下样本，用小泥铲接住并倒进塑料袋里。骨架的上半部分从泥土中露了出来，一只手臂、一小部分胸腔和下颚骨都清晰可见。

埃伦迪尔走到泥土墙旁，问道："这就是'千禧男'吗？"

埃琳博格满脸疑惑地看向西于聚尔·奥利，此时，他正站在埃伦迪尔的身后，伸出食指在自己头顶上绕了几个圈。

"我已经给国家博物馆打过电话了。"西于聚尔·奥利说。当埃伦迪尔突然看向他时，他赶紧收起刚才的动作，挠了挠自己的脑袋。"有个考古学家也在赶来的路上，或许他会告诉我们答案。"他接着说道。

"我们是不是还缺一个地质学家啊？"埃琳博格问道，"这样就可以弄清楚带骨头的泥土中还有没有可以利用的线索。"

"你能帮我们弄清楚吗？"西于聚尔·奥利问道，"你不就是学这个专业的吗？"

"我早就忘得一干二净了。"埃琳博格回答道，"我现在只知道那些棕色的东西叫作'泥土'。"

"他身高不足一米八。"埃伦迪尔说，"埋藏深度应该是地下一米，最多一米半。被人捆绑着匆匆忙忙地扔到了这里。我觉得这应该是一具尸体的残骸。他被埋在这里的时间不长，肯定不是维京人。"

"你为什么觉得他是名男性呢？"当地的卫生官员问道。

"男性？"埃伦迪尔疑惑地重复道。

"我的意思是，"医生回答道，"这也可能是名女性啊。你为什么这么肯定这是名男性呢？"

"也可能是名女性吧，我不过随口说说而已。"埃伦迪尔耸耸肩，说道，"关于这些骨头，你能告诉我们些什么呢？"

"我现在什么都不知道。"医生回答道，"还是等这些骨头全部被挖出来以后再说吧。"

"是男是女？年龄多大？"

"目前还无法判断。"

一个身材魁梧的男人向他们走来。他上身穿着一件传统冰岛式样的羊毛衫，下身穿着牛仔裤，脸上胡子拉碴，两颗发黄的尖牙格外显眼。他说他就是考古学家。他看着卫生官员小组，让他们发发慈悲，赶紧停下这些毫无意义的工作。两个拿着小泥铲的卫生官员犹豫了。他们穿着白色的防护服，带着橡胶手套和防护眼镜。埃伦迪尔觉得他们简直就像刚从核电站里出来一样。卫生官员看着他，等待他的下一步指示。

"哎呀，我们还是要继续挖。"尖牙考古学家挥着手说道，"但是，你们难道要用这些小铲子把他挖出来吗？这里谁负责？"

埃伦迪尔马上走上前去。

"这可不是考古发现。"尖牙说着，上前跟埃伦迪尔握了握手，"你好，我是斯卡费丁。不过，最好还是把这当成一次考古发现。你明白吧？"

"我不明白你的意思。"埃伦迪尔说。

"这骨头在地下没埋多长时间，我想应该不超过六七十年，甚至更短。你看那人还穿着衣服呢。"

"衣服？"

"是啊，看这里。"斯卡费丁伸出他那胖乎乎的手指了指，说道，"还有很多这样的东西，我确定这是衣服。"

"我还以为那是肉呢。"埃伦迪尔小声说道。

"现在，为了让现场不受破坏，最明智的做法就是，让我们的人按照我们的方法继续挖下去。卫生官员们可以在旁边帮忙。我们需要把这里围起来，然后继续挖下去，而不是把这些泥土都清理掉。我们从来不会漏掉任何证据。光是这些骨头埋在这里的姿势就能给我们提供大量的信息，它周围的事物也能给我们提供一些线索。"

"你觉得这到底是怎么一回事？"埃伦迪尔问道。

"我也不知道。"斯卡费丁说，"现在下结论还为时过早。我们还得继续挖下去，希望到时候能找到一些有用的信息。"

"这人会不会是被冻死的，然后被泥土一层层地盖住了呢？"

"那也不会这么深啊。"

"这样看来，这应该是个坟墓。"

"看起来像是。"斯卡费丁傲慢地说道，"目前，所有的证据都指向这一点，不过，还是要继续挖下去才能再下结论。"

埃伦迪尔点了点头。

斯卡费丁大步走到梯子前，顺着梯子爬出了地基。埃伦迪尔紧随其后。他们爬出来后，考古学家开始跟他讲解组织挖掘工作的最好办法。埃伦迪尔非常赞成他的说法，斯卡费丁立马开始打电话召集他的队员。他近几十年里参加过几次重大的考古工作，所以埃伦迪尔对他信心满满。

不过，卫生官员的负责人反对这样做——他可不愿意把挖掘工作交给一个压根儿不懂刑事侦查的考古学家。最快的调查方法就是，把骨架从泥土里一点一点地挖出来，这样他们就可以观察骨架埋藏的位置和其他的线索，这些线索或许可以显示出骨架的主人是否遭受了暴力行为。埃伦迪尔听了一会儿他的长篇大论，最终还是决定让斯卡费丁和他的小组按照他们的方法继续挖掘下去，不论耗时多久。

"这骨头大概在这里埋了半个世纪了，再多埋几天也无所谓。"他解释道。于是，事情就这么解决了。

埃伦迪尔环顾了一下周围正在修建的新房子，又抬头看了看褐色的蓄水池，转而看向雷尼斯瓦特湖。然后，他转了个身，越过草原朝着东面望去，那边就是新街区的尽头。

突然，远处三十米开外的灌木丛吸引了他的注意。他走过去，发现那是红醋栗灌木丛，它们在地基的东边整齐地排成一排。他敲打了几下树干，不禁在想，究竟是谁，在这片荒芜的土地上种下了这些灌木丛……

3

考古学家们抵达了现场。他们穿着羊毛夹克和防护服，手里拿着勺子和铲子，把骨架周围一大片区域都封锁了起来。傍晚时分，他们已经开始小心翼翼地挖掘杂草丛生的地面了。天还很亮，晚上九点之后太阳才会落山。考古小组有四男两女，他们紧张而有序地进行着挖掘工作，认真地分析着挖掘出来的任何东西。现场的泥土没有一丝被盗墓者破坏过的痕迹。毕竟尸骨埋在这里的时间还不长，又恰巧碰上工地施工。

埃琳博格联系上了一位大学时期认识的地质学家，他非常愿意协助警方。接到电话后，他立刻放下了手头上的所有事情，不过半小时就赶到了现场。他已年过中旬，头发乌黑，身材匀称，声音异常低沉，在巴黎取得的博士学位。埃琳博格把他带到了发现尸骨的地方。警察已经在那里搭起了帐篷，以避免吸引过多路人的注意力。埃琳博格朝地质学家做了个手势，示意他到帐篷底下。

帐篷里亮着荧光灯，幽暗的灯光投射在埋着尸骨的地面上。地质学家不紧不慢地抓了一把泥土，在手中捏碎。他比对了骨架旁边及上下的土层，查看了骨头周围土壤的密度。他骄傲地告诉埃琳博格，他曾被警察邀请去协助调查一起犯罪案件，当时，他分析了犯罪现场的泥土，为案件的侦破做出了突出贡献。之后，他又开始讲自己在犯罪学和土地科学方面的学术成就，如果埃琳博格没有理解错的话，他在讲的应该是法医地质学。

他一直叽里呱啦地瞎扯着，她一直听着，直到失去耐心。

"他埋在这里多久了？"她问道。

"很难说，"地质学家用他低沉的声音回答道，还摆出一副很学术很权威的样子，"时间应该不长。"

"从地质学的角度看，到底有多长时间了？"埃琳博格问道，"一千年？还是一万年？"

地质学家看了看她。

"很难说。"他重复了一遍刚刚说过的话。

"你能给出一个更具体的答案吗？"埃琳博格继续问道，"具体多少年？"

"这很难说。"

"换句话说，现在什么都很难说，是吗？"

地质学家看着她，笑了笑。

"不好意思，刚才我正在思考。你想知道什么？"

"多久了？"

"什么多久？"

"他埋在这里多久了！"埃琳博格咆哮道。

"大概五十到七十年吧。不过，我还需要做进一步的调查，刚刚说的还只是我的猜想。从土壤的密度来看，这肯定不是维京人或者野蛮人的古坟堆。"

"这些我们已经知道了。"埃琳博格说，"这里有衣服的碎片……"

"这条绿色的线，"地质学家指着泥土墙最底层的地方，说道，"这是冰川时代的泥土。这些有规律的间隔线，"他往上指了指，继续说道，"这些是凝灰岩。最上面的部分，应该是十五世纪末期前后形成的，是这个国家建立后，雷克雅未克地区最厚的凝灰岩。这里的土层年代更久远些，是由海克拉火山和卡特拉火山喷发形成的。现在，这些土层已经让我们置身千年之前了。你看这里，再挖下去就离岩床不远了。"他指着地基中更大的一层岩石说，"这就是雷克雅未克地区的粗粒玄武岩了，这个城市到处都是这种岩石。"

他看着埃琳博格。

"跟这些年代久远的岩石相比，这块墓地只不过是百万分之一秒前挖的吧。"

考古学家们大概在九点半的时候就收工了，斯卡费丁告诉埃伦迪尔，他们明天一早再来。他们目前还没有任何发现，才刚刚开始清理杂草。埃伦迪尔问他能不能加快进度，但斯卡费丁轻蔑地看了他一眼，反问他是不是有意破坏现场证据。最终，他们达成一致，还是按照之前的进度继续挖掘。

帐篷里的荧光灯灭了。记者们也都回去了。发现尸骨这件事情成了今晚各大新闻的头条。到处都是埃伦迪尔和他的同事在地基里的照片，甚至还有电视台播放了一段埃伦迪尔用手挡脸、拒绝采访的镜头。

寂静重新降临到这片土地上。敲打的锤子停了下来；在半竣工的房子上干活的人离开了；刚刚搬进新家的人进入了梦乡；孩子们的喧闹声也消失了。夜间，两个开着巡逻车的警察会在这片区域巡逻。埃琳博格和西于聚尔·奥利已经回家了。卫生官员们也已经打道回府。埃伦迪尔向托蒂和他母亲询问了关于骨头的事情。托蒂因为自己成了焦点而兴奋不已。"真是出人意料啊。"他母亲感叹道——她的儿子竟然发现了泥土里的尸骨。"这个生日棒极了！"托蒂对埃伦迪尔说，"简直是最棒的！"

那个医学院的学生也带着弟弟回家了。埃伦迪尔和西于聚尔·奥利跟他简单地交谈了几句。他说，一开始他只是在看那个小女孩，并没有注意到她正在啃着的骨头。后来，经过近距离的察看之后，他才发现那是人的肋骨。

"你怎么能立刻确认那是人的肋骨呢？"埃伦迪尔问道，"也可能是羊的骨头啊。"

"是啊，这难道不更像是羊的骨头吗？"西于聚尔·奥利问道。他是在城市里长大的，对农场里的动物根本一无所知。

"我不会弄错的。"那个学生说道，"我做过尸体解剖，不可能出错的。"

"那你能告诉我们，这些骨头大概在那里埋了多久呢？"埃伦迪尔问道。他知道，地质学家、考古学家和卫生官员最终会给他一个准确的答案，但他还是想听听这个学生的想法。

"我看了一下这里的泥土，从腐烂的速度来看，大概有七十年了吧。具体的时间应该不会比这个长。但我不是这方面的专家。"

"不，你说得对。"埃伦迪尔回答道，"考古学家也是这么说的。不过，他也不是什么专家。"

他看了看西于聚尔·奥利。

"我们需要查查一九三〇年或一九四〇年前后——或者更久以前——到现在的失踪人口，没准儿能发现点儿什么。"

夕阳西下，埃伦迪尔站在地基旁边，向北边的莫斯菲尔斯贝尔望去，再往北就是科拉夫约杜尔和埃夏山了。突然，他听到一阵响声，一辆汽车正朝地基方向驶来。待车停下来，一名男子走了下来。男子年纪和埃伦迪尔相仿，体型肥胖，身穿蓝色的挡风夹克，头戴鸭舌帽。他用力地关上车门，看了看埃伦迪尔和旁边的警车，又瞅了瞅被围起来的地基和遮挡骷髅的帐篷。

"你是收税员吗？"他走到埃伦迪尔旁边，轻蔑地问道。

"收税员？"埃伦迪尔重复了一声。

"你的屁事真是多呀！"那个男的说，"你有传票或者……"

"这片土地是你的吗？"埃伦迪尔问道。

"你是谁？这帐篷是用来干什么的？这里发生了什么？"

埃伦迪尔向他讲述了事情的来龙去脉。男人名叫约恩，是个建筑承包商，这块地是他的。但他濒临破产，正在被人追债。这块地基很久都没有施工了，但他会时不时过来看看有没有人搞破坏——这附近的小孩总喜欢跑到这里来玩。他压根儿没听说过这里发现了骷髅。他半信半疑地看了看地基，而埃伦迪尔则在一旁向他讲述着警察和考古学家正在做的工作。

"我什么都不知道，木工肯定没见过这些骨头。这里是个古坟吗？"约恩问道。

"目前，我们还不太清楚。"埃伦迪尔说道。他不太愿意透露太多的信息，于是指着远处的红醋栗灌木丛，问道，"你知不知道东边那块地？"

"我只知道那是一块很好的建筑用地。"约恩回答道，"在我有生之年，应该是看不到雷克雅未克发展到那边了。"

"可能城市发展得不太均衡吧。"埃伦迪尔说，"你知道冰岛这地方会有野生的红醋栗吗？"

"红醋栗？没听说过。"

他们随便聊了会儿，约恩就开车走了。埃伦迪尔了解到，约恩的债主企图抢夺这块地，但是，如果他能借到钱，还是有希望把这块地保留下来的。

埃伦迪尔也打算回家了。落日的余晖下，天空美轮美奂，大海波光粼粼，气温也开始下降。

他看了看一旁的黑色包装袋，踢了踢地上的泥土，在周围转了转，也不知道自己在徘徊什么。他心想，回家也没什么事做，于是就在地基附近晃悠着。他没有一个温暖的家，没有妻子向他唠叨这一天发生了什么事，也没有孩子跟他讲学校里的事情。他家非常简陋，一台电视机，一把扶手椅，一块破地毯，厨房里放着各种快餐袋。墙边的书柜里装满了书，有的是关于冰岛的失踪人口的，有的是关于旅行者的野外生存的，还有的是关于登山遇难者的，他无聊的时候会看看。

突然，他踩到了什么硬东西，好像是一块鹅卵石。他用脚踢了几下没踢动，于是，他蹲了下来，准备把鹅卵石旁边的泥土都扒开——尽管斯卡费丁跟他说过，考古学家走后不要动任何东西。埃伦迪尔用力地想要拔出鹅卵石，但它还是一动不动。

他继续用手扒着，双手满是泥巴。最后，他挖出了好几个相似的鹅卵石。埃伦迪尔跪在地上，把挖出的泥土都铲到一边。有个东西渐渐地露了出来，他仔细看了看，发现那是一只手骨，五只手指和一个手掌骨，就那样立在泥土里。他缓缓地站了起来。

五只手指是分开的，好像是要伸手去抓什么东西，又好像是在自我防卫或是求饶。埃伦迪尔站在那，惊恐万分。手骨从地底下伸出来正对着他，好像想让他手下留情。夜晚的阵阵凉风吹过，他不禁打了个寒战。

埃伦迪尔感觉那像是个活人。他把目光投向了远处的红醋栗灌木丛。

"你是被活埋的？"他自言自语。

正在此时，手机突然响了起来，响声在寂静的夜里显得格外刺耳，但陷入沉思的他好一会儿才意识到手机在响。他从口袋拿出手机，接了电话。

"救我。"这声音他太熟悉了，"求你了。"

然后电话就断了。

4

他不知道这电话是从哪里打来的，来电显示的是"未知号码"。但那是他女儿埃娃·琳德的声音。他盯着手机，身体不由地缩了一下，仿佛被玻璃碎片刺伤了手。手机没有再响，他也没法打回去。埃娃·琳德有他的电话号码。他还记得，他们最后一次通话时，她说她再也不想见到他。他愣在那里，焦急地等待着电话再次响起，可是电话却再也没响过。

于是，他跳上了车。

他已经两个月没和埃娃·琳德联系了。这很正常。他女儿一直独立生活，他基本上没有机会干涉她的生活。她现在已经二十岁了，嗑药成瘾。他们上次见面也是不欢而散。那天是在他住的地方，她怒气冲冲地说他太令人厌恶了，随后夺门而出。

埃伦迪尔还有个儿子——辛德理·斯内尔，他俩也基本不怎么联系。两个孩子很小时，他就离家出走了，只留下他们的母亲跟他们俩相依为命。离婚后，他的妻子从未原谅过他，也不让他见孩子们。随着时间的推移，他越来越后悔自己当初所做的一切。直到两个孩子长大之后，他们才自己来找过他。

整个雷克雅未克都被笼罩在春天宁静的黄昏之中，埃伦迪尔开着车，迅速离开千禧街区，沿着主干道驶向城区。他看了看手机，确定它是开着的，然后把它放在前排座椅上。埃伦迪尔对女儿的私生活了解得并不多，也不知道应该去哪找她。不过，他突然想起来，大概一年以前，埃娃·琳德曾住在沃加尔地区的一间地下室公寓里。

他先回自己的公寓看了看，心想她有可能在那，然而，哪里都没有她的身影。他跑遍自己住的楼层，又跑到另外一边的楼梯去找了找。埃娃·琳德有他住所的钥匙，他走进屋子，大声地喊着她的名字，但她根本不在。他想给她的母亲打个电话，可他做不到——他们已经有二十几年没说过话了。他拿起电话，准备打电话给他的儿子。他知道，两个孩子偶尔还保持着联系——尽管不那么密切。他通过电话号码查询台查到了辛德理的手机号。可辛德理已经不在城里工作了，也不知道他姐姐的下落。

埃伦迪尔犹豫了半晌。

"该死！"他咆哮着。

他又拿起电话，查询了他前妻的电话。

"我是埃伦迪尔。"电话接通后，他说，"我觉得埃娃·琳德现在有麻烦，你知道她可能去哪里了吗？"

电话的另一头一阵沉默。

"她打电话向我求救，但之后电话就被挂断了，我不知道她在哪里。我觉得她肯定出事了。"

对方还是没有回答。

"霍尔多拉？"

"过了二十年，你这是在跟我说话吗？"

这么多年过去了，他依然能从她的声音里感受到那份带着怨恨的冷漠。他觉得自己就不该打这个电话。

"埃娃·琳德需要帮助，但我不知道她在哪。"

"帮助？"

"我觉得她肯定出事了。"

"这是我的错吗？"

"你的错？不，并不是……"

"难道你不觉得我也需要帮助吗？我一个人拉扯着两个小孩。你从来没想过要来帮助我啊。"

"霍尔……"

"现在，你的孩子变得很叛逆，不走正道。两个都是这样！你总算意识到你都干了些什么了吧？你对我们干了些什么？对我，对你的孩子，你都干了些什么？"

"你不让我看……"

"你有没有想过，我曾经帮她解决了多少麻烦？你觉得我没有帮过她吗？那时你在哪啊？"

"霍尔多拉，我……"

"你这个混蛋！"她怒骂着。

她砰的一声挂掉了电话。埃伦迪尔咒骂着自己，心想着自己根本不应该给她打电话。他坐进车里，向沃加尔区开去。在一栋破旧的大楼前，他停下了车。大楼的底部都是地下室公寓。他按了其中一个房间门框上悬着的门铃，但似乎没有听到它的响声，于是，他又敲了敲门，焦急地等着人来开门，但依然没有动静。他握住门把手，发现门没有锁。埃伦迪尔悄悄地走了进去。当他穿过狭窄的走廊时，屋里传来了小孩微弱的哭泣声。他刚走到客厅，一股大小便的恶臭便扑面而来。

一个大概只有一岁的小女孩坐在客厅的地板上，身上只穿了件薄背心，哭得筋疲力尽。地板上到处都是啤酒罐、伏特加酒瓶、快餐打包盒，还有已经发了霉的牛奶，阵阵酸腐味和小女孩身上的臭味混杂在一起。客厅里除了一张破旧的沙发，再无他物。沙发上躺着一个全裸的女人，女人背对着埃伦迪尔。他走向沙发，小女孩压根儿没注意到他。他抓住那女人的手腕，摸了摸她的脉搏。她的手臂上还有针孔。

客厅的尽头是厨房，旁边还有一间小屋子，埃伦迪尔找到一条毯子，用它把躺在沙发上的女人盖了起来。屋子里还有个门，那是一间带淋浴的浴室。埃伦迪尔把小女孩从地上抱了起来，走进浴室，用温水仔细地给她洗了个澡，然后用毛巾把她裹了起来。小女孩立马不哭了。她两腿之间起了些疹子，大概是小便没及时擦引起的。他觉得小女孩应该是已经饿极了，但他口袋里除了一小块巧克力以外，再没有其他可以吃的东西了。他掰下一小块给她，轻声细语地跟她说着话。当发现小女孩手臂和后背上的伤痕时，他不由得皱起了眉头。

他找到了一张小床，把里面放着的啤酒罐和汉堡包装袋统统扔掉，然后轻轻地把小女孩放在上面。他回到客厅，愤怒不已。他不知道那个躺在沙发上的女人是不是这小孩的母亲——当然，他也不关心这一点。他一把抓起那个女人，把她拖到浴室，扔在地板上，用冷水喷她。她突然一阵抽动，上气不接下气地尖叫着，努力地想要保护自己。

埃伦迪尔往那女人身上喷了好一会儿冷水才停下来，扔了条毛毯给她，把她拉回到客厅，让她坐在沙发上。她终于醒了，但还是头晕目眩，就那样无精打采地看着埃伦迪尔。她环顾了一下四周，仿佛有什么东西不见了。突然，她想起来自己在找什么了。

"珀拉在哪里？"她问道，身体在毯子下瑟瑟发抖。

"珀拉？"埃伦迪尔生气地说道，"只有小狗才会取这样的名字！"

"我的孩子呢？"那女人重复道。她看起来三十来岁，一头短发，脸上的妆容已经被刚才的冷水冲花了。她上唇有些浮肿，前额有个肿块，右眼一片瘀青。

"你根本没资格问她在哪里。"埃伦迪尔说。

"什么？"

"你是不是用烟头烫了你的孩子？"

"什么？没有！你……你是谁？"

"还是那个揍你的畜生干的？"

"揍我？什么？你是谁？"

"我要把珀拉带走。"埃伦迪尔说，"我要抓住那个粗暴对她的人。你现在必须告诉我两件事情。"

"把她带走？"

"几个月前，也可能是一年前，有个女孩住在这里，你知不知道她。她叫埃娃·琳德。身材很苗条，乌黑的头发……"

"珀拉太讨厌了，总是哭个不停。"

"你真可怜……"

"她的哭声简直要把他弄疯了。"

"我们谈谈埃娃·琳德吧。你认识她吗？"

"不要把她带走，求求你了。"

"你知道埃娃·琳德现在在哪里吗？"

"埃娃·琳德几个月前就搬走了。"

"你知道她搬去哪里了吗？"

"不知道，她跟巴蒂在一起。"

"巴蒂？"

"他是个保镖。如果你把我女儿带走，我就告诉媒体。你觉得怎么样？我会告诉媒体的。"

"那个保镖现在在哪？"

她告诉了他。埃伦迪尔站起来，打电话叫了救护车，又给儿童福利院打了电话，大致说了一下情况。

"还有一件事情。"埃伦迪尔在等待救护车的时候说，"那个揍你的混蛋在哪里？"

"不要把他扯进来。"她说。

"他还会继续这么干！这是你所希望的吗？"

"不是。"

"那他在哪里呢？"

"只是……"

"说下去，什么？只是什么？"

"如果你抓了他……"

"继续说下去！"

"如果你抓了他，一定要杀掉他，要不他就会回来杀了我。"她冷笑着。

巴蒂身材健硕，相比之下，脑袋却非常小，他在雷克雅末克市中心一个叫"罗索伯爵"的脱衣舞俱乐部当保镖。埃伦迪尔到那里的时候，他不在门口，但另外一个跟他身材差不多的保镖告诉了埃伦迪尔去哪里可以找到巴蒂。

"他现在主要负责私人宴会。"那个保镖说，埃伦迪尔并没有立刻明白他的意思。

"私人舞会。"那个保镖解释道，"私人表演。"然后他转了转眼珠子，不再解释。

埃伦迪尔走进俱乐部，里面亮着昏暗的红灯。屋子里只有一个吧台，几张桌椅，还有几个男人。他们坐在舞台下，欣赏着台上的表演。台上有一个年轻漂亮的女孩，和着单调的音乐从钢管上滑下来。她看着埃伦迪尔，把他当成了潜在的客人，于是就开始在他面前舞动起来，还脱掉了胸罩。埃伦迪尔露出一副同情的表情，她一下子变得有些慌张，还踩空了一脚。不过，她很快又恢复了平衡，扭动着身体从他身边走开。但她故意没有捡起地上的胸罩，似乎想通过这种举动为自己保留些许尊严。

正琢磨着那个私人表演会在哪里举行，埃伦迪尔发现，舞台的正对面有个很长的走廊，于是便走了过去。整个走廊都被漆成了黑色，尽头有个楼梯，直通地下室。埃伦迪尔视力很好，但还是不得不一步一步、小心翼翼地前行，直到他走到了另一条黑色的走廊。天花板上悬挂着一个红色的灯泡，走廊的尽头站着一个健硕的保镖，保镖粗壮的手臂交叉着放在胸前，双眼瞪着埃伦迪尔。他们之间隔着六扇门，左右两边各三扇。埃伦迪尔听到有间屋子里传出小提琴忧郁的旋律。那个肌肉发达的保镖朝埃伦迪尔走了过来。

"你是巴蒂吗？"埃伦迪尔问他。

"你的姑娘呢？"保镖质问道，他那特别小的脑袋简直就像肥胖的脖颈上顶着的一颗瘤子。

"我正要问你这事。"埃伦迪尔惊讶地回答道。

"我？我不负责帮你找舞伴。你需要自己上楼找一个，然后带她过来。"

"哦，我明白了。"埃伦迪尔说道，意识到自己刚刚误解了保镖的意思，"我是来找埃娃·琳德的。"

"埃娃·琳德？她早就辞职了。你跟她是一对吗？"

埃伦迪尔瞪着他。

"早就辞职？你什么意思？"

"她之前偶尔会来这里。你是怎么知道她的？"

走廊上的一扇门开了，走出来一个年轻人，边走边把裤子拉链拉上了。埃伦迪尔看到房间里有个裸露的女孩，她正弯腰捡着地上的衣服。年轻男人从他们中间侧身穿过，拍了拍巴蒂的肩膀，顺着楼梯下去了。房间里的女孩看了看埃伦迪尔，砰的一声把门关上了。

"你的意思是，她之前来过这里？"埃伦迪尔惊讶地问道，"埃娃·琳德在这里工作过吗？"

"那是很久以前的事了。这房间里有个姑娘跟她长得差不多。"巴蒂指了指其中一扇门，热情地说道，像是个二手车推销员。"她是从立陶宛来的，还是个医学院的学生呢。还有那个拉小提琴的姑娘，你刚刚听到她的小提琴声了吧？她也是学生，在波兰一所有名的学校上学。她们来这里就是为了赚点钱，然后再回去继续读书。"

"你知道去哪可以找到埃娃·琳德吗？"

"我们从来不会告诉别人这些姑娘住在哪里。"巴蒂得意地说道。

"我不想知道这些姑娘住在哪里。"埃伦迪尔有些烦了。他克制住自己的脾气，因为他知道，要想获得些有用的消息，就得耐心点儿，即使他现在恨不得立马掐死那个保镖。"埃娃·琳德现在有麻烦，她刚才向我求救了。"他尽可能平静地说。

"你是谁啊？她父亲吗？"巴蒂讽刺地问道，甚至笑出了声。

埃伦迪尔看着他，想着自己是不是应该一把抓住他那光秃秃的小脑袋给他一拳。巴蒂意识到自己无意间说中了，顿时停止了奸笑。他慢慢地向后退了一步。

"你是警察吗？"巴蒂问道。

埃伦迪尔点了点头。

"这里是完全合法的场所。"

"这不关我的事。你知道埃娃·琳德吗？"

"她失踪了吗？"

"我不知道。"埃伦迪尔说，"对我来说，她是不见了。之前她给我打电话，让我救她，但我不知道她人在哪。有人告诉我，你知道她在哪。"

"我之前有一段时间是跟她在一起过，她告诉过你吗？"

埃伦迪尔摇了摇头。

"完全没法跟她好好相处。她简直就是个疯子。"

"你能告诉我她现在在哪吗？"

"我已经很长时间没跟她见面了。她恨你，你知道吗？"

"你跟她在一起时，那些东西是谁给她的？"

"你是说，她的毒品卖家？"

"是的，毒品卖家。"

"你会把他抓起来吗？"

"我不会把任何人抓起来。我现在必须找到埃娃·琳德。你到底能不能帮我？"

巴蒂仔细地盘算了一番。他完全没有必要帮这个人或者埃娃·琳德——她下地狱了也不关他的事。但眼前这个侦探的表情告诉他，他最好还是乖乖地合作，否则他也没有好下场。

"埃娃·琳德的事情，我什么都不知道。"他说，"你去问阿里吧。"

"阿里？"

"不要告诉他是我说的。"

$$5$$

埃伦迪尔驱车赶往港口附近的老城区，心里一直琢磨着埃娃·琳德的失踪和雷克雅未克发现的尸骨。他不是本地人。虽然他在这座城市里生活了大半辈子，见证了这座城市的发展，但他还是觉得自己是个局外人。这座现代化的大都市，塞满了背井离乡的村民或者渔民，他们有的是不想住在乡下，有的是在乡下待不下去了，于是才来到城里讨一份新的生活。然而，他们告别了过去，却也没有确定的未来。他们失去了"根"。

城里的生活从未让埃伦迪尔觉得舒适。他感觉自己像个陌生人。

阿里二十来岁，面黄肌瘦，满脸雀斑；他的门牙掉了，咳得厉害，看起来很萎靡。埃伦迪尔在巴蒂所说的地方找到了阿里。阿里一个人坐在奥斯特斯特拉埃蒂咖啡馆里，面前的桌子上放着一个空啤酒瓶。他穿着一件脏兮兮的、带毛领的绿色皮大衣，耷拉着脑袋，两手交叉着放在胸前。埃伦迪尔走到他旁边坐了下来——之前，巴蒂向埃伦迪尔描述过阿里的样子，所以埃伦迪尔认得出他。

"你就是阿里？"埃伦迪尔问道。对方没有回答。他环顾了一下四周，咖啡馆灯光昏暗，人也不多。正前方的舞台上，一个乡村歌手站在麦克风前唱着悲伤的情歌。一个中年男子坐在吧台后的高脚凳上，看着一本破旧的书。

埃伦迪尔又问了一遍，还推了推男人的肩膀。他终于醒了，目光呆滞地看着埃伦迪尔。

"再来一杯？"埃伦迪尔问他，脸上强挤出一丝微笑，看起来却是一脸苦相。

"你是谁？"阿里问道，眼神依然呆滞。

"我是来找埃娃·琳德的。我是她的父亲，她刚才打电话让我救她，所以我很着急。"

"你就是那个警察？"阿里问道。

"是的，我是警察。"埃伦迪尔回答道。

阿里坐直了身子，鬼鬼祟祟地看了看四周。

"你为什么要问我？"

"我知道你认识埃娃·琳德。"

"你怎么知道的？"

"你知道她现在在哪吗？"

"你要帮我买瓶啤酒？"

埃伦迪尔看着他，心里盘算着这样做合不合适，但时间紧迫，他别无选择。于是，他站起来，大步走到吧台前。吧台后正在看书的招待员此时正看得津津有味，很不情愿地放下书，站了起来。埃伦迪尔要了一大瓶啤酒。然而，当他在身上找钱包付账时，他发现阿里已经不见了。他环顾四周，正好看到一扇门关上了。顾不上付啤酒的钱，他赶紧转身追了出去，一眼就看见了阿里，他正朝着格廖塔索普的老房子跑去。

阿里跑得不是很快，也没跑多久。他回头看了看，埃伦迪尔正穷追不舍，他想要加速，但没什么力气了。埃伦迪尔很快就追上了他，一把把他按倒在地，他趴在地上哀号起来。两个药瓶从他的口袋里滚了出来，埃伦迪尔捡起来看了看，看起来像是摇头丸。埃伦迪尔扯下他的衣服，听到衣服里发出药瓶碰撞的声音。埃伦迪尔掏空了阿里的衣服口袋，掏出来的药足足可以装满一个药箱。

"他们会……会杀了我。"阿里跪在地上，气喘吁吁地说。附近几乎没有什么人。街对面本来站着一对年迈的夫妻，他们目睹了这一切，当看到埃伦迪尔一瓶接一瓶地捡起地上的药瓶时，他们匆忙地走开了。

"我管不了那么多。"埃伦迪尔说。

"别把它们都拿走。你不知道他们多……"

"谁？"

阿里蜷缩在墙边，号啕大哭起来。

"这是我最后一次机会了。"他说着，鼻涕流个不停。

"我他妈的才不管呢。你最后一次见到埃娃·琳德是什么时候？"

阿里吸了吸鼻子，突然死死地瞪着埃伦迪尔，好像在寻找逃脱的机会。

"好吧。"

"什么好吧？"

"如果我告诉你埃娃·琳德的事情，你会把那些瓶子都还给我吗？"他问道。

埃伦迪尔思索了一会儿。

"如果你真的知道埃娃·琳德在哪，我就把它们还给你。如果你敢骗我，会有你好看的。"

"好的，好的。埃娃·琳德今天早晨来找过我。如果你见着她，告诉她，她还欠我很多钱，我不会再给她药了。我不想跟个孕妇做生意。"

"这么说，你还是个挺有原则的人呢。"埃伦迪尔说。

"她挺着大肚子来找我，哭哭啼啼的，我什么都不给她，她便哭得更凶了。后来她就自己走了。"

"你知道她去哪了吗？"

"不知道。"

"那她住在哪呢？"

"没钱的荡妇一个。你看，我也需要钱。要不然他们会杀了我的。"

"你知道她家的地址吗？"

"地址？她居无定所，走到哪里算哪里，跟乞丐一样，一无所有。"阿里轻蔑地哼了一声，"我猜她就想要那种不花钱的东西，比如那些免费赠送的东西。"

他门牙掉了的地方缝隙太大，以至于说话有点儿口齿不清。他看起来就像个大男孩，穿着破旧的大衣，却装出一副很英勇的样子。

他的鼻涕又流了出来。

"她可能会去哪呢？"埃伦迪尔问道。

阿里看着他，吸了吸鼻子。

"你能把那些东西还给我吗？"

"她在哪？"

"我告诉你，你就还给我吗？"

"除非你没骗我。她在哪？"

"有个女孩跟她在一起。"

"谁？叫什么名字？"

"我知道她住在哪里。"

埃伦迪尔向他迈近一步。

"我会都还给你。"他说，"那女孩是谁？"

"拉加。她住在这附近，在特里格瓦加塔。在那栋大楼的顶层。"阿里迟疑着伸出手。"这下可以了吧？你说过会还我。你要信守承诺。"

"你这个白痴，我怎么会把这些东西还给你呢。"埃伦迪尔说，"要不是我赶时间，一定把你带回警局，扔进监狱。你现在最好滚远点儿。"

"不，他们会杀了我的！不要！求你还给我，还给我吧！"

埃伦迪尔没再理睬他，转头就走了。阿里一个人站在墙边流着鼻涕，嘴里骂着自己，气得直把脑袋往墙上撞。埃伦迪尔走了很远都还能听到他的叫骂声，不过让他惊讶的是，阿里并没有骂他，而是骂的自己。

"蠢货，你真是个蠢货……"

他回过头，看到阿里扇了自己几个耳光。

一个四岁左右的小男孩打开了门。他穿着睡裤，光着脚丫，头发脏兮兮的，抬着小脑袋看着埃伦迪尔。埃伦迪尔弯下腰，伸出手准备摸摸他的小脸，这时，小男孩立刻缩回了脑袋。埃伦迪尔问他妈妈在不在家，小男孩疑惑地看着他，一声不吭。

"小家伙，埃娃·琳德是不是跟你住一起？"埃伦迪尔问道。

埃伦迪尔感觉时间紧迫。埃娃·琳德给他打电话已经是两个小时前的事了。他努力打消自己脑中"已经来不及救她了"的念头。绞尽脑汁地想着她到底会陷入什么样的困境，但他很快便停止了胡思乱想，心里只想着要尽快找到她。他现在已经知道她从阿里那离开后跟谁在一起了。他感觉自己离她越来越近了。

小男孩一声不吭，转身躲进屋里，消失不见了。埃伦迪尔跟了进去，却没看到小男孩。那屋子漆黑一片，埃伦迪尔摸着墙壁找到开关想要开灯，按了几下都没反应，只好自己摸索着走进一间小屋子，终于，这间小屋子的屋顶上挂着一个灯泡，照亮了整个房间。冰冷的水泥地上什么都没有，脏兮兮的床垫铺得到处都是，其中一张床垫上躺着一个女孩。她穿着红色的 T 恤衫和破旧的牛仔裤，看上去比埃娃·琳德要年轻一些。她身旁放着一个铁箱子，里面有两只皮下注射针头，地上还有一个薄塑料管。她旁边的垫子上还睡着两个男人。

埃伦迪尔蹲在女孩旁边，推了推她，但她没有任何反应。于是，他抬起她的头，让她坐了起来，又拍了拍她的脸颊，想让她清醒清醒。她嘴里嘟囔着。他站了起来，把她也扶了起来，试着拖着她走了几步。她很快就醒了过来，睁开了眼睛。埃伦迪尔在黑暗中找到了一把餐椅，拿了过来让她坐下。她抬起头看了看他，然后又低下了头。他轻轻地拍了下她的脸，她再次清醒了过来。

"埃娃·琳德在哪里？"埃伦迪尔问道。

"埃娃·琳德？"女孩喃喃地说。

"她应该跟你在一起的。现在去哪了？"

"埃娃·琳德……"

她又垂下了头。埃伦迪尔看见小男孩正站在门口。他一手抱着娃娃，一手拿着空奶瓶朝埃伦迪尔晃了晃，之后又把奶瓶放进嘴里，埃伦迪尔听到了他吮吸奶瓶的声音。他看着小男孩，咬咬牙，掏出手机打了求助电话。

一名医生随救护车一起抵达——埃伦迪尔在电话里是这么要求的。

"你必须给她打一针。"埃伦迪尔说。

"打一针？"医生问道。

"我想她应该是注射了海洛因，你有没有带纳洛酮之类的药？"

"带了，我……"

"我必须跟她说几句话，马上。我女儿有危险。这女孩知道她在哪。"

医生看了看那女孩，又看了看埃伦迪尔。然后，他点了点头。

埃伦迪尔把那女孩抱起来放到了床垫上，过了好一会儿她才醒了过来。医护人员站在她旁边，手里抬着担架。小男孩躲到了房间里，而那两个男的还在昏睡。

埃伦迪尔蹲在女孩身旁，她慢慢地清醒了过来。她看了一眼埃伦迪尔，又抬眼看了看医生和护理人员。

"发生什么事了？"她小声地问道，似乎是在自言自语。

"你知道埃娃·琳德吗？"埃伦迪尔问道。

"埃娃·琳德？"

"她之前跟你在一起。她现在可能有危险。你知道她去哪了吗？"

"埃娃·琳德还好吗？"她问道，随后环顾了一下四周，"基蒂在哪？"

"有个小男孩在那边的房间里。"埃伦迪尔说，"他在等着你。告诉我，去哪里可以找到埃娃·琳德。"

"你是谁？"

"她父亲。"

"那个当警察的？"

"是的。"

"她完全受不了你。"

"我知道。你知道她现在在哪里吗？"

"她突然开始觉得疼。我让她去医院了。她应该是去那了。"

"疼？"

"她的肠子疼得厉害。"

"她是从哪出发的？从这里吗？"

"我们一起去的公交车站。"

"公交车站？"

"她准备去国立医院。她不在那吗？"

埃伦迪尔站起来，医生把医院的总机号码告诉了他。他立马拨通了电话，医院那边回复说，过去几个小时内，没有一个叫埃娃·琳德的病人，和她年龄相仿的患者也没有。之后，他的电话被转到了妇产科，他尽可能详细地描述了他女儿的外貌，但值班的助产师说没见过这个人。

他跑出公寓，跳上车，飞快地赶往公交车站。那里一个人也没有，这个时间公交车已经停运了。他跳下车，匆忙地穿过斯诺拉布劳特，朝着诺德米里跑去，每路过一个花园，他都会进去找找。当他离医院近了些，便开始喊他女儿的名字。然而，并没有人回应他。

最后，他终于找到了她。她躺在大树底下的草坪上，身下一大摊血，离产科医院还有五十多米。他来晚了。她的裤子上全是血，身下的草坪上也都是血。

埃伦迪尔在她旁边跪下，抬头看着那个产科医院，眼前浮现出很多年前自己和霍尔多拉一起走进去的场景——那是埃娃·琳德快出生的时候。难道她会死在同一个地方吗？

埃伦迪尔摸了摸埃娃·琳德的额头，不知道自己该不该挪动她。

她大概怀孕七个月了。

*

她曾经想逃离他，但很久以前就放弃了这个念头。

她逃过两次，都是在他们还住在林达加塔的地下室公寓时。第一次毒打她之后，时隔一年，他又失控了——这是他为自己的行为辩解时的一贯说辞。但她从来不认为那是他失控之后做出的举动。在他肆意殴打她的时候，他看起来比平时更有自控力。即便处于狂怒中，他也依然冷静无比，完全知道自己在做什么——一直都是这样的。

后来，她逐渐意识到，自己必须变得强大起来，才能抵抗他、战胜他。

她的第一次逃跑注定要失败，因为她压根儿没准备好，当时，她只是不知道除了逃跑还能干什么。就那样，她站在二月肆虐的寒风里，怀里抱着西蒙，背上背着米凯利娜。然而，她不知道自己能去哪里，她只知道，一定要逃离那个地下室。

之前，她见过牧师，他告诉她，一个合格的妻子是不会离开自己的丈夫的。在上帝的眼里，婚姻是神圣的，夫妻之间应该尽可能地互相包容。

"为孩子们想想。"牧师说。

"我就是为他们着想。"她回答道。牧师温和地笑了笑。

她从没想过要求助警察。之前他打她的时候，邻居报过两次警，警察来了之后，劝了劝架就离开了。第一次，当肿着眼睛、嘴角流着血的她站在警察面前时，警察只是让他们别闹了，还说这样会吵到左邻右舍。两年以后，警察又来了一次，他们带他到外面聊了聊。她大叫着，说他打了她，还威胁要杀了她，而且这已经不是第一次了。警察却问她是不是喝醉了——这个问题根本就跟她不沾边儿。喝醉了吗？他们又重复了一遍。不，她回答。她从来不喝酒。警察在门外跟他说了些什么，握了握他的手，然后离开了。

他们一走，他就用剃刀划她的脸。

那天晚上，他睡着后，她背起米凯利娜，轻轻地推着西蒙走出地下室。她曾经为米凯利娜做过一个婴儿推车，那是用垃圾堆里捡来的旧婴儿车改装的，但被盛怒之中的他摔得粉碎。他似乎察觉到她想要逃跑，他以为摔坏婴儿车就能阻止她离开。

她的逃跑事先没有任何计划。不论是在雷克雅未克，还是在其他地方，她没有任何亲戚。最后，她只能向基督教救世军求助，这才有了一个过夜的地方。第二天早上，他一醒来就发现他们不见了，他疯狂地找着他们。寒风中，他穿着短袖，找遍了整座城市，然后，他看到他们正准备离开救世军。直到他一把夺过她怀里的小男孩时，她才意识到他来了。他顺手抱起女儿，二话没说转身就回家了。孩子们吓得一声不吭，根本不敢反抗，但她还是看到米凯利娜向她伸出了手臂。她不禁流下了眼泪。

那个时候，她在想些什么呢？

她终究还是追了过去。

她的第二次逃跑失败后，他扬言要杀了她的孩子。自此以后，她再也不敢逃跑了。第二次逃跑前，她做过准备。她畅想着自己新的生活：和孩子们一路向北，去一个渔村，租一间房子或者一套小公寓，在水产品加工厂里找份工作，让自己和孩子都丰衣足食。这次逃跑前，她花了些时间，做了周密的计划。她想先搬到锡格吕菲厄泽。经济萧条的几年已经过去了，那里就业机会很多，外地人都涌到那里找工作，她和两个孩子可以毫不起眼地跟着他们混进去。她可以先住在员工宿舍，然后再去找房子。

她和孩子的车票钱对她来讲不是一笔小数目，因为她丈夫对自己在港口赚的每一分钱都捏得紧紧的。她花了很长时间才攒够了坐车的钱。她在一个小箱子里塞满孩子们的衣服，只拿了一点点她自己的私人物品，还带上了自己修好的小婴儿车。她急急忙忙地赶到车站，提心吊胆地环顾四周，生怕在哪个街角又遇到他。

他像往常一样回家吃午饭，立刻发现她逃走了。她每天中午都要在他回家前把饭做好，她一直都是这么做的。他发现婴儿车不见了，衣柜的门也是开着的，他立刻想起她之前的那次逃跑，径直向救世军那赶去，却被告知她并不在那。他不相信那些人的话，自己把整栋大楼的每个房间和地下室都找了个遍，依然没发现他们的踪影。一气之下，他打了那里的负责人，还扬言说，如果他不说出他们的行踪，就杀了他。

最后，他意识到她确实是没来救世军这儿。于是，他冲出去在小镇上到处搜寻，不放过任何一家商店和餐馆，但还是没发现他们。一天过去了，他愈发生气和绝望，回到家里时，脑中只剩下了愤怒。他翻遍了家里的所有角落，试图找到一丝线索。然后，他跑到她做佣人时的好朋友家里，大声叫着她和孩子们的名字，接着又一声不吭地走掉了。

她一路马不停蹄，到达锡格吕菲厄泽的时候已经是凌晨两点钟。大客车一路上停了三次，让旅客们下车活动一下，吃点儿自带的食物或者买点儿东西吃。她带了些三明治和几瓶牛奶，但当车行驶到弗约特的哈加内斯维克时，孩子们又饿了。天气寒冷，去往锡格吕菲厄泽的船已经在那等着旅客上船了。最后，她找到了一处员工宿舍，工头带她去了间小屋子，里面有一张单人床。工头还借给她一张床垫和两条毯子，他们的第一夜就是在那里度过的。孩子们一上床就睡着了，她躺在床上，黑暗中身体不由自主地颤抖起来，她再也控制不住自己，哭了起来。

几天后，他找到了她。他突然想到，她很可能已经坐车离开了这座城市。于是，他去车站到处打听，最后得知他们去了北部的锡格吕菲厄泽。他和一个司机聊了会儿，那个司机对他的妻子和小孩印象深刻，尤其是那个残疾的小女孩。然后，他坐上了去北部锡格吕菲厄泽的车，刚过半夜就到了。他一间宿舍一间宿舍地仔细寻找，最终，在工头的带领下，他在她的小房间里找到了熟睡的她。他跟工头解释说他妻子先到了这个村子，他们不会在这里逗留很久。

他蹑手蹑脚地走进房间。街道上昏暗的灯光透过窗户照射了进来。他跨过睡在垫子上的小孩，来到她旁边，弯下腰，把脸贴近她。他使劲地摇着她，但她睡得很沉，于是，他更加粗暴地摇着她。她睁开眼睛，一脸惊恐。他笑了笑。她正准备大喊救命，却被他捂住了嘴。

"你觉得你逃得掉吗？"他低声恐吓道。

她盯着他。

"你真觉得逃跑那么容易吗？"

她缓缓地摇了摇头。

"你知道我现在最想做什么吗？"他蔑视地说道，"我想把你女儿带到山上，然后杀了她，把她埋在一个谁也找不到的地方，然后告诉别人，这小畜生可能掉到海里去了。你知道吗？这就是我想做的事。我立马就要动手，要是儿子敢发出一丁点儿声响，我就把他也杀了，告诉别人，他跟在她的后面爬，也掉到海里去了。"

她看了孩子们一眼，低声抽泣起来。他笑了笑，移开了捂在她嘴上的手。

"我再也不逃了。"她哀声求饶，"真的，我绝对不会再逃跑了。对不起，对不起。我不知道我自己在想什么。对不起。我一定是疯了，我知道，我一定是疯了。不要拿孩子出气。你打我吧，打我吧，使劲打我吧。只要你愿意，我们可以立马消失。"

她绝望的神情让他反感。

"不，你错了。"他说，"这是你想要的。那我就依了你吧。"

米凯利娜正睡在西蒙旁边，他像是要伸手去抓米凯利娜，女孩的母亲吓得浑身发抖，立马抓住他的手。

"看！"她一边说一边打了自己一巴掌。"看！"她扯着自己的头发。"看！"她坐起来，一头撞到床头的铁架上。她瘫倒在床上，失去了意识。

第二天，他们一大早就启程出发了。她已经在水产加工厂工作了一段时间，他陪着她去结算工钱。她在盐场工作，两个孩子有时在附近玩耍，有时待在屋子里，她可以边工作边照顾他们。他跟工头说，他们临时接到消息，不得不改变计划，他们要回雷克雅未克了，但她还有些工钱没领。工头在纸上潦草地写了几个字，让他们拿着去办公室。工头把纸递给她时，看着她，她似乎欲言又止。但他以为她只是有点儿害羞。

"你没事吧？"工头问道。

"她没事。"她的丈夫回答道，拉着她大摇大摆地走了。

他们回到雷克雅未克的地下室后，他没有碰她。她站在客厅，衣衫褴褛，手里拎着行李箱。她以为他会狠狠地打她一顿，但他没有。她给自己的那顿打，让他有些震惊。那天，他没有找人帮忙，而是自己亲自照顾她，直到她恢复意识。他们结婚以来，那是他第一次表现出对她的关心。她醒了之后，他说她必须明白，她永远不可能离开他。他宁愿杀了她和孩子。她是他的妻子，这一点永远不会改变。

永远不会。

从那以后，她再也没有想过逃跑。

日子就这样一天天地过去。他只出过三次海，做渔民的梦想便破灭了。他晕船晕得厉害，最主要的是，他很惧怕大海，总怕遇到坏天气，总担心船会沉，自己会掉下去。他最后一次出海时，正好赶上了暴风雨，当时他觉得船一定会翻，干脆一屁股坐下失声痛哭起来——他以为自己的日子就要到头了。从那以后，他再也没出过海。

他对她好像从未温柔过，总是一副漠不关心的样子。他们结婚的头两年，他还会后悔打她，后悔用下流的话把她骂哭。但时间一长，他的罪恶感逐渐地消失了。他不觉得他对她的暴力是他们关系中错误、畸形的一部分，反而觉得这样是正确而又很有必要的。有时她会觉得，他对她的暴力完全源于他内心的软弱，而且他自己对这点应该也是心知肚明的。他越打她，越显得自己可怜。于是，他责备她，打骂她。在他看来，她才是罪魁祸首，是她让他变成这样的。

他们没有几个朋友，各自的朋友圈也没有交集。他们开始在一起生活后，她就觉得自己与世隔绝了。偶尔在工作中碰到老朋友，她也绝口不提丈夫打她的事情，慢慢地，她不再跟朋友们联系了。她觉得羞耻，丈夫的辱骂、毒打，自己青肿的眼睛、流血的嘴角、全身的瘀青，这种别人无法理解的生活，一切都让她觉得耻辱。她想把自己藏起来，她宁愿把自己锁在他为她打造的监狱里，然后扔掉钥匙，最好谁都找不到她。她想把一切都藏起来。她不得不忍受他的虐待。也许，这就是她的命运，无法改变。

对她而言，孩子是她的一切。事实上，他们就像她的朋友，更是她活下去的动力，尤其是米凯利娜，她非常懂事；西蒙也很懂事，尤其是在长大一些以后；托马斯也是如此，他比西蒙小些。孩子们的名字都是她自己取的。他对孩子们漠不关心，只有在抱怨他们饭量太大、太过吵闹的时候才会意识到他们的存在。小孩们很难过，因为母亲总是被欺侮，所以他们懂事得很，不让母亲伤心。

他肆意践踏她所剩无几的一点儿自尊。她生性谦逊寡言，无比善良；她想让所有人都开心满意，有时候甚至显得过于恭顺。跟人交谈时，她总是不好意思地笑笑，尽量让自己看起来没那么害羞。正是她的这种软弱更加激怒了他，驱使他不停地虐待她，直到她一无所有，甚至失去自我，这样她就只能完全围着他转，伺候他，服从他的命令。终于，她再也不像以前那样收拾自己了。她变得不经常梳洗，不再注意自己的穿衣打扮；她的眼睛下面出现了眼袋，脸部的皮肤变得松弛，面容黯淡无光；她的背也弯了，头总是低着，仿佛不敢抬起头直视别人的眼睛；从前乌黑亮泽的头发也变得干枯毛糙，当她觉得头发太长的时候，就会用厨房里的剪刀随便剪剪。

抑或是他觉得很长的时候。

十足的臭婆娘。

6

　　发现尸骨的第二天早上，考古学家继续在现场挖掘着。前一晚在这片区域巡逻的警察把他们带到了埃伦迪尔发现手骨的地方。斯卡费丁得知埃伦迪尔动过现场的泥土后，暴跳如雷。"该死的业余人士！"他整个上午都这样嘀咕着。对他来说，挖掘是一件很神圣的事情，泥土被按照地质层一层一层地挖开，直到深埋在里面的历史全部重见天日，隐藏的秘密也随之显露。每个细节都至关重要，每块泥土都可能蕴藏着重要的证据，而那些外行人只会把那些重要的信息都毁掉。

　　斯卡费丁不停地向毫无过错的埃琳博格和西于聚尔·奥利抱怨着，期间时不时地停下来给他的手下们下达指令。考古学家过于精细的挖掘方法，使得整个挖掘工作进展缓慢。他们按照一套具体的标记体系标出不同的区域，所以，现场到处都是拉起来的绳子。挖掘过程中最主要的还是保证尸骨的位置不发生任何变化。他们要保证在清理泥土的时候，被发现的手骨不会移动一分一毫，并仔细观察每一粒泥土。

"那只手为什么会伸出地面呢？"埃琳博格叫住匆忙从她身边走过的斯卡费丁，问道。

"不好说。"斯卡费丁回答道，"最坏的推测就是，这个人被埋的时候还活着，当泥土覆盖过来的时候，他伸出手企图挡住落下来的泥土，或者企图挣扎着把自己弄出来。"

"活着！"埃琳博格惊讶地叫道，"把自己弄出来？"

"也不一定是这个样子的，我们现在还很难解释。现在说这些还为时过早。"

埃伦迪尔没来现场，西于聚尔·奥利和埃琳博格都感觉很奇怪。他们知道埃伦迪尔行为比较古怪，变化莫测，也知道他对过去和现在失踪的人口饶有兴趣——他喜欢翻看那些案件的档案，这次发现的尸骨很可能跟过去某个人口失踪案件有关联。中午过后，埃琳博格打了埃伦迪尔的电话和手机，但都无人接听。

大概下午两点，埃琳博格的手机响了。

"你在那吗？"电话那头传来一阵低沉的声音，她一听就知道是埃伦迪尔。

"你在哪？"

"我这边有点儿事，被耽搁了。你在挖掘现场吗？"

"在。"

"看到那些灌木丛了吗？我觉得，那些是红醋栗。在工地地基东边三十米外，整齐的一排，一直向南边延伸。看到了吗？"

"红醋栗灌木丛？"埃琳博格眯起眼睛，寻找着埃伦迪尔所说的灌木丛，"是的，"她说，"我看到了。"

"它们是很久以前被人种在那里的。"

"哦。"

"去查一下，他们为什么会被种在那里，那里从前是不是有一栋房子。你去城市规划办公室看看那片地区的地图，如果他们有照片就最好了。你需要查阅一些文件，从这个世纪初到六十年代之间的文件，或者更晚些的。"

"你觉得那座山上曾经有栋房子？"埃琳博格说道，环顾四周，神情里充满了怀疑。

"我觉得我们有必要去查查看。西于聚尔·奥利在干什么？"

"他正在查看第二次世界大战以来到现在的失踪人口档案。他正在等你，还说你对这事儿很感兴趣。"

"我刚才和斯卡费丁聊过了，他说他记得战争时期格拉法尔霍特山的南坡上有个营地，就是现在的高尔夫球场所在地。"

"营地？"

"是英国或者美国的营地，一个临时的军营，但他不记得名字了。你也查查看。查查英国人有没有报告过营房有失踪人口的。或者美国人占领了这地方之后有没有类似的报告。"

"英国人？美国人？战争时期？等等，我上哪去找这些资料？"埃琳博格吃惊地问道，"美国人什么时候从英国人手里接管的这个军营呢？"

"一九四一年。这里也可能是个补给站。反正斯卡费丁是这么觉得的。另外，山上及其周围的农舍也需要调查一下，看看有没有过失踪人口。总之，不管是故事还是猜想，我们都要去和当地农舍的主人聊聊。"

"这些骨头惹的麻烦还真不少啊。"埃琳博格有些烦躁地踢着地基旁边的碎石头。"那你在干什么?"她开口问道,语气里透着些许责备。

"你不用管。"埃伦迪尔说完便挂掉了电话。

*

他回到重症监护室,身上穿着一件薄薄的绿色手术服,还戴着口罩。埃娃·琳德躺在单人病房的大床上,嘴上戴着氧气罩,身上连着埃伦迪尔从未见过的各种医疗仪器。他站在床头边,看着女儿。女儿还在昏迷中,尚未恢复意识。她脸上的表情格外平静,这是埃伦迪尔从未见过的。她躺着,五官的棱角更加分明,眉毛细长,脸颊消瘦,眼窝深陷。

前一天晚上,当埃娃·琳德躺在妇产科医院门前时,他没法让她恢复意识,只能叫了救护车。他感觉到她微弱的脉搏,于是脱下外衣盖在她身上,尽力照顾她,但却不敢挪动她。后来,救护车到了,是之前到过特里格瓦加塔的那辆,医生也是同一位。埃娃·琳德被小心翼翼地抬上担架,推进了救护车。救护车迅速地开到了不远处的事故急救中心。

到了急救中心,她立刻被送进了手术室,手术持续了近整个晚上。埃伦迪尔在手术室旁的等候室里来回地徘徊,心里想着是否要通知霍尔多拉。他犹豫了好一会儿,最终想出了个法子。他叫醒辛德理·斯内尔,跟他说了他姐姐的事情,让他联系霍尔多拉,这样她就会来医院了。他们只说了几句话,辛德理并不打算马上回城一趟,他觉得,为了埃娃·琳德的事情,没必要大费周章地跑一趟城里。于是,谈话就这样结束了。

埃伦迪尔站在一个写着"禁止吸烟"的警示牌下，一根接一根地猛抽着烟。一个戴口罩的医生走过来狠狠地训斥了他。医生走后，埃伦迪尔的电话响了。是辛德理发来的短信，内容是转发的霍尔多拉发给他的信息——"对埃伦迪尔来说，偶尔地承担一些责任没什么坏处。"

快天亮的时候，医生告诉埃伦迪尔，埃娃·琳德的情况不容乐观。孩子没保住，埃娃·琳德能否挺过去也很难说。

"她的情况非常糟糕。"医生说。医生年近四十，个头很高但面目清秀。

"我知道。"埃伦迪尔说。

"长期营养不良，还嗑药成瘾。虽然这么说很不近人情，但说实话，孩子即便生下来也不会太健康，所以……"

"我能理解。"埃伦迪尔说。

"她想过流产没？像她现在这种情况……"

"她想要小孩。"埃伦迪尔说，"她认为，有个孩子能帮她恢复正常的生活，我也这么鼓励过她。她想摆脱那种生活，她的身体里隐藏着两张面孔，一张面孔渴望放弃一切，逃离现在这种地狱般的生活。但大多数时候，另外一张面孔，一个完全不一样的她控制着她，让她暴躁无情，躲避着我，也毁灭着自己。"

埃伦迪尔突然意识到，他正在对着一个对所有事情一无所知的人说话，于是他沉默了。

"我知道，这对父母来说是沉重的打击。"医生说。

"她到底怎么了？"

"胎盘早剥。胎盘脱落的时候出现大出血，再加上药物的毒性。

当然，我们现在只能静观其变。她失血过多，仍昏迷不醒。当然，现在还不能下定论。只能说，她现在还很虚弱。"

"你联系你的家人了吗？他们可以过来陪你或者……"医生停了一下，继续说道。

"我没有'家人'。"埃伦迪尔说，"我和她母亲离婚了。不过，我已经通知她母亲和她弟弟了。我不知道她母亲会不会来，她已经经历得太多了。这些年，她过得很艰难。"

"我能理解。"

"我觉得你不会理解的。"埃伦迪尔说，"我自己都不理解。"

他从外套口袋里拿出了几个塑料袋子和一盒药片给医生看。

"她应该是吃过这些东西。"他说。

医生接过药，看了看。

"摇头丸？"

"看起来像是。"

"这个可能可以解释她现在的情况。我们在她的血液里发现了大量该药的成分。"

埃伦迪尔犹豫着没有说话。医生也沉默了。

"你知道孩子的父亲是谁吗？"医生问道。

"不知道。"

"你觉得她会知道吗？"

埃伦迪尔看着他，耸耸肩。他们又陷入了沉默。

"她会死吗？"过了一会儿，埃伦迪尔问道。

"我不知道。"医生回答道，"我们只能祈祷，但愿她的情况能够转好。"

埃伦迪尔还有一个问题想问，但他迟疑了。他在反复思考这个可怕的问题，但始终不能得出一个结论。他甚至不知道自己该不该继续想下去。但最终，他还是开口问了。

"我能看一下它吗？"

"它？你的意思是……"

"我能看一下胎儿吗？我能看一眼那个孩子吗？"

医生看着埃伦迪尔，脸上没有一丝惊讶的神情，只有理解。他点点头，让埃伦迪尔跟他一起去。他们穿过走廊，走进一间空屋子。医生按了一下灯的开关，天花板上的日光灯亮了，青白色的灯光照亮了整个房间。他走到冰冷的钢化桌子前，掀开一块小毯子，下面躺着早就死去的婴儿。

埃伦迪尔看着它，轻抚它的脸颊。

是个女孩。

"你能否告诉我，我女儿会不会清醒过来？"

"我不知道。"医生说，"不好说，这得看她自身的求生欲望。她必须靠自己。"

"可怜的姑娘。"埃伦迪尔说道。

"人们都说，时间可以治愈一切。"医生安慰道，他感觉埃伦迪尔已经要被击垮了，"身体上的伤痛如此，精神上的也是如此。"

"时间……"埃伦迪尔说着，重新盖好婴儿，"治愈不了任何伤痛。"

7

　　他在女儿的床边一直坐到晚上六点。霍尔多拉并没有来。辛德理·斯内尔也果真像他电话里说的那样没有来。除了他和埃娃·琳德，病房里没有其他人。埃娃·琳德的情况没有任何好转。从前天起，埃伦迪尔就没吃过东西，也没合过眼，现在已经筋疲力尽了。他白天和埃琳博格通过电话，打算与她和西于聚尔·奥利一起去办公室碰个面。他抚摸着女儿的脸，轻吻她的额头，然后离开了。

　　埃伦迪尔和埃琳博格、西于聚尔·奥利他们俩碰面的时候并没有提到那天晚上他女儿发生的事。但其实，各种小道消息早已在警局传开了，埃琳博格、西于聚尔·奥利已经知道了他女儿的事情，只是没敢问他具体的情况。

　　"他们还在朝着尸骨的方向一小铲一小铲地挖着。"埃琳博格说，"速度慢得惊人。现在估计在用牙签挑了。你发现的那只手已经快被挖出来了，现在挖到手腕部分。卫生官员检查过了，但他唯一能确定的就是，这个人的手非常小。除此之外就没什么有用的结论了。考古学家还没从泥土中发现任何关于事情起末或者尸骨身份的线索。他们应该会在明天下午晚些时候或者晚上挖出整个躯干部分，但并不意味着我们就能够判断出尸骨的身份。显然，我们还要另寻他路。"

"我查阅了雷克雅未克地区失踪人口的档案。"西于聚尔·奥利说，"从三四十年代至今，有四十多人失踪，至今下落不明，那具尸骨可能就是其中一个。我已经把这些失踪人口按照性别和年龄分好类了，现在就等着病理学家对骨头的分析结果了。"

"你是说，曾经住在山坡上的人当中有人失踪了？"埃伦迪尔问道。

"从档案上来看，并没有。"西于聚尔·奥利说，"尽管我现在还没细看这些档案，而且有些地方的名字我压根儿没听说过。等尸体全部挖出来以后，病理学家给出准确的年龄、身高和性别，我们就能进一步缩小范围了。我猜应该是雷克雅未克当地的人。你觉得我的推测说得通吧？"

"病理学家在哪？"埃伦迪尔问道，"我们警察局的那个解剖学家在哪？"

"他正在休假。"埃琳博格说，"在西班牙。"

"你查过没有，那些灌木丛旁边曾经有过房子吗？"埃伦迪尔问她。

"什么房子？"西于聚尔·奥利问道。

"没有，我还没查。"埃琳博格说着，看了看西于聚尔·奥利，"埃伦迪尔猜想，从前，山的北坡有些房子，南坡有英国人或者美国人的军事基地。他想让我们挨家挨户地走访，住在雷尼斯瓦特湖附近的这些小屋的主人们一个都不能漏，连他们的老祖母也不能错过。然后，我想我还要去降神会找丘吉尔的鬼魂谈谈。"

"这还只是开始。"埃伦迪尔说，"你们对这具尸骨有什么看法？"

"这不明显是桩谋杀案吗？"西于聚尔·奥利说道，"一桩发生在半个世纪以前或者更久之前的谋杀案。这些尸骨一直被埋在那里，无人知晓。"

"他……不……"埃琳博格纠正了一下自己的措辞，"这个人被埋就是为了掩盖某种罪行，我觉得这点是毫无疑问的。"

"但不可能没有任何人知道。"埃伦迪尔说，"总该有人知道些什么。"

"我们知道，那尸骨的肋骨是断的。"埃琳博格说，"这表明这人死前挣扎过。"

"是吗？"西于聚尔·奥利说。

"难道不是吗？"

"会不会是被埋以后造成的呢？"西于聚尔·奥利说，"泥土有些分量，温度不断变化，冻融现象也会出现。我和你请来的地质学家交流过，他也提到过这点。"

"人被活埋的时候一定会有挣扎。这是显而易见的，不是吗？"埃琳博格看着埃伦迪尔，却发现他早已神游他方。"埃伦迪尔，"她说，"难道你不同意这个说法吗？"

"假如这是一桩谋杀案。"埃伦迪尔回过神来，说道。

"假如这是一桩谋杀案？"埃琳博格问道。

"我们现在毫无线索。"埃伦迪尔说，"这可能只是某个古老的家族墓地，可能他们没钱办葬礼就一切从简了；可能是大家都知道的一个老家伙突然过世，然后就被草草地埋在这儿了；可能这具尸骨已经在这埋了一百多年了，也可能只有五十年。我们现在急需确切的线索，这样我们就可以随便进行推测了。"

"难道不是法律规定必须要将人埋在神圣的墓地吗？"西于聚尔·奥利说道。

"我倒是觉得，人死之后可以埋在自己中意的任何地方。"埃伦迪尔说，"如果有人愿意，你甚至可以被埋在他们的后院里。"

"那只伸出地面的手怎么解释呢？"埃琳博格说，"难道不是挣扎过的表现吗？"

"看上去是这样的。"埃伦迪尔说，"我觉得这背后一定有不为人知的秘密。一定有人从这里逃走了，以为不会有人发现。不幸的是，他在雷克雅未克被捕了。现在就需要我们查出这里到底发生了什么。"

"如果他……我们就先假定这个人是个男的吧，'千禧男'……"西于聚尔·奥利说，"如果他是多年前被谋杀的，难道谋杀者不是早就死了吗？如果他还没死，一只脚也已经踏进坟墓了吧。我们现在再去追查他、惩罚他，岂不是很荒唐？跟这案子相关的人可能也都死了，即使我们查出了真相，我们也没有目击证人。所以……"

"你想说什么呢？"

"我们难道不应该先想想我们是否应该继续调查下去吗？我的意思是，这案子到底值不值得调查啊？"

"你的意思是直接别调查了？"埃伦迪尔问道。西于聚尔·奥利耸耸肩，露出一副漠不关心的样子。"凶手就是凶手。"埃伦迪尔说，"不论这件谋杀案发生在多久以前，只要这是谋杀，我们就必须查出真相，查出死者是谁，为什么被杀，凶手又是谁。我认为，我们应该像对待其他案件一样对待这起案件。走访相关群众，想办法获取相关信息。运气好的话，说不定我们就能知道真相了。"

埃伦迪尔站了起来。

"我们一定要去找些线索。去跟那些屋子的主人和他们的祖辈们打探些消息。"他看着埃琳博格，"查查看那些灌木丛旁以前是否有房子。打起精神来。"

他心不在焉地跟他们道了别，然后就离开了。埃琳博格和西于聚尔·奥利互相对视了一眼，西于聚尔·奥利点了点头，埃琳博格站起身跟着埃伦迪尔走了出去。

"埃伦迪尔。"她叫住了他。

"怎么了？"

"埃娃·琳德情况还好吗？"她有些犹豫地问道，埃伦迪尔看着她，一言不发。

"我们在警局听说了。听说了她是怎么被找到的。我很难过。有西于聚尔·奥利或者我能够帮上忙的地方，尽管吩咐。"

"不用了。"埃伦迪尔疲倦地说道，"她躺在病床上，没人能帮上忙。"他犹豫了一下，"我找她的时候，才知道她生活的世界是什么样的。之前，我对她的世界并非一无所知，因为我之前在那些地方找过她，那些她走过的街道，那些她住过的房子，但我却从未认真地停下来，关心一下她的生活、她对待自己的方式，还有她虐待自己的方式。我见过她的朋友们，那些她绝望时求助的人，那些她为他们做出无法想象的事情的人。"他停了一会儿，"这还不是最糟糕的事。她住过的房子、做过的工作、吸食过的毒品，这些都不是最糟糕的。她母亲说得对。"

埃伦迪尔看着埃琳博格。

"我才是最糟糕的。"他说，"是我让他们变成现在这样的。"

埃伦迪尔回到家，坐在扶手椅上，精疲力竭。他打电话到医院询问了埃娃·琳德的情况，医生说她还是没有好转，还说一有情况会第一时间通知他。他谢过医生后挂断了电话。他看着远方，陷入了沉思。他想到了埃娃·琳德，她现在躺在重症监护室里；想到了他的前妻，仇恨仍然充斥着她的生活；想到了他的儿子，只有出事了自己才会和他联系。

他沉思着，感觉生活被深深的沉寂笼罩着，倍感孤独。这日复一日、百无聊赖的日子，像一条枷锁，紧紧地拴着他，让他窒息。

昏昏欲睡之时，他突然想起了自己的童年。那时，阴沉寒冷的冬天刚刚过去，天气渐渐变得明朗温暖，他的生活无忧无虑，自由而快乐。有时候他会像这样，回忆一下过去的日子，尽管这样的时候很少，但他总能从中获得些许的安慰，让自己好过一点儿——如果他能忘记自己曾经失去的种种。

电话铃声响了很久，他才从睡梦中惊醒。先是手机响，然后破旧桌子上放着的座机也跟着响了起来。那桌子是客厅里为数不多的几样家具之一。

终于，他接起了电话。"你是对的。"埃琳博格急匆匆地说道。"哦，不好意思，我吵醒你了吗？"她问道，"不过，现在才十点。"

"什么是对的？"埃伦迪尔迷迷糊糊地问道，他还没有完全清醒。

"那个地方从前确实有过建筑，就在灌木丛旁边。"

"灌木丛？"

"红醋栗灌木丛，格拉法尔霍特山那里。那房子是十九世纪三十年代建造的，一九八〇年前后就被拆了。我让城市规划办公室一找到相关信息就立即通知我。他们刚刚给我打过电话，说他们昨天找了一整夜，最后终于找到了。"

"是什么样的房子？"埃伦迪尔问道，声音听起来还是有些疲惫，"普通的住房？马厩？狗屋？还是小木屋？"

"就是普通的房子，跟小木屋差不多。"

"什么时候开始有人住进去的？"

"一九四〇年以前。"

"主人是谁？"

"以前是一个叫本杰明的人。本杰明·克努森。生前是个商人。"

"生前？"

"是的，他几年前已经死了。"

8

西于聚尔·奥利开车载着埃琳博格，绕着格拉法尔霍特山缓缓地移动——他在试着找一条好点儿的路上山。他们看到，山的北坡有许多小木屋，木屋的主人都在忙碌着。他们有的在修剪树篱，有的在修补房屋或者栅栏，还有的在装马鞍准备出门。

正午时分，天气晴朗，风景宜人。西于聚尔·奥利和埃琳博格走访了几户人家之后，还是一无所获。好在天气甚好，他们沐浴着阳光，享受着远离城市喧嚣的片刻宁静，不慌不忙地向山脚下的几栋木屋走去，一路跟木屋主人打探着消息。木屋的主人们看到一大早便来访的警察也深感意外。他们中，有的人已经听说了山上发现骨头的事情，有的人还一无所知。

"她会好起来，还是……"西于聚尔·奥利问道。谈话间，他们重新回到了车上，准备出发去下一栋木屋。他们出城之后就一路讨论着埃娃·琳德的事情，虽然中间也会岔开话题，但还是会时不时地回到她身上。

"我不知道。"埃琳博格说。"谁也说不准。这个可怜的姑娘。"她说着，长长地叹了口气，"还有他，可怜的埃伦迪尔。"

"她吸毒成瘾，"西于聚尔·奥利严肃地说道，"还怀孕了，神志不清，还害死了自己的孩子。我没法同情这种人。我完全不能理解这些人，可能永远也不能。"

"没人让你同情他们。"埃琳博格说。

"哦，是吗？人们每次提到这些人时，总会说他们的经历有多么悲惨。而在我看来……"他停了一下，"我没法同情这种人。"他重复了一遍，"他们就是失败者。其他什么都不是。卑微下贱。"

埃琳博格叹了口气。

"那些事事都做得完美的人又怎样呢？总是穿着得体，脸蛋光滑，头发整齐，指甲洁净，怀揣着一张美国文凭，又怎样？除了担心能不能维持这些光鲜的外表，其他的什么都不在乎？你难道一点儿都不厌倦这些吗？你难道一点儿都不厌倦这样的自己吗？"

"一点儿都不。"西于聚尔·奥利说。

"对那些弱势群体表示理解有什么不对？"

"你知道他们是失败者。虽然她是埃伦迪尔的女儿，但她一点儿都不比其他的失败者强多少。她跟其他的无业游民没什么两样，在街上吸毒吸到神情恍惚，然后随便找个避难所睡觉，在完全废掉之前去戒毒所戒毒。这些人唯一想做的就是，到处闲逛，然后再吸毒吸到神志不清。"

"你和贝格索拉过得怎么样？"埃琳博格问道，完全放弃了改变他对任何事情的态度。

"还行吧。"西于聚尔·奥利有些疲倦地回答道，在另外一栋木屋旁停下了车。贝格索拉从来不会让他清净会。她的性欲似乎总是无法满足，不管是早晨、中午，还是晚上，不管是在厨房、客厅，还是洗衣房，他们会在任何时间、任何地方尝试不同的体位——躺着的、站着的……刚开始时，他还很享受这一切，久而久之，他就有些厌倦了，甚至开始怀疑起她的动机了。这倒不是因为他们性生活的无趣，而是因为她之前不是这样的——她之前没有这么强的欲望和激情。他们虽然在一起很长时间了，但从未认真讨论过要小孩这件事情。他知道贝格索拉一直在吃避孕药，但他还是忍不住觉得她是想用孩子将他套牢。事实上，这完全没有必要，他非常爱她，对其他女人根本没有任何兴趣。不过，女人的心思不好猜，你永远不知道她们到底怎么想的，他这样想着。

"奇怪了，如果有人在那座小山上住过，国家统计办公室怎么会没有那些人的名字呢。"埃琳博格说着，从车里走了出来。

"那段时间的档案都是乱糟糟的。战争前后，雷克雅未克挤满了人，他们搬到这来的时候，登记的信息有些混乱。我觉得，他们应该是把一部分人口的登记信息弄丢了。接待我的人说，所有的资料都混在一起，他一时也找不到。"

"可能那里从来没住过人。"

"他们可能在那没住多长时间，登记的时候就被列到了其他地方，没有登记新的地址。可能他们只在那住了几年，甚至只是在房屋紧缺的时期在山上住了几个月，然后战争一结束，他们就搬到改造好的军营里去了。你觉得呢？"

"听起来有点儿道理。"

他们俩在木屋门口碰到屋子的主人。那人年事已高，但头上的白头发并不多，瘦瘦高高的，行动有些迟缓。他穿着一件很薄的蓝色体恤，里面衬着条纹背心，腿上穿着灰色的灯芯绒裤子，脚踩一双新的运动鞋。当埃琳博格看到满屋的垃圾时，她在想，这人是不是在这住了很久了。她问了他。

"可以这么说。"那人边回答，边坐到了扶手椅上，又示意他们坐到房子中间的几张椅子上。"我四十年前就开始修建这栋房子了，大概五年前，我才用我那辆破旧的拉达汽车把所有东西都搬到这里来了。也可能是六年前吧？我也记不清。我实在不想再在雷克雅未克生活下去了。那个城市简直太糟糕了，所以……"

"这山上以前有房子吗？和你这栋差不多的避暑的小木屋，不过倒也不是专门用来避暑的？"西于聚尔·奥利急忙问道——他可不想听那人继续唠叨下去，"我的意思是，四十年前，你刚开始修建你的房子时，有没有见过这样一栋房子？"

"一栋避暑的小屋，却又不是专门用来避暑的……"

"就在格拉法尔霍特山这边。"埃琳博格说，"是在战争之前修建的。"她朝客厅的窗外望去，"通过这个窗户，可能会看到它。"

"我记得那有栋房子，没有上漆，准确说，还没有完全建好。不过很久之前它就不见了。那栋房子面积很大，应该比我的还要大些，不过乱糟糟的，看着随时都可能倒塌的样子。房子没有门，窗户也是破的。之前，我还不怕麻烦，愿意走一大段路去那边的湖里钓鱼，那会儿还会路过那里，不过后来就不再过去了。"

"这么说来，那房子没人住？"西于聚尔·奥利问道。

"没有，那房子一个人都没有。那地方随时都有坍塌的危险，根本不可能住人。"

"也就是说，那里从来没有住过人？"埃琳博格说，"你记不记得来过那房子的任何人？"

"你为什么想要知道那栋房子的事啊？"

"我们在山上发现了人的骨架。"西于聚尔·奥利说，"你没看新闻吗？"

"骨架？没看过新闻。是住在那栋房子里的人吗？"

"我们还不知道。我们对那栋房子的过去一点儿也不了解，也不知道里面住过什么人。"埃琳博格说，"我们只知道房子的主人是谁，但他很久之前就去世了。目前，我们还没有找到其他住户的登记信息。你还记得战争时期山那边的军营吗？在山的南边，补给站或者类似的地方？"

"那时候，郊外到处都是军营，"老人说，"美国人和英国人的都有。具体的我就不太清楚了，那是很早之前的事，我搬过来之前的事了。你可以去问问罗伯特。"

"哪个罗伯特？"埃琳博格问道。

"罗伯特·西于尔兹松。他是第一批在这座山上修建屋子的人。听说他现在住在养老院。如果他还活着，你可以找他问一下。"

房子门口没有装门铃，埃伦迪尔用手重重地拍了几下厚实的橡木门，希望里面的人能听到。这栋房子曾经归本杰明·克努森所有，他是雷克雅未克的商人，六十年代初的时候去世了。他的弟弟和妹妹继承了这栋房子。本杰明·克努森死后，他们就搬了进来，之后便一直住在这里。据埃伦迪尔所知，他们都没有结婚，但妹妹有个女儿，是个医生，现在一个人住在二楼，把楼上楼下都租了出去。

埃伦迪尔跟她通过电话，约好中午见个面。

埃娃·琳德的病情还没有好转。埃伦迪尔上班之前去看了看她，在她床边坐了很久，盯着那些生命体征监测器，还有她嘴巴、鼻子和血管里插的管子发呆。她现在还不能自主呼吸，只能依靠呼吸机辅助呼吸，呼吸器一起一伏地发出抽吸的声响。心脏监测仪上的波线一直很平稳。他走出重症监护室，跟医生聊了会儿，医生告诉他，她的情况还没有好转。埃伦迪尔问医生他能为她做些什么。医生回答说，尽管埃娃·琳德还处于昏迷状态，但他还是可以经常来跟她说说话，让她听到他的声音。现在这种情况下，家人的声音对病人有很大的帮助，能够帮助他们渡过难关。医生告诉埃伦迪尔，他绝没有失去埃娃·琳德，他应该多跟她说说话。

厚重的橡树门终于被打开了，是一个六十多岁的女人开的门，她说自己叫埃尔莎。她身材纤细，脸上画着淡妆，齐耳的短发被染成了黑色，看起来很友好。她穿着白色衬衫和牛仔裤，没有佩戴戒指、手镯或者项链，显得沉着自信。她引他去了客厅，让他在那坐下。

"你们觉得那些骨头是什么？"在他跟她说完此行的目的后，她立刻问道。

"我们目前还不清楚，但有人认为，它们跟地基旁边的农舍有关系，就是你舅舅的小屋。他以前在那待过很长时间吗？"

"我记得他很少去那里。"她小声地说道，"他的事情，就是个悲剧。母亲常常跟我说，舅舅是多么的帅，多么的聪明，又是怎样赚了一大笔钱。但是后来，他失去了自己的未婚妻。她已经怀孕了，然后有一天，她突然就不见了。"

埃伦迪尔想到了自己的女儿。

"他开始变得消沉，对他的商店和财富完全失去了兴趣，之后，他所有的一切都毁于一旦，唯一留下的就是这栋房子。可以说，他死的时候，其实正值盛年。"

"他的未婚妻是怎么不见的？"

"有传言说她跳海自杀了。"埃尔莎说，"至少我是这么听说的。"

"她是个抑郁消沉的人吗？"

"没听说过。"

"她的尸体没被找到？"

"没有。她……"

埃尔莎话说了一半，突然停了下来。她好像突然开始顺着埃伦迪尔的思路往下想了。她盯着他，脸上露出一副怀疑的表情，继而又有些受伤和愤怒，种种感情一股脑地涌了上来。她的脸唰地一下红了。

"我不相信你。"

"什么？"埃伦迪尔问道，看着她突然变得有些敌意。

"你觉得那是她。那个骨头是她的尸体！"

"我并没有这么想。这是我第一次听说这个女人。我们现在对那些骨头一点儿都不了解。现在说那是谁，或者那不是谁，还为时过早。"

"那为什么你对她那么有兴趣？你知道什么我不知道的消息吗？"

"没有。"埃伦迪尔有些生气地说，"我跟你说到尸骨的事情时，你就没什么想法吗？你舅舅在那旁边有栋小屋，他的未婚妻失踪了，而我们又找到了骨头。从中不难得到这样的推论吧。"

"你疯了吗？你的意思是……"

"我没什么意思。"

"……他杀了她？你猜测是本杰明舅舅杀死了他的未婚妻，然后把她埋了起来，没有告诉任何人，直到他死了？"

埃尔莎站了起来，在屋里来回地踱着步。

"等等，我没这么说过。"埃伦迪尔说着，心里琢磨着怎么才能把话说得更委婉些，"我不是这个意思。"

"你觉得那是她吗？你们找到的那个骨架，是她吗？"

"当然不是。"埃伦迪尔回答道，不知道自己为何要这么说，他只想着不管怎样要先让她平静下来。之前说话太不注意技巧了，无意中暗示了一些没有证据的事情，话一出口他就感到有些后悔。对她来说，这番推论显然太过唐突。

"你对那栋木屋有什么了解吗？"他试着转移话题，"在战争前或者战争结束后，大概五六十年前，有没有人在那住过？相关部门现在还没有找到任何详细的记录。"

"我的天哪，多可怕的想法啊！"埃尔莎叹息道，有些心不在焉，"不好意思，你刚刚说什么了？"

"他有可能把那栋小木屋租出去了，"埃伦迪尔马上说道，"我是说你舅舅。战争爆发后，雷克雅未克地区的房屋资源一直很匮乏，房租一路飞涨，我想他可能在那个时候把房屋低价租给别人了，也可能是卖出去了。你知道这些事吗？"

"是的，我听说过一些传言，说他把房子租出去了，但我不知道租给谁了——你想知道的是这些吧。抱歉，刚刚我有些激动，请原谅。这实在是太……那些骨头是什么样的？是一具完整的骨架吗？是男性还是女性？还是小孩的呢？"

她平静了一些，谈话重新回到了正轨。她坐了下来，好奇地看着他。

"看起来是一具完整的骨架，不过目前我们还没有完全挖掘出来。"埃伦迪尔说，"你舅舅有没有保留关于他的商业往来或者不动产的记录？或者任何还没有被扔掉的东西？"

"地下室里全是他的东西。各种纸，各种箱子，我都还没来得及扔掉，也没时间去清理一下。他的书桌和柜子也都在楼下，过阵子我准备去整理一下。"

她说着这些的时候，言语里带着一丝惋惜。埃伦迪尔在想，她或许不甘心现在的生活，不甘心一个人独自住在一栋这么大的房子里——一栋从久远的年代传承下来的古董似的房子。他环顾四周，感觉她的整个人生仿佛就是一件遗产。

"你觉得我们……"

"你们随便看吧，想怎么看就怎么看。"她说着，空洞地笑了笑。

"我一直在想一件事。"埃伦迪尔站起来，说道，"你知道本杰明为什么要把小屋租出去吗？他缺钱吗？他有这么大栋房子，还有自己的生意，好像没那么缺钱。你说他最后失去了一切，但是在打仗那会儿，他应该过得还算不错吧。"

"是的，我也不觉得他是因为缺钱。"

"那是因为什么呢？"

"我想应该是有人求他。打仗的时候，很多住在郊区的人都涌进了雷克雅未克地区。我想他应该是出于同情吧。"

"那他没准儿连租金都没有收吧？"

"那我就不知道了。我简直不敢相信你居然觉得本杰明……"

她话说了一半又停下来，好像不愿意清楚地说出自己的想法。

"我可什么都没想。"埃伦迪尔挤出一丝笑容，"现在想什么都为时过早。"

"我只是不相信这一切。"

"再告诉我一件事。"

"什么？"

"她还有活着的亲戚吗？"

"谁？"

"本杰明的未婚妻。我能去找谁问问情况？"

"为什么啊？你为什么要调查这些？他绝对不会这样对她的。"

"我知道。但不管怎么说，我们现在发现了这些骨头，我们得查出这是谁的尸体。我必须调查所有相关的人。"

"她有个妹妹还活着，名字叫巴拉。"

"她是什么时候失踪的。"

"一九四〇年。"埃尔莎说，"他们告诉我说是一个春天，阳光明媚的一天。"

9

罗伯特·西于尔兹松还活着，不过西于聚尔·奥利觉得他已经奄奄一息了。他和埃琳博格坐在这个老人的房间里，看着他苍白的脸，心想着自己可不愿意活到这把岁数。想到这，他不禁打了个寒战。老人的牙齿全部掉光了，嘴唇发白，毫无血色；他两颊凹陷，几撮头发横七竖八地倒在脑袋上。他还在用氧气瓶，每次他想说点儿什么时，都要颤颤巍巍地摘下氧气罩，努力挤出几个词之后再赶紧把氧气罩戴上。

罗伯特很久之前就把他的小木屋卖了，之后，那栋小屋被转卖了两次，最后被推掉了，旁边又建起了一栋新的房子。西于聚尔·奥利和埃琳博格赶在正午之前叫醒了他，听他断断续续、模模糊糊地讲了一些关于那栋小屋的事情。

他们让待在警局的同事帮忙找到了这位老人的所在地，自己则从小山那边直接开车过来了。路上，他们得知老人刚过了九十岁生日，现在住在国立医院。

埃琳博格在医院和罗伯特聊了聊，向他说明了这个案子，他蜷缩在轮椅上，大口大口地吸着氧气瓶里的氧气。他是个老烟鬼，尽管现在身体状况很差，但是感官还都好使，他不停地点着头示意埃琳博格，表示她说的每个词他都能听懂，也知道这些侦探的来意。把他们领进来的护士站在他的轮椅后面，提醒他们不要跟老人聊得太久，免得让他太过劳累。

　　"我记得……"老人用沙哑的声音说道。他颤抖着手把氧气罩戴上，大口地吸了会儿氧气，又把它取了下来。

　　"……那栋房子，不过……"

　　戴上氧气罩。

　　西于聚尔·奥利看了一眼埃琳博格，又瞟了一眼手表，丝毫不掩饰自己的不耐烦。

　　"你是不是想……"她接过他的话，但是他又摘下氧气罩。

　　"……我只记得……"罗伯特打断了她，却又因为呼吸困难停了下来。

　　戴上氧气罩。

　　"要不你去餐厅吃点儿东西吧？"埃琳博格对西于聚尔·奥利说。西于聚尔·奥利看了看手表，看了看老人，又看了看她，叹了口气，站起来，走了出去。

　　老人又摘下氧气罩。

　　"……以前有一户人家住在那。"

　　戴上氧气罩。埃琳博格等着罗伯特继续说下去，可他一声不吭。于是，她思考着怎么问才能让他只用回答"是"或者"不是"，而且只用头示意而不用张口说话。她跟他说她想换一种方法提问，他点了点头表示同意。这样就容易多了，她这样想着。

"打仗的时候，那是不是有一栋小木屋？"

罗伯特点点头。

"你说的那一家人，那时候是住在那吗？"

罗伯特点点头。

"那你记得他们的名字吗？"

罗伯特摇摇头，显然不记得了。

"那户人家里人口多吗？"

罗伯特摇摇头，表示不多。

"一对夫妻，两三个孩子？还是更多？"

罗伯特点点头，伸出三根毫无血色的手指。

"一对夫妻，三个小孩。那你见过那些人吗？你和他们有过联系吗？还是根本不认识他们？"埃琳博格完全忘记了"是"或"不是"的规则，罗伯特摘下氧气罩。

"不认识他们。"又戴上氧气罩。站在轮椅后的护士有些坐立不安，她瞪着埃琳博格，看上去随时都有可能打断她的问话。罗伯特摘下氧气罩。

"……死。"

"谁？那些人？谁死了？"埃琳博格倾过身子靠近他，等着他再次摘下氧气罩。他又举起颤抖的手，摘下了氧气罩。

"除非……"

埃琳博格发现，他说话越来越困难，但她还是希望他能再多说些。她注视着他，等着他开口。

他摘下氧气罩。

"……植物人。"

氧气罩从罗伯特的手里滑落，他闭上眼睛，头垂到了胸前。

"天哪，这下可好了！"护士粗暴地说道，"你简直要了他的命。"护士捡起氧气罩，把它重新放到罗伯特的鼻子和嘴巴上。他坐在那儿，头垂在胸前，眼睛闭着，仿佛睡着了一般。也许，他真的快死了。埃琳博格站了起来，看着护士把罗伯特推到床边，很轻松地把他从轮椅上抱起来，放到了床上。

"就为了这些废话，想杀了这个可怜的老人吗？"护士说道。她是个五十多岁的女人，身材高大健壮，头发盘了起来，穿着白大褂、白裤子和白底鞋。她恶狠狠地盯着埃琳博格。"我就不该让你这样做。"她有些自责地喃喃自语，"他可能都活不过明天早上了。"她大声地呵斥着埃琳博格，口气里满是责备。

"对不起。"埃琳博格说道，也不知道自己为什么要道歉，"我们原本以为他能帮我们解答关于尸骨的一些问题。我希望他没什么大碍。"

罗伯特平躺在床上，突然睁开了眼睛。他看了看四周，好像逐渐明白过来自己在哪，他不顾护士的反对，摘下了氧气罩。

"经常过来。"他喘息着，"……后来……绿色……女人……灌木丛……"

"灌木丛？"埃琳博格重复道。她思忖了一会儿，问道："你是说红醋栗灌木丛？"

护士帮罗伯特戴上氧气罩，埃琳博格看到他朝她点了点头。

"那是谁？你说的是你自己吗？你还记得红醋栗灌木丛吗？你去过那里吗？你去过灌木丛吗？"

罗伯特摇了摇头。

"出去！让他一个人静静。"护士命令埃琳博格。此时的埃琳博格已经站了起来，靠到了罗伯特身旁，但她不敢靠得太近，免得进一步惹怒护士。

"你能跟我说说吗？"埃琳博格继续说道，"你知道那是谁吗？谁以前经常去红醋栗灌木丛？"

罗伯特已经闭上了眼睛。

"后来？"埃琳博格追问道，"你说后来是什么意思？"

罗伯特又睁开眼睛，举起他枯老干瘦的手，示意要支铅笔和纸。护士摇摇头，告诉他该休息了，他已经够累了。他揪住护士的手，用恳求的眼神看着她。

"绝对不行。"护士说道，"请你出去。"她对埃琳博格说道。

"难道我们不应该让他自己做决定吗？如果他今晚就死了……"

"我们？"护士反问道，"我们指谁？过去的三十年，是你在照顾他吗？"她鄙视地说道，"请你出去，要不然我就要亲自动手把你赶出去了。"

埃琳博格看了看罗伯特，他又闭上了眼睛，看样子是睡着了。她看了看护士，然后不情愿地朝门口挪去。护士紧紧地跟在她的身后，等她一到走廊，便狠狠地把门关上了。埃琳博格想过，要不要找西于聚尔·奥利一起和护士理论一番，告诉护士罗伯特想说的话对他们有多重要。但她放弃了这个想法，因为西于聚尔·奥利肯定更容易把护士激怒。

埃琳博格沿着走廊走着，看到西于聚尔·奥利正坐在餐厅吃香蕉，一脸傻相。她正准备去找他，却又停了下来。走廊尽头有个凹室，或者说是电视阁，她退了进去，躲在了一棵盆栽的大树后面。树很高，枝条几乎快碰到了天花板。她等在那，看着房门，像狮子躲在丛林里等待猎物一般。

不久，护士从罗伯特的病房里走了出来，迅速地走过走廊，穿过客厅，到下一间病房去了。她没有注意到西于聚尔·奥利，而西于聚尔·奥利正啃着香蕉，也没注意到护士。

埃琳博格从大树后面溜了出来，踮着脚快速跑到罗伯特的房间。他躺在床上，睡得很沉，脸上带着氧气罩，跟她出去的时候没什么两样。房间里的窗帘拉上了，台灯在昏暗的房间里发出暗淡模糊的光。她走到他旁边，迟疑了片刻，小心地环顾了一下四周，最后鼓起勇气，伸手碰了一下老人。

罗伯特没有任何反应。她又碰了他一下，但他睡得太沉。埃琳博格心想，如果他还活着，就一定是睡得太熟了。她咬着指甲，心里盘算着到底应该再用力推一下他，还是就这么转身离开，忘掉他们之前的对话。反正他说的话也不多，就说有个人经常去山上的灌木丛转转，是个穿绿衣服的女子。

她正要转身离开，突然看到罗伯特睁开了眼睛，看着她。埃琳博格不知道他是不是认出了她，但他点了点头。她确定自己看到了罩着氧气罩的老人脸上露出了一丝微笑。他做了和刚刚要纸和笔一样的手势，她赶紧从口袋里找出本子和笔，把它们放到他手上。他用颤抖的手，花了好长时间，才写下几个大写字母。期间，埃琳博格胆战心惊地盯着门口，生怕护士随时会进来朝她吼叫。她想催一下罗伯特，但又不敢给他太大压力。

刚一写完，他苍老的手，还有手中的笔和本子，都瘫落到了被子上。他闭上了眼睛。埃琳博格拿起本子，正准备看老人写的东西，老人的心脏监控器突然响了起来，打破了房间里的寂静。埃琳博格一惊，回过头来看了看罗伯特，顿时手足无措，然后她猛地冲出了房间，沿着走廊跑到了餐厅。西于聚尔·奥利还坐在那，香蕉已经吃完了。从某个地方传来了警报声。

"你从老头那里得到什么信息了吗？"西于聚尔·奥利问埃琳博格，她坐在他旁边，喘着粗气。"喂，你还好吧？"看她上气不接下气的，他又多问了一句。

"嗯，我还好。"埃琳博格说道。

一群医生、护士、辅助医务人员急匆匆地穿过食堂，沿着走廊，直奔罗伯特的病房。不一会儿，一个穿白大褂的男人出现了，推着心脏起搏器之类的仪器，沿着走廊跑去。西于聚尔·奥利看着这些人消失在走廊的转角处。

"到目前为止，你到底做了些什么呢？"西于聚尔·奥利看着埃琳博格，问道。

"我？"埃琳博格低声说道，"什么都没做。我……你什么意思？"

"那你为什么一直冒汗啊？"西于聚尔·奥利问道。

"我没有在流汗。"

"发生了什么？为什么那些人都是跑着过去的？"

"我也不知道。"

"你从他那获得什么信息了？他要死了吗？"

"得了吧，你能不能稍微尊重一下别人啊。"埃琳博格说着，环顾了一下四周。

"你从他那得到了什么？"

"我还没看过。"埃琳博格说道，"我们能不能先离开这里啊？"

他们起身走出餐厅，离开医院，坐进了车里。西于聚尔·奥利启动了车。

"你到底从他那获得了什么？"西于聚尔·奥利不耐烦地问道。

"他给我写了一张纸条。"埃琳博格叹了口气，"真是可怜啊。"

"给你写了张纸条？"

她从口袋里掏出笔记本，翻了翻，找到罗伯特留下笔迹的那一页。一个奄奄一息的人，用颤抖的手写下的只有一个词，而且字迹潦草，几乎无法辨认。她花了好长时间才弄明白他写的到底是什么——虽然她不知道是什么意思，但是她很确定。她注视着罗伯特在人生最后一刻写下的词——畸形的。

*

那天晚饭他们吃的土豆。他觉得土豆煮得不够熟，当然，他有时候也会嫌土豆煮得太烂。他总是挑刺儿，嫌土豆煮得太烂、太生、没削皮、皮削得不好、皮削得过头了、没有切成两半、没有浇汁、汁浇多了、油炸了、没炸过、捣得太烂、切得太厚、切得太薄、太甜了、不够甜……

她永远达不到他的要求。

这就是他最强大的武器。在她感觉生活很美好时，在她没有任何防备时，他会突然发脾气；当她觉得有什么事让他不高兴时，他也会这样。他总是让她提心吊胆，毫无安全感。他在旁边时，她总是绷着一根弦，对他唯命是从。她准时做好饭，清晨起来为他准备好要穿的衣服，管好孩子们，避免让米凯利娜出现在他的视野范围内。总之，她尽可能地伺候好他，方方面面——尽管她知道，即使这样做也毫无用处。

她很久以前就对生活失去了希望。他的家就是她的监狱。

吃过晚饭后，他像往常一样板着脸，端起盘子，把它放进洗碗池里。然后，他回到餐桌旁，像是要从厨房出去。然而，他突然在她身旁停了下来。她坐在桌子旁，不敢抬头，只能看着坐在她旁边的两个儿子，继续吃着饭。她身上的每一块肌肉都紧绷起来，也许，他会就这样离开而不碰她。孩子们看着她，慢慢地放下了手中的叉子。

厨房里突然死一般的寂静。

突然，他抓住她的头，猛地朝盘子撞去，盘子被撞得粉碎。他又一把抓起她的头发，向后一扔，她摔到了地板上。他用力地把桌上的碎盘子推到了地上，把她的椅子一脚踢到墙上。她被摔得头昏脑涨，感觉整个厨房都在旋转。她努力尝试着站起身，尽管就她的经验来说，此时，躺着一动不动是最好的，但那一刻，她内心突然萌生出一种顽固的情绪——她想要激怒他。

"别动，婊子！"他大声冲她喊道。她挣扎着快要站起来的时候，他弯下身按住了她，厉声叫道，"你还想站起来啊？"他扯住她的头发，把她整个脸撞向墙边。他猛踢她的大腿，直到她的腿完全无法动弹。她嘶声尖叫，倒在了地上。鲜血从她的鼻子里流了出来，耳朵里嗡嗡直响，她几乎听不到他在喊些什么。

"再站起来试试看，你这个贱人！"他喊道。

这一次，她躺着一动不动，整个人蜷成一团。她用手护住自己的脑袋，等待着他的拳打脚踢。他抬起脚，使出全身力气踢了她一脚。她的胸部剧烈地疼起来，她的呼吸变得艰难起来。他蹲下来，揪住她的头发，朝她的脸上吐了口口水，又把她的头撞向地板。

"不要脸的臭婊子！"他恶狠狠地说道。然后，他站起来，看着施暴过后的一片狼藉。"看看，你把家里搞得乱七八糟，你这个蠢货！"他大吼道，"马上清理干净，否则我要了你的命！"

他慢慢地走开，想再朝她吐口水，可嘴巴干得厉害，吐不出来了。

"该死的贱货。"他骂道，"你真是个废物。你难道连一件事都做不好吗？不中用的贱货！你什么时候才能明白呢？这都不明白吗？"

他一点儿都不担心她身上会留下伤痕，他知道没人会注意到，因为基本上没人来这里。农舍基本都分散在山脚下，尽管从格拉法沃厄尔到格拉法尔霍特的主干道就在旁边，还是很少有人上来。

他们住的大房子是雷克雅未克的一个男人租给他们的；租给他们的时候，房子才建了一半，因为主人对那房子没有任何兴趣了。房子的主人答应他们，要是他们能够把这房子造完，就把它便宜点儿租给他们。一开始，他兴致勃勃，认真地搭建这栋房子，眼看房子就要造好了，却发现房东根本不在意房子是否建好了，于是，他便停止了搭建，之后，房子就渐渐地破损了，甚至变成了个危房。房子是用木头搭建的，有一个客厅，客厅旁边是个厨房，厨房里面还有烧饭的煤炉子。此外，房子里还有两个卧室，都有煤炉子可以取暖，之间有个走廊，把各个房间连通起来。房子附近还有一口井，他们每天早晨都会去那里挑两桶水，放到厨房的桌子上。

他们大概是一年前搬到这里来的。英国人占领了冰岛以后，人们就纷纷从乡下跑到雷克雅未克找工作。他们因为交不起房租，就没能继续住在原来的地下室。人群的涌入导致房价居高不下，房租也一路暴涨。最终，他们在格拉法尔霍特租下了这栋建了一半的房子，全家人都搬了进来，之后他便开始寻找适合自己的工作。后来，他找到一份给雷克雅未克地区的农场运送煤炭的工作。每天早上，他会走到格拉法尔霍特的路口，等着运煤的货车来接他，晚上又在同样的地方下车。她有时甚至觉得，他搬出雷克雅未克的唯一原因就是，在他对她拳打脚踢的时候，没人能够听到她的尖叫声。

他们搬到山上后，她做的第一件事就是种红醋栗灌木丛。她发现山上一片荒芜，便打算在房子的南侧种上灌木丛。她打算开辟一个花园，而这些灌木丛恰好可以作为花园的边界。她还想种更多的灌木丛，但他觉得这完全是在浪费时间，不让她种。

她躺在地上，一动不动，等着他消消气或者出去找他的朋友玩玩。他有时候会去雷克雅未克，第二天早上才会回来。她脸上火辣辣的疼，胸口也很难受，两年前他打断她的肋骨时，她的胸口也是这样疼。她知道，他绝不只是因为土豆没煮好而大发雷霆，不是因为他看到刚刚洗过的衣服上有点儿污渍，不是因为她自己给自己做的那件裙子——他觉得裙子看起来很风骚就把它撕成了碎片，也不是因为孩子们一整夜的哭声——虽然他因此责骂她，"一个没用的母亲！让他们闭嘴，否则我杀了他们！"她知道，他完全做得出来。

男孩们看到他殴打他们的母亲后，拔腿就跑，只有米凯利娜还像往常一样待在原地，因为没有别人的帮助，她几乎不能移动。厨房里有张长沙发，她就睡在那里，白天也待在那里，这样她母亲比较方便照看她。通常，他一进屋，她就会变得很安静。每次他打她母亲的时候，她都会快速地用毯子把自己的头盖上，像是想让自己消失在他眼前。

她没看到发生了什么，也不想看到。隔着毯子，她听到他疯狂的咆哮声和母亲痛苦的呻吟声。每当听到母亲撞到墙上和摔到地上的闷响，她就禁不住瑟瑟发抖。她在毯子下面蜷成一团，心里默默地念道，

女孩们盒上站，
小小袜子脚上穿。
金色头发微微卷，
粉红衣裙最鲜艳。

她停下来时，厨房里已经重新安静了下来。但是，她很长时间都不敢把毯子直接掀开，而只是偷偷地从毯子的缝隙处朝外瞟了几眼，她没看到他。她向走廊望去，看到门是开着的——他应该是出去了。小女孩坐起来，看到母亲躺在地板上。她扔开毯子，从她睡觉的地方下来，一路爬到母亲旁边。母亲正趴在地上，弓着身子，一动不动。

米凯利娜依偎在母亲身旁。小女孩骨瘦如柴，身体虚弱，在地板上爬都觉得有些困难。通常情况下，在她想动的时候，两个弟弟和母亲都会抱着她。但他从来不会。他只会不停地恐吓他们，说他会"杀了那个傻子""在那个脏兮兮的床上把那个怪物掐死！那个瘸子！"

她母亲还是一动不动。她感觉到米凯利娜抚摸她的后背，然后摸了摸她的头。她的胸口还是疼痛不止，鼻子也在不停地流血。她

不知道自己刚才是不是昏过去了。她本以为他还在厨房，但看到米凯利娜在她旁边，她便打消了疑虑——米凯利娜最害怕的就是她的继父了。

母亲慢慢地直起身来，疼得不停地呻吟，紧紧地按着刚刚他踢过的部位。他肯定是踢断了她的肋骨。她翻过身，看着米凯利娜。小女孩一直在哭，脸上露出一副惊恐万分的神情。看到母亲脸上的血迹后，更是吓坏了，又号啕大哭了起来。

"没事了，米凯利娜。"母亲叹息道，"一切都会好起来的。"

她吃力地站起来，靠在桌子边上。

"我们会好好地活下去的。"

她摸了摸身体的侧边，疼痛无比，仿佛利剑刺穿了她的身体。

"弟弟们呢？"她看着坐在地上的米凯利娜，问道。米凯利娜指了指门，发出的声音里充满了恐惧。她母亲一直把她当作正常小孩，只有继父总是用"傻子"甚至更难听的词称呼她。米凯利娜三岁的时候得了脑膜炎，按理说是活不下来的。那时候，小女孩住在一群修女管理的兰达科特医院，几乎快要不行了。不管她母亲怎么求情，医生都不让她进去陪着女儿，她就在病房外失声痛哭。后来，米凯利娜的高烧退了，四肢却无法动弹了，面部表情也很僵硬，半闭着一只眼，歪着嘴巴，还不停地流着口水。

男孩们知道，他们无力保护他们的母亲，小的那个只有七岁，大的那个也才十二岁。他们完全了解父亲殴打母亲时的心境，他们知道他会用自己能想到的所有脏话骂他们的母亲，会使出全身的力气毒打她。这些时候，他们都会选择逃离现场。大一点的西蒙会第一个逃跑。他也会抓起弟弟一起逃跑，像是惊慌失措的羔羊，生怕父亲会把怒气撒在他们的身上。

总有一天，他一定能把米凯利娜也带走。

总有一天，他一定能够保护自己的母亲。

惊恐万分的兄弟俩朝着红醋栗灌木丛跑去。正值秋天，灌木丛枝繁叶茂，红色的小浆果汁液充足，每当他们摘下果子放进母亲给他们的瓶瓶罐罐里时，果子就会裂开。

他们躲在灌木丛的另一边，听着父亲的辱骂声、盘子的破碎声，还有母亲的尖叫声。小一点的男孩紧紧地捂住自己的耳朵，但西蒙没有。他透过厨房的窗户，看着屋里的灯光，他强迫自己听着父亲的咆哮声。

他不再捂住自己的耳朵。如果他决心做他需要做的事情，就必须听着这些。

10

　　埃尔莎对本杰明房子里那个地下室的描述一点儿也不夸张。地下室里堆满了杂物，埃伦迪尔进来的时候吓了一大跳，甚至一度觉得前景渺茫。他想把埃琳博格和西于聚尔·奥利都叫过来，但后来决定还是先缓一缓。地下室大约有九十平方米，被隔成了几间大小不一的房间，这些房间没有门也没有窗户，里面全部都是箱子，有的箱子贴了标签，但大部分没有贴。房间里还有些之前装酒瓶和香烟的大纸盒子和木头盒子，里面也全部装满了各种各样的杂物。地下室里还有很多破旧的碗柜、衣柜、行李箱，很多长期不用的东西也都乱七八糟地堆在里面，比如满是灰尘的自行车、除草机，还有破旧的烧烤架。

　　"你随便翻吧。"埃尔莎跟着他一起下来的时候说道，"如果有什么需要我帮忙的，尽管开口。"她有些同情这个侦探。埃伦迪尔皱着眉头，有些心不在焉。他衣衫褴褛，外面穿着一件旧旧的夹克，胳膊肘处还打着补丁，里面衬着的羊毛衫看起来也不太干净。

她跟他说话的时候看着他的眼睛，看得出来，他似乎有些悲伤。

埃伦迪尔勉强笑了笑，向她表达了谢意。两个小时之后，他终于找到了本杰明·克努森的商业往来档案。在这样的地下室里找东西真是件苦差事，所有东西都是乱七八糟的。新垃圾和旧垃圾混杂在一起，堆成一大堆。他必须先检查所有的东西，并把它们摆放整齐移到一边，才能进一步朝下一堆杂物进军。但是，他越往里走，杂物堆放的年代就越久远。他多想喝杯咖啡、抽根烟放松一下。他犹豫着是让埃尔莎帮个忙，还是自己出去找个咖啡馆。

他的脑子里满是埃娃·琳德。他随身带着手机，期待医院随时打来电话。他因为自己没陪在她身边而良心不安。也许，他应该休息几天，坐在女儿旁边，按照医生所说的，跟她说说话。他想跟她待在一起，而不是让她一个人昏睡在重症监护室里，没有家人的陪伴，听不到任何安慰的话，孤零零的一个人。但他知道，他不可能就那么无所事事地坐在她旁边。工作对他来说是一种解脱。他需要工作来帮他逃避现实，让他没有闲暇去想那些最糟糕的事情，那些不能想的事情。

他尽量让自己集中精力在地下室里寻找线索。在一张破旧的书桌里，他找到了批发商寄给克努森商店的发票。这些发票都是手写的，很难辨认清楚具体的内容，但似乎跟货物的运输有关系。在书桌的橱柜里也找到了类似的票据，发票上写着咖啡和糖，旁边还有些数据。埃伦迪尔的第一反应就是，克努森经营过一家食品杂货店。

但是，关于雷克雅未克郊外的那栋木屋，所有的资料中都只字未提。

最终，抽烟的欲望击败了埃伦迪尔，他找到一扇门，门外是个整洁美丽的花园。冬季刚刚过去，花朵含苞待放。不过，埃伦迪尔根本无心欣赏，他只是一个劲儿地抽着烟，很快就抽完了两根烟。他正准备回地下室的时候，手机响了，是埃琳博格打来的。

"埃娃·琳德情况怎么样了？"她问道。

"还是昏迷不醒。"埃伦迪尔简单地回答道，不想多说。"有进展了吗？"他问道。

"我和那个叫罗伯特的老人聊过了。他原来在山上有栋小木屋。我不太清楚他到底在说些什么，但他记得有人经常会去你说的那个灌木丛闲逛。"

"灌木丛？"

"对，尸骨旁边的那个。"

"红醋栗灌木丛？是谁？"

"我想他已经死了。"

埃伦迪尔听到西于聚尔·奥利在电话那头笑着说道。

"在灌木丛闲逛的那个人吗？"

"不是，是罗伯特。"埃琳博格说，"所以，我们没办法从他那得到更多的信息了。"

"那么，在灌木丛里闲逛的那个人是谁呢？"

"我也不太清楚。"埃琳博格说道，"后来，有个人经常会去那里，这是我从他那得到的所有信息。然后他又说了些其他的，说'绿色的女人'，再就没有别的了。"

"绿色的女人？"

"是的，绿色的。"

"后来，经常去，绿色。"埃伦迪尔重复道，"后来怎么了？

他是什么意思？"

"就像我刚刚说的，他说的信息很零散。我猜想应该是……我想她是……"埃琳博格犹豫了一下。

"是什么？"埃伦迪尔追问道。

"畸形的。"

"畸形的？"

"这是他对那个人的唯一描述。他已经没有力气张口说话了，就写了这个词给我，'畸形的'。然后他就睡着了。我觉得他应该是出事了，因为医护人员都朝他的病房跑去了……"

埃琳博格的声音越来越小，埃伦迪尔陷入了沉思。

"这么看来，就是有个女人后来经常去红醋栗灌木丛。"

"可能在战争结束之后。"埃琳博格说道。

"他还记得那栋房子里住过什么人吗？"

"有一家人，"埃琳博格说，"一对夫妻和三个孩子。他只说了这么多。"

"所以说，灌木丛旁边确实有人住过？"

"好像是这样的。"

"而且她是畸形的。什么是畸形的？罗伯特多大岁数了？"

"他现在……或者还活着的时候……我不知道……大概九十多岁了吧。"

"不知道他说的那个词是什么意思。"埃伦迪尔自言自语地说道，"一个畸形的女人在红醋栗灌木丛里。现在有人住在罗伯特的小木屋里吗？那栋木屋还在吗？"

埃琳博格告诉埃伦迪尔，她和西于聚尔·奥利之前已经跟现在的主人聊过了，但他们没有提到什么女人。埃伦迪尔让他们再去一次，直接问木屋的主人们是否见过有人——尤其是女人——在红醋栗灌木丛旁边出现过；还让他们试着去找找罗伯特的亲戚，问问他们有没有听罗伯特提到过山上住着的那一户人家。埃伦迪尔说他还要再花点时间在地下室里翻一会儿，然后就去医院看女儿。

他重新开始翻看本杰明的东西。他环顾了一下四周，他觉得，要想把这些乱糟糟的东西全部翻一遍，怎么也得个几天几夜吧。他回到本杰明的书桌旁，很显然，书桌里只有这些跟他店铺有关的文件和发票。

埃伦迪尔和埃尔莎喝了会儿咖啡，又在后院里抽了两支烟，两个小时之后，他开始翻地上一个灰色的柜子。柜子上了锁，但是上面插着钥匙。埃伦迪尔用力地扭了扭，箱子打开了。里面有很多文件，还有用橡皮筋捆起来的一沓信，但没有发票。信件里还夹着一些照片，有的拼在一起，有的零散地放着。埃伦迪尔看了看照片，压根儿不知道这些人是谁，不过他推测，里面肯定有本杰明本人的照片。有一张照片上，有一个很高很帅的男人，微微有些啤酒肚，站在一个商店门外，商店门口挂着一块招牌——克努森商店。

埃伦迪尔又看了看其他的照片，很多照片里都有这个人。有些照片里，这个男人是和一个年轻的女人站在一起，对着镜头微笑。所有的照片都是在阳光明媚的户外照的。

他把照片放下，又拿起那捆信，发现那些信都是本杰明写给他未婚妻的情书。她名叫索尔维格。有些情书写的就是一些情话，有些则详细地记录了日常发生的一些琐事，信里饱含着他对挚爱的一片深情。这些信件都是按照时间先后摆放的。尽管有些不太情愿，埃伦迪尔还是随手拿起其中的一封看了起来。他感觉有些羞愧，因为自己在偷看别人的隐私——一些神圣不容侵犯的东西。

我亲爱的，

　　我多么想念你，我的爱人。我每天都在想你，期盼你早日回来。没有你的生活就像寒冷的冬日，空虚而寂寞。想想看，你已经离开了整整两个星期了。说真的，我都不知道自己是怎么熬过来的。

爱你的

本杰明·克努森

　　埃伦迪尔把信放了回去，又抽出了靠底下的一封信。这封信详细地描述了这位有远见的商人未来想要在海维费斯格塔开一家商店的计划。他从书上看到，在美国的大城市里，有各种各样的大超市，销售各种各样的商品，包括衣服和食品。人们可以在货架上自由地挑选他们想要买的东西，然后把它们放到购物推车里，继续购物。

　　傍晚时分，埃伦迪尔去了医院，想再陪陪埃娃·琳德。他先给斯卡费丁打了通电话，斯卡费丁告诉他，挖掘工作有了很大的进展，但没有说清楚到底什么时候能够把所有的骨头都挖出来。目前，他们还没有发现任何能够说明"千禧之男"死因的线索。

　　出发之前，埃伦迪尔还给埃娃·琳德的医生打了电话，医生告诉他，埃娃·琳德的情况没有任何好转。他到达医院的重症监护室时，看到一个身穿棕色外套的女人坐在女儿床边，他正准备推开门进去时，才认出那女人是谁。他立马紧张起来，停下了脚步，然后慢慢地从门口退了回来。他站在走廊里，远远地看着他的前妻。

她背对着他，不过他知道那就是她。她跟他年龄相仿，坐在床边，弯着腰，棕色的外套下穿着一件亮紫色的运动衣。她用手帕捂着鼻子，低声地对着埃娃·琳德说话。他听不见她在说什么，但他注意到，她染过头发，应该染了有些时日了，因为发根处的白发依稀可见。他算了算她的年纪，她比他大三岁。

他丢下她和两个孩子出走之后，就再也没这么近距离地看过她，算起来，已经二十多年了。跟埃伦迪尔一样，她也没有再婚，但和几个男人同居过，其中有几个人其实还不错。这些事情都是埃娃·琳德长大以后需要父亲陪伴的时候跟他说的。

尽管埃娃·琳德一开始对他有些排斥，但他们最后还是理解了彼此。在她遇到问题的时候，他会尽可能地帮助她。对儿子，他也同样如此，只不过，他跟儿子之间的交流就更少了——实际上，埃伦迪尔跟儿子几乎不怎么联系。

埃伦迪尔看着他的前妻，又朝着走廊的方向退了退。他在想，要不要见她一面，和她一起照顾埃娃·琳德，但他做不到。他能想象得到他们见面之后会发生什么——必定是一场争吵。他不想在这里跟她争吵，也不想在任何地方跟她争吵。如果可以，他甚至不想让争吵出现在他的生活里。然而事实是，他们从来不曾有一方在他们失败的婚姻中妥协。埃娃·琳德告诉他，这正是最伤她的地方。

他怎么忍心离开这个家。

他转过身，在走廊上慢慢地走着，心里想着在本杰明地下室里发现的情书。埃伦迪尔已经记不太清信里的内容了，然而，他的心里产生了一个疑惑。他回到家，一屁股坐到扶手椅上，强迫自己睡觉，这样就能把烦心事抛到一边。但那个问题却一直萦绕在他的心头……

霍尔多拉曾经是他的挚爱吗？

11

经上级决定，由埃伦迪尔、西于聚尔·奥利和埃琳博格负责处理这个被媒体称作"尸骨之谜"的案件。刑侦调查局已无法再在这个非重点案件上派出更多的侦探了。局里正在全力调查一个重大的毒品案件，这个案件占用了大量的时间和人力，因此，局里不可能再安排更多的人手来调查这个被局长称为"历史研究"的案子了——甚至到目前为止，还没有人能确定这到底是不是一起刑事案件。

次日早晨，埃伦迪尔在上班途中顺道去了趟医院，在女儿的床边坐了两个小时，她的病情还算稳定。她母亲没有出现。很长一段时间，他就静静地坐着，望着女儿瘦骨嶙峋的脸颊，思绪飘回到女儿小时候和他们在一起的时光，心情有些沉重。他们离婚的时候，埃娃·琳德才刚满两岁。他还记得，那个时候，她不愿睡在自己的婴儿床上，硬要睡在父母中间。他们住的公寓非常小，只有一个小卧室、一个客厅和一个厨房，婴儿床就放在卧室里。她总是从自己的小床里爬出来，爬到他们的大床上，然后依偎在他们中间。

他还记得，她站在他公寓门口，那时的她不过十几岁。她是自己找到父亲的。霍尔多拉坚决不允许他去见自己的孩子，每次他想去见他们，她就会大骂他，而他觉得，她说的每个字都是事实。渐渐地，他也就不再联系他们了。之后，他再也没见过埃娃·琳德，然后突然有一天，她出现了，就站在他门外的走廊里。她的面容看起来似曾相识，也许是因为她遗传了父亲的基因。

"你不打算请我进去吗？"他盯着她看了好久之后，她问道。她穿着一件黑色皮夹克和一条破旧的牛仔裤，嘴唇和指甲都涂成了黑色。她抽着烟，从鼻孔里喷着烟雾。

她的脸上依然带着一丝稚气。

他犹豫了一下，有些措手不及。他请她进了屋。

"我说要来找你的时候，妈妈气得不行了。"她吞云吐雾地从他旁边走过，一屁股坐到他的座椅上。"我妈说你没出息，一直说。当着我和辛德理的面，一直这么说。'你们那该死的父亲，就是个没出息的东西。'然后又说，'你们跟他一个样，都他妈的是些没出息的东西。'"

埃娃·琳德笑了起来。她想找个烟灰缸把烟熄掉，埃伦迪尔拿过烟蒂，扔到地上用脚踩灭了。

"为什么……"他想问些什么，但却没把话说完。

"我就是想看看你，"她说，"看看你到底长什么模样。"

"那我到底长什么模样？"他问道。

她看了看他。

"没出息的模样。"她说。

"这么说来，我们俩还是挺像的。"他说。

埃娃·琳德盯着他看了好久。他隐约看到她笑了。

*

埃伦迪尔到办公室之后，埃琳博格和西于聚尔·奥利告诉他，他们没能从罗伯特的小屋的现任主人那里了解到更多的信息。现任主人说，他们从没在山上任何地方看到过什么畸形的女人。罗伯特的老婆在十年前就死了，他们有两个孩子。儿子大概六十岁的时候就死了，女儿现在大概七十岁了，埃琳博格已经联系上她了，正准备去找她。

"那么罗伯特呢？我们还能从他那里了解到些什么吗？"埃伦迪尔问道。

"他昨晚去世了。"埃琳博格有些内疚地说道，"说实话，我真是认为他早就活够了，他也想早点儿解脱。他自己都说自己是个可怜的植物人。天呢，我可不想像他那样在医院里等死。"

"他死之前在本子上写了几个字，"西于聚尔·奥利说道，"'她杀了我'。"

"拜托，你可真是会开玩笑啊。"埃琳博格哀号道。

"你今天可以不用再看到他了。"埃伦迪尔朝西于聚尔·奥利点了点头，说道，"我准备让他到本杰明的地下室里查找线索。"

"你想在那找出点儿什么来呢？"西于聚尔·奥利苦哈哈地笑道。

"如果他把自己的小屋租出去了，一定会记下点儿什么。一定会的。我们需要找到住在那里的人的名字，但看起来，国家统计局可不会帮我们把这些名字找出来。一旦有了名字，我们就可以查一下失踪人口登记表，看看他们当中有没有人还活着。一旦骨骸被挖出来，我们还要尽快化验，分析出这人的性别和年龄。"

"罗伯特提到过，那家人有三个孩子。"埃琳博格说道，"总会有一个还活着吧。"

"嗯，这就是我们接下来要调查的。"埃伦迪尔说，"这样的家庭并不多，在战争期间或战争前后的一段时间里，一个五口之家—— 一对夫妻和三个孩子——住在格拉法尔霍特山上的小屋里。现在，他们是我们唯一知道的在那小屋里住过的人，当然，也可能还有其他的住户，不过他们似乎都没有登过记。所以，我们现在可以假设，这家人中的一个，或者是某个跟他们有联系的人，被埋在了那里。至于跟他们有联系的人，老罗伯特倒是提到过，一个女人，她经常去那里……"

"经常去，后来，还是畸形的。"埃琳博格补充道，"畸形的是不是说明她可能是瘸的？"

"那他为什么不直接写'瘸的'呢？"西于聚尔·奥利反问道。

"那间屋子后来怎么样了？"埃琳博格问，"现在山上可完全没一点儿痕迹。"

"或许你可以从本杰明的房间里或者他的外甥女那里找到答案。"埃伦迪尔对西于聚尔·奥利说道，"我之前忘了问了。"

"我们现在要做的就是，找出住在那里的人的名字，然后对照那时的失踪人口名单，问题就可以解决了。这不是显而易见的吗？"西于聚尔·奥利说。

"不一定。"埃伦迪尔说。

"为什么？"

"你刚刚只提到了那些被报告失踪了的人。"

"不然我们还要考虑哪些人呢？"

"还有那些没有被报告失踪了的人。你不能保证每个人都会把自己身边失踪的人报告给警察。有的人搬到郊区后就再也没人见过他；有的人搬到了国外，然后就没有人见过他了；有的人出逃到别的国家之后，就慢慢地被人遗忘了。当然，还有可能是被冻死的路人。如果我们手头上有这些失踪人口的名单，那么，不管是被报告失踪了的人，还是在那个区域死亡了的人，我们都应该调查一下。"

"我想我们都同意这个案件不是那种情况。"西于聚尔·奥利的口气坚定，不容置疑，这让埃伦迪尔有些不安。"毫无疑问，这个男人，那个躺在那里的人，绝不会是被冻死的，肯定是有人把他埋在那里的，是蓄谋。是有人把他给埋了。"他又接着说道。

"我也是那么想的。"埃伦迪尔说，他对荒野遇难案件简直再熟悉不过了。"有人从一个农场出发，正值隆冬时节，据预报，接下来的天气会很糟糕。大家都劝他不要去，但他听不进去，觉得自己能行。那些被活活冻死的人最奇怪的地方就是他们听不进别人的劝说。仿佛死神诱惑了他们，他们就像被诅咒了一样，妄想挑战命运。总之，这个男人认为自己可以成功，但当暴风雪真正来袭之时，他才发现，情况远远超出了预想。他失去了自己的物资，迷了路，然后被一阵风雪掩埋，最后冻死了。而且，那时候他已经偏离大路数英里，因而没人能找到他的尸体。后来，人们也就放弃了寻找，认为他失踪了。"

埃琳博格和西于聚尔·奥利互相对视着，不知道埃伦迪尔到底想说什么。

"这样的失踪案件在冰岛非常典型。对我们而言，这种情况完全合情合理，因为我们就生活在这个国家，我们知道这里的天气是如何突然就变坏了。这样的事情隔段时间就会发生，没人对此有所怀疑。人们只会想，这可是在冰岛，然后无奈地摇摇头。在过去那个几乎人人都步行的年代，这种情况就更常见了。很多书里都是这样写的，我也不是唯一一对这样的事感兴趣的人。出行模式在过去六七十年里才发生了巨大改变。在过去，人们经常走失，虽然难以接受，但大家可以理解成这是命运的安排。也就是说，这类失踪案很少被列为刑事案件或者犯罪案件。"

"什么意思？"西于聚尔·奥利问道。

"你说了这么一通到底是想说明什么？"埃琳博格说。

"如果有些失踪的男人或女人从一开始就没从农场出发呢？"

"你是想说明什么？"埃琳博格接着问。

"如果有人说，某人去了沼泽地或者另外一个农场，或者去湖里钓鱼了，然后就失踪了呢？他们已经到处都找了，却始终没找到失踪的人，于是就放弃了寻找。"

"所以，你的意思是说，那一家人串通起来一起谋害了这个人？"西于聚尔·奥利有些怀疑埃伦迪尔的假设。

"为什么不可能？"

"他可能是被捅死、打死或者被枪杀了，然后被埋在了花园里？"埃琳博格问道。

"直到有一天，雷克雅未克扩张到这里，他终于被人们发现了。"埃伦迪尔接着说道。

西于聚尔·奥利和埃琳博格看了看彼此，又同时看向了埃伦迪尔。

"本杰明·克努森有个未婚妻离奇失踪了。"埃伦迪尔说道，"事情就发生在这栋房子在建的时候。据说，他的未婚妻是跳海自杀的。之后，本杰明整个人都变了。他原来好像打算振兴雷克雅未克的零售贸易，但在未婚妻失踪后，整个人就崩溃了，所有的抱负都荡然无存。"

"根据你那套理论推断，她其实根本没失踪？"西于聚尔·奥利问道。

"不，她的确失踪了。"

"但是，是他谋杀了她。"

"其实我很难相信是他杀害了她。"埃伦迪尔说，"我读过一些他写给未婚妻的信，从那些信来看，他根本不会伤她分毫。"

"那就是出于忌妒了。"酷爱言情小说的埃琳博格说道，"出于忌妒，他杀了她。他对她的爱，倒真像是发自肺腑，他把她埋在那里，然后就再也没有回去过。故事到此结束。"

"我是这样想的。"埃伦迪尔说，"一个年轻人因为自己的未婚妻死了就被打击成这样，这是不是有些夸张了？如果他年迈体衰，然后他的爱人先他而死呢？即使她是自杀的，他也不至于如此吧？我感觉，她失踪后，本杰明就完全垮了。是不是还有什么别的原因让他变成这样呢？"

"他会不会还留着一缕她的头发？"埃琳博格问道。埃伦迪尔觉得她简直还沉浸在肥皂剧的幻想中。"如果他真的如此痴狂地爱她，说不定就把她的头发放在相框夹层里，或者放在小盒子里。"埃琳博格继续说道。

"一缕头发？"西于聚尔·奥利重复了一遍。

"他反应可真够慢的。"埃伦迪尔对着埃琳博格说道，他已经跟上了她的思路。

"一缕头发是什么意思？"西于聚尔·奥利再一次问道。

"这就可以判断那堆尸骨到底是不是她了。"

"谁？"西于聚尔·奥利一会儿看看埃伦迪尔，一会儿看看埃琳博格，问道，"你们是在说 DNA 吗？"

"还有那个山上的女人，"埃琳博格说，"也应该调查一下。"

"绿色的女人。"埃伦迪尔若有所思地自言自语道。

"埃伦迪尔。"西于聚尔·奥利叫道。

"嗯？"

"很显然她不可能长成绿色。"

"西于聚尔·奥利！"

"嗯？"

"你当我是白痴吗？"

这时，埃伦迪尔桌上的电话响了起来，是考古学家斯卡费丁打来的。

"我们快挖到了。"斯卡费丁说，"再有两天左右，我们就能把他挖出来了。"

"两天！"埃伦迪尔喊道。

"是两天左右。目前，我们还没找到任何看起来像武器的东西，你们可能觉得我们太过仔细了，但我还是觉得，应该把工作做到完美。你们要不要过来看看？"

"好的，我们已经准备出发了。"埃伦迪尔说。

"或许你们可以顺路买些油酥点心。"斯卡费丁说道。埃伦迪尔脑中瞬间浮现出他那一口黄色板牙。

"油酥点心？"

"丹麦酥皮饼。"斯卡费丁说。

埃伦迪尔一把挂了电话，让埃琳博格跟他一起去格拉法尔霍特，又让西于聚尔·奥利去本杰明的地下室，继续搜寻关于那栋小屋的线索。关于那栋小屋，他们现在只知道，本杰明在生活陷入痛苦后就对它失去了所有的兴趣。

去格拉法尔霍特的路上，埃伦迪尔还在想那些在暴风雪中失踪的人。他想起了约恩·奥斯特曼，他好像是一七八〇年在布朗德吉尔冻死的。人们找到了他的马，马的喉咙被割断了，但是人们没有找到约恩，就只找到了他的一只手。

那只手，戴着一只蓝色的针织手套。

*

父亲，是出现在西蒙所有噩梦中的怪物。

从他开始记事起就是如此。父亲是他一生中最害怕的"怪物"。每当他殴打他的母亲时，西蒙唯一想到的就是保护母亲。他把这无法避免的战争想象成一个冒险故事，故事里，骑士击败了喷火的恶龙，但在西蒙的梦中，他自己却从来没击败过怪物。

在西蒙的梦里，怪物叫作格里穆尔。它从来不是自己的父亲或者爸爸，它只是一只名叫'格里穆尔'的怪物。

当格里穆尔一路追踪，最后在锡格吕菲厄泽的水产品加工厂的宿舍里找到他们的时候，西蒙是醒着的。他听到怪物低声对他母亲说着他打算怎样把米凯利娜带到山里杀了她。他看到母亲惊恐万分，看到她突然就像发了疯一样，不停地把头撞向床头，直到晕了过去。

格里穆尔的怒气稍微缓和了些，又开始不停地扇母亲的脸，想把她弄醒。他几乎能闻到怪物身上散发出的阵阵恶臭，他把自己的脸埋在床垫里，心里害怕到了极点，他祈求上帝就在此时此刻把自己带到天堂。

他没听到格里穆尔对他母亲说的其他话，他只听到母亲像一只受伤的小动物般，低声地呜咽着，呜咽声里还夹杂着怪物的咒骂声。他从眼角一撇，看到米凯利娜盯着黑暗深处，惊恐万分。

西蒙不再向上帝祈祷，也不再跟他的"好兄弟耶稣"说话，即便他母亲告诉他，永远不要丧失对耶稣的信仰。虽然他确信自己的想法才是对的，但他却不再同母亲说起这件事，因为他能从母亲的脸上看出来，他说的话让她不开心了。他知道，没有谁能帮他母亲战胜格里穆尔——上帝也帮不了她。一直以来，人们都说上帝是万能的，上帝无所不知，上帝是万物的创造者，但上帝也创造了格里穆尔。上帝让这头怪兽活着，让他袭击他的母亲，让他揪着她的头发从厨房的地板上拖过，还把口水吐在她的身上。有时候，格里穆尔还会袭击米凯利娜，他喊她"傻子"，他打她，还嘲笑她。有时候，格里穆尔也会袭击西蒙，对他拳打脚踢。有一次打得太狠，打掉了他的一颗门牙，他还吐了血。

"我兄耶稣啊，儿童之友啊……"

格里穆尔以为米凯利娜很傻，但其实他错了。在西蒙看来，她其实比他们所有人加起来还要聪明。但她从来不说话。西蒙确定，她其实会说话，只是不想说而已。她选择了沉默。她跟他们一样害怕格里穆尔，甚至比他们还害怕，因为有时候格里穆尔会说要把她和她的小推车一起扔到垃圾堆去，反正她什么用都没有。他嫌她吃着他的食物却对这个家没有一点儿贡献，还嫌她让这个家成了笑柄，因为她是个傻子。

格里穆尔每次这么说的时候都会确保米凯利娜听得到，还会嘲笑母亲徒然的制止行为。西蒙能看出来，米凯利娜其实并不在乎格里穆尔的辱骂，但她不希望自己的母亲因此而受罪。米凯利娜和自己的关系一直很亲密，比和小托马斯亲密得多，因为托马斯更神秘，更孤僻。

母亲知道，米凯利娜并不傻。她经常帮她做锻炼，当然，这只会在格里穆尔不在场的时候进行。母亲会帮她活动活动双腿，抬起她萎缩了且向内弯曲的僵硬而畸形的手臂，用她从山上采回来的草药做成的软膏帮她揉搓瘫痪的那侧身体。她甚至相信，米凯利娜有一天可以走路。她会用手臂环住米凯利娜，扶着她在地板上蹒跚着走来走去，还不断地给她加油鼓劲儿。

她和米凯利娜说话时，总是像对待正常健康的孩子一样，并且让西蒙和托马斯也照着做。只要格里穆尔不在家，他们做什么事都会带上米凯利娜。母女之间总能互相理解，弟弟们也总能理解姐姐。他们每时每刻都能理解她脸上的每一个表情。语言是多余的，虽然米凯利娜会说话，但她从来都不说。母亲教过她读书，如果说有什么是比沐浴阳光还让她高兴的事，那就是读书或者有人读给她听。

然后突然有一天，她开口说话了。那是世界大战爆发后的一个夏天，英国军队在山上扎了营。那天，西蒙把米凯利娜从太阳底下抱回屋里。白天她显得异常活跃，耳朵动来动去，张着嘴，舌头也伸了出来。夜幕降临，气温降了下来，西蒙正要把她放回厨房的沙发椅上，她突然发出了一个声音。母亲一惊，手里的盘子滑落到水槽里摔碎了。有一刻，母亲忘记了恐惧——通常这样打碎东西的时候，她都会无比惊慌。母亲转过身，盯着米凯利娜。

"艾玛——艾玛玛。"米凯利娜反复喊着。

"米凯利娜！"母亲惊叫道。

"艾玛——艾玛玛。"米凯利娜还在大声喊着，脑袋不停地转来转去，她也在为自己的进步而高兴。

母亲缓缓地走向女儿，她简直不敢相信自己的耳朵，她张大嘴巴看着自己的女儿。西蒙看到母亲眼睛里闪烁着泪光。

"妈阿——妈妈。"米凯利娜喊着。母亲从西蒙手里接过米凯利娜，轻轻地把她放到床上，轻抚着她的头。西蒙从没见母亲哭过，无论格里穆尔对她做了什么，她从不哭。她会疼得尖叫、喊着救命、求他住手，或者一言不发、默默地挨揍，但西蒙从没见她哭过。西蒙觉得母亲可能有些伤感，于是用手臂环抱住母亲，但她说她没事，还说这是她一生中最好的事情。他看得出来，她之所以哭，不仅仅是因为米凯利娜的情况有所好转，也是因为她自己的努力有了回报。她一直压抑着自己，这件事让她感到前所未有的开心。

那是两年前的事了。从那之后，米凯利娜一直在学更多的词。现在，她已经能说出完整的句子了。她说话的时候很用力，脸蛋涨得通红；她抽搐着伸出舌头，脑袋前后晃动，像痉挛一样，他们有时候甚至担心她的脑袋会从萎缩了的身体上掉下来。格里穆尔不知道米凯利娜会说话。她从不在他面前说话，母亲也竭力瞒着他，她不希望女儿引起格里穆尔的注意，哪怕是这样大的进步。他们都假装什么都没发生，什么也没改变。有几次，西蒙听到母亲小心翼翼地向格里穆尔提起，他们是不是应该给米凯利娜寻找些帮助，这样她长大后可以变得更自由更强大，而且米凯利娜看起来已经可以学点儿东西了，她会看点儿书，也可以用自己健全的右手学习写字。

"她是个傻子！"格里穆尔说，"永远别指望她比傻子强到哪儿去。以后别在我面前提起她。"

从那以后，母亲就再也没提过，因为她会听从格里穆尔说的每个字。只有母亲会帮助米凯利娜，西蒙和托马斯会帮忙把她搬到太阳底下，和她一起玩。

西蒙总是躲着他的父亲，能躲多远躲多远，但偶尔有些时候，他必须得跟父亲出去。对格里穆尔而言，西蒙渐渐长大，用途也就渐渐变多了。他会带西蒙去雷克雅未克，让他把粮食背回山上的小屋。去城里要花两个小时，先去格拉法沃厄尔，穿过埃利达尔上的桥，再绕过松德和劳加尔内斯地区。有时候他们也会选另外一条路线——先走上坡去哈雷蒂，然后穿过索加米里。西蒙总是走在格里穆尔的后面，离他四五步远，格里穆尔也从来不搭理他，顶多是让他背上一些生活用品，命令他带回家。回去的路要走三到四个小时，具体多久要看西蒙背了多少东西。有的时候，格里穆尔会留在城里，几天不回山上。

每当格里穆尔不回家时，整个家里就充满着一种欢喜的气氛。

和格里穆尔去过几次雷克雅未克之后，西蒙发现了格里穆尔的另一面。他花了好一阵子去接受这件事，但他始终都没能完全理解。在家的时候，格里穆尔总是乖戾粗暴，讨厌别人跟他说话，一张嘴就没好话，总是粗鲁地嘲讽孩子们和他们的母亲；他让他们满足他所有的需求，稍有不满就大发雷霆。但在跟别人打交道的时候，这个怪兽却好像扒下了兽皮，变成了人样。最初几次去城里的时候，西蒙以为他会跟在家里一样，爆粗口乱打人，他很害怕他会这样，但这样的事从未发生过。相反，格里穆尔突然变得友好和善起来。他愉快地跟商人们聊天，向走进店里的其他顾客鞠躬；他很正式地称呼他们，甚至还会朝他们微笑，同他们握手；有时遇到认识的人，他也会哈哈大笑——完全不同于在家虐待自己的妻子时偶尔发出的那种怪异又干巴巴的刺耳的笑声。要是有人指着西蒙，他就会把手放在西蒙的头上说，是的，这就是我的儿子，已经长这么大了。最开始，西蒙还会因为害怕挨打而躲开，格里穆尔却只是玩笑似的逗逗他。

西蒙很久以后才了解了格里穆尔令人费解的两面做派。父亲的新面孔，让他完全认不出来。他不明白为什么格里穆尔在家里和在外面会判若两人——在外面阿谀奉承、顺从听话、彬彬有礼，在家里却霸道至极、暴躁乖戾。西蒙跟母亲说起这些时，她疲惫地摇了摇头，告诉他，要像往常一样提防着格里穆尔，不要惹到他。无论西蒙、托马斯，还是米凯利娜，只要惹到他——哪怕是他不在场的时候发生了什么事，他也一定会毒打他们的母亲。

有时候，两次毒打之间会隔上几个月，甚至是一年，但从未完全停止过，有的时候还很频繁，几周就发生一次。每次他发火的程度也不同，有时候是突然就给母亲一拳，有时候他气得发狂，就把母亲揍到地上，残忍地用脚踢她。

而且，他们受到的不仅是身体上的暴力，格里穆尔说的话，也像鞭子抽在身上一样伤人。他耻笑米凯利娜，说她又瘸又傻；他挖苦托马斯，说他晚上尿床；还骂西蒙是个懒惰的杂种。每当这时，他们会捂住自己的耳朵，而他们的母亲却不得不听着。

格里穆尔根本不在乎他的孩子们看到他揍他们的母亲，也不怕他们听到他用恶言恶语辱骂他们的母亲。

其余的时间，他根本不会注意到他们，经常把他们当作不存在。偶尔有些时候，他会跟兄弟俩玩牌，甚至会让着托马斯，让他也赢一局。有的星期天，他们还会一起走着去雷克雅未克，他会买些糖果给兄弟俩。极少数时候，他也会带上米凯利娜，让她坐在装煤的卡车上，这样他们就不用从山上把她背下来了。在这些少之又少的出行里，西蒙会觉得他父亲像个人了，甚至有点儿像个父亲了。

在这些时候，西蒙会觉得，他父亲并不是个暴君，他很神秘、让人捉摸不透。有一次，他坐在厨房饭桌旁，一边喝着咖啡一边看托马斯在地上玩，他用手掌摸着桌面，让正准备溜走的西蒙去给他再倒杯咖啡。

"我一想到这事就生气。"西蒙给他倒咖啡的时候，他突然说道。

西蒙愣住了，双手拿着咖啡壶，一动不动地站在他旁边。

"真让我生气。"他还是摸着桌面。

西蒙慢慢地往后退，把咖啡壶放到灶台上。

格里穆尔看着在地上玩耍的托马斯，说道："一想到我比他年纪大得多，我就生气。"

西蒙从没想过他的父亲年轻的时候是什么样子的，也从来没有想过他会是另外一个样子。现在，他突然变成了一个像托马斯一样的孩子，这是他父亲从来没有显露过的一面。

"你和托马斯是朋友，对吧？"

西蒙点了点头。

"是吧？"他又重复了一遍。西蒙回答说，是的。

他又开始摸着桌面。

"我们曾经也是朋友。"

然后他就沉默了。

"那个女人。"他终于开口了，"我是被送到那里的，那时候，我跟托马斯差不多大，我在那里待了好几年。"

他又沉默了。

"还有她的丈夫。"

他不再摸桌子，而是握紧了拳头。

"那个混蛋，该死的混蛋。"

西蒙慢慢地向后退去，不过，他的父亲突然又恢复了平静。

"我也弄不懂自己，"他说，"我也控制不了自己。"

他喝完了咖啡，站起身来，走进卧室，关上了门。走过托马斯旁边时，他从地上抱起了托马斯，把他也带进了卧室。

西蒙渐渐长大，也逐渐萌生了一种责任感。同时，他还察觉到，随着时间的过去，他的母亲也发生了变化。这种变化不像格里穆尔突然变得有人样那么迅速，而是循序渐进的，是经过了很长一段时间，过了很多年才出现的。他觉察到这种变化背后意味着什么，虽然他极力地想否定这一种感觉，但他越来越意识到，他母亲的这种变化是危险的，甚至跟他父亲一样危险。在情况发展到不可收拾的地步之前，他要阻止这一切的发生。米凯利娜太虚弱，托马斯太幼小，只有他可以帮助母亲。

一开始，西蒙无法理解这种变化，也不知道这种变化意味着什么，但在米凯利娜第一次开口说话的时候，他强烈地感觉到了这种变化。米凯利娜的进步让母亲欣喜若狂。有一刻，她的沮丧似乎被一扫而光，她笑着抱住女儿和两个儿子。在之后的几个月里，她教女儿说话，女儿的每个微小的进步都让她无比开心。

但是没过多久，母亲就又回到了老样子，之前笼罩在她身上的阴霾又回来了，似乎比之前重了很多。有时候，她会把小小的屋子打扫得一尘不染，然后就坐在床头，盯着空气看上好几个小时；有时候，她会双目微闭、痛苦不堪，一个人沉浸在悲伤中。有一次，格里穆尔朝她脸上打了一拳之后就怒气冲冲地走了，西蒙发现她手里拿着一把切肉刀，一只手手心朝上，另一只手用刀慢慢地划过手腕。当她发现西蒙在看自己时，她挤出一丝古怪的微笑，把刀放回了抽屉。

"你拿刀干什么？"西蒙问。

"看看刀锋不锋利。他喜欢家里的刀都磨得很锋利。"

"他在城里和在家里完全不一样。"西蒙说，"那个时候，他一点儿也不可恶。"

"我知道。"

"那个时候，他很开心，他还会笑。"

"我知道。"

"他在家里为什么不能那样呢？为什么不能那样对我们呢？"

"我不知道，可能他在家里待得不舒服吧。我真希望他不是这个样子，我希望他死。"母亲看着西蒙。

"别说那种话，别像他那样说话。你不能那么想，你跟他不一样，也永远不会变成他那样。你不会，托马斯也不会。你听到我说什么了吗？我不准你那样想，你不能那样想。"

西蒙看着他的母亲。

"跟我说说米凯利娜的爸爸吧。"他说。西蒙有时候会听到母亲跟米凯利娜说起她的父亲，他会试着想象，如果她父亲没有死，她会有怎样不同的生活。西蒙也会想，如果他是那个男人的儿子，他的父亲就不是一个怪兽，而是一个朋友、一个同伴、一个爱着自己孩子的男人。

"他死了。"他母亲有些幽怨地说道，"就这样。"

"但他不一样。"西蒙说，"如果他没死，你也会不一样。"

"如果他没死？如果米凯利娜没有生病？如果我没有遇到你父亲？这样想又有什么意义呢？"

"他为什么这么邪恶呢？"

他反复地问她，有时候她会回答，有时候她什么也不说，就好像她自己也已经想这个问题好多年了，但却没有找到答案。她的目光绕过西蒙，悲伤地自说自话，好像在这个世界上，只有她孤苦伶仃的一个人，她说过什么或者做过什么似乎都无所谓了。

"我不知道。我只知道我们没有错，我们不能怪自己。这是他自己的问题。一开始，我怪过我自己，总想着自己是不是做错了什么，他才会这么生气，我还试着去改变。但说实话，我从来没发现自己哪里有错，不管我怎么做，都没有任何改变。所以，很久以前我就不再责备自己了，我也不想让你、托马斯和米凯利娜这么想，不想让你们认为他的所作所为跟你们有任何关系。就算他辱骂毒打你们，你们也不要觉得自己做错了。这不是你们的错。"

她看着西蒙。

"在这个世界上，他就那么点儿能耐，他也就能控制我们。他不想放弃这种权力，也永远不会放弃。"

西蒙看了看抽屉，里面放着那把刀子。

"我们什么都做不了吗？"

"是的。"

"你刚才拿那把刀子打算干什么？"

"我跟你说了，我只是想试试刀锋利不锋利，他喜欢家里的刀都很锋利。"

西蒙没再计较他母亲的撒谎行为，因为他知道，就像以前一样，她是在试着保护他、守护他，尽量不让可怕的家庭生活影响到他。

那天晚上，格里穆尔铲完煤回家的时候，浑身又黑又脏，但他的心情却异常的好，还同母亲说起他在雷克雅未克听说的事情。他坐在厨房的凳子上，让她给他倒了杯咖啡，然后告诉她，今天他上班的时候，工友们提到了她的名字。他不知道为什么，但挖煤的人一直在谈论她，说她曾经是他们中的一个，是那些在煤气厂孕育出来的"末日婴儿"中的一员。

她一直背对着他，一言不发。西蒙坐在桌边，托马斯和米凯利娜在屋外。

"在煤气厂？！"

格里穆尔突然大笑了起来。他的笑容如此丑陋，眼睛、嘴巴和耳朵都是黑的，时不时地还会咳出几口满是煤灰的黑痰。

"在他妈的煤气厂里的末日狂欢。"他叫道。

"那不是真的。"她轻声说道。西蒙吓了一跳，因为他很少听到母亲对格里穆尔所说的话表示抗议。格里穆尔盯着母亲，西蒙的后背一道寒意略过。

"他们整夜喝酒作乐，因为他们以为世界末日要来了。你就是这么生出来的，臭娘儿们。"

"不是那样的。"她的语气前所未有的坚定，依然埋着头盯着洗碗槽。她始终背对着格里穆尔，她的头耷拉在胸前，瘦窄的双肩向前耸着，好像是想把头藏起来。

格里穆尔停住不笑了。

"你是说我是个骗子？"

"不是。"她说道，"但事情不是那样的，这只是个误会。"

格里穆尔站了起来。

"这只是个误会。"他模仿她的声音说道。

"我知道那煤气厂是什么时候建的，我是在那之前出生的。"

"我听到的可不是这样的。我听说你妈是个妓女，你爸是个流浪汉，你一出生就被他们扔到了垃圾堆。"

抽屉开着，她看向抽屉。西蒙看到她正死死地盯着那把大切肉刀。她看了看西蒙，又看了看刀。平生第一次，西蒙开始相信，她可以用那把刀做点儿什么。

12

斯卡费丁在挖掘现场搭起了一顶帐篷。外面春光灿烂，埃伦迪尔走进帐篷后发现，进展简直慢得离奇。他们在地基旁边划出了一块十平方米左右的区域，尸骨就埋在这块区域的一角，尸骨的一只手还跟以前一样向上举着。两个男人正跪在地上，拿着刷子和勺子把泥土刮开并扫到盘子里。

"这样是不是太费事了？这样干下去你们永远干不完。"埃伦迪尔对着走过来跟他打招呼的斯卡费丁说道。

"挖掘工作可是一点儿都马虎不得的。"斯卡费丁一如既往地吹嘘到，为自己有所成效的方法感到颇为得意，"而且，所有人当中，你应该是最清楚的。"他补充道。

"你们是不是把这当成了实地训练？"

"实地训练？"

"这不是给考古学家的实地训练吗？这不是你在大学里教的那个课吗？"

"听着，埃伦迪尔，我们正在有条不紊地工作。相信我，除此之外，别无他法。"

"好吧，也许不用那么急。"埃伦迪尔说。

"我们总会把事情做完的。"斯卡费丁用舌头舔着自己的大黄牙，说道。

"他们告诉我，病理学家在西班牙。"埃伦迪尔说，"没个几天估计回不来，所以我想，我们的时间还是很充裕的。"

"你觉得躺在那里的会是谁呢？"埃琳博格问道。

"我们还不能确定躺在那里的是男是女，是老是少。"斯卡费丁说，"也许，判断这些不是我们分内的事情，但我认为，这定是一桩谋杀案。"

"会不会是个年轻的孕妇呢？"埃伦迪尔问道。

"很快就会见分晓的。"斯卡费丁说。

"很快？"埃伦迪尔反问道，"照现在的速度可快不了。"

"耐心是美德，记住这点。"斯卡费丁说。

如果埃琳博格没有打断他，埃伦迪尔本想让他的美德见鬼去。

"谋杀不一定跟这个地方有联系。"她认同西于聚尔·奥利之前说过的大部分内容。之前，西于聚尔·奥利批评埃伦迪尔太先入为主了，太过相信自己的第一直觉了——他总觉得埋在这里的人曾经生活在山上，甚至就生活在其中的一栋小屋中。在西于聚尔·奥利看来，关注一个曾经建在这里的房子和曾经在这房子里住过的人，实在是有点儿傻。西于聚尔·奥利这么说的时候，埃伦迪尔还在医院。不过，埃琳博格现在想听听埃伦迪尔的看法。

"这个男人可能在城市的西边被杀害，又被运到了这里。"她说，"我们不能断言说谋杀就发生在山上。昨天我就跟西于聚尔·奥利讨论过这一点。"

埃伦迪尔在外套口袋里仔细翻找了一阵，拿出了他的打火机和香烟盒。斯卡费丁鄙视地看了他一眼，喊道，"你不能在帐篷里抽烟。"

"我们出去吧。"埃伦迪尔对埃琳博格说，"我们可不想让美德失去耐心。"

走出帐篷后，埃伦迪尔点着了烟。

"你说的当然有道理。"他说，"如果这确实是谋杀的话，我们确实没法断定是否是在这里发生的。"他吐出一大团烟雾，又接着说，"在我看来，我们可以有三种假设。第一种，这是本杰明·克努森的未婚妻，她怀孕后消失了，大家都以为她是自己跳海自杀了。而实际上，出于某种原因，也许就像你们所说的，因为忌妒，本杰明杀了未婚妻并把尸体藏在这栋小屋的旁边，之后整个人就变了。第二种，有人在雷克雅未克，或者凯夫拉维克，或者阿克拉内斯，或者这个城市的其他某个地方被杀了，又被带到这里埋了起来，然后渐渐地被人遗忘。第三种，有可能是住在这山上的人杀了人，又把尸体埋在门前，因为他们没有别的地方可以埋。被杀的可能是游客，可能是访客，也可能是一个战时在山那边修建军营的英国人，又或者是后来接管这个地方的一个美国人，还有可能是这户人家的一个家庭成员。"

埃伦迪尔把烟头扔到地上，用脚踩灭了它。

"也不知道为什么，我个人还是比较倾向于最后一种可能。如果是本杰明的未婚妻，那就再简单不过了，我们只需要把她的 DNA 跟这里的尸骨作比对就可以了。第三个假设对我们来说是最难的，因为那是一个失踪的人。即使有人上报过他的失踪，但这里人口这么多，事情又过去了那么多年，我们的寻找范围也是相当大的。"

"如果我们在尸骨内找到了胚胎的残留，是不是差不多就找到了答案？"埃琳博格说。

"正如我刚才所说，如果真是这样，那事情就简单了。"埃伦迪尔说道。

"那女孩怀孕的事有记载吗？"埃伦迪尔问道。

"你什么意思？"

"我们能确定那就是事实吗？"

"你是说，本杰明有可能撒了谎？她没怀孕？"

"不知道。她可能是怀孕了，但不一定是本杰明的孩子。"

"她背叛了他？"

"反正在考古专家给我们展示确凿的证据之前，我们可以随便猜一下。"

"这个人到底遇到了什么事呢？"想着埋在泥土里的尸骨，埃琳博格叹息道。

"或许是罪有应得。"埃伦迪尔说。

"什么？"

"那个人，无论如何，我们这样希望吧。希望那不是一个无辜的受害者。"

埃伦迪尔想起了埃娃·琳德。她现在这样半死不活地躺在重症监护室，算不算是咎由自取？这是他的错吗？除了她自己，还有谁应该对此负责？她现在的情况只是她自己造成的吗？她吸毒只是她一个人的问题吗？或者说，他是不是也有责任呢？她告诉过他，这

122

确实跟他有关系。当她觉得他对她不公平的时候，她这么说的。

"你就不应该离开我们！"她曾经对他喊道，"你看不起我，但你自己也没好到哪去，你他妈的就是个没出息的人！"

"我没有看不起你。"他说。但她不听。

"你看不起我，你看我就像看一坨屎！"她大喊道，"好像你比我更重要一样，好像你比我更聪明一样，好像你比我、比我母亲和辛德理都要好一样。你像个了不起的人一样离开了我们，然后就无视我们，好像你他妈的就是个无所不能的上帝一样。"

"我努力过……"

"你什么都没努力！你努力什么了？什么都没有，操。你那样偷偷摸摸地逃了，像个懦夫。"

"我从来没有看不起你。"他说，"事情不是你说的那样，我不知道你为什么要那样说。"

"就是那样的，所以你才离开了，因为我们都太普通，普通到你忍受不了。你去问问妈妈，她知道，她说这一切都是因为你。所有这一切，都是你的错。我现在这个样子也是你的错。你是怎么想的呢？无所不能的上帝先生？"

"你妈妈说的也不都是对的。她有时候会愤怒，也会变得刻薄……"

"愤怒？刻薄？你是不知道她有多愤怒、多刻薄。她恨透了你，恨透了我们，因为你离开家并不是她的错，她就是个他妈的圣母玛利亚。都是我们的错，我和辛德理的错。你懂吗？你个混蛋！你懂吗？你个混蛋……"

"埃伦迪尔？"

"怎么了？"

"你没事吧？"

"没事，我很好。"

"我现在要去拜访下罗伯特的女儿。"埃琳博格在他面前挥了挥手，想把他的思绪唤回来，"你要去英国大使馆吗？"

"嗯？"埃伦迪尔回过神来，"是的，那就这样吧。"他含糊地说道，"我们就这么办吧。不过，埃琳博格，还有件事。"

"什么事？"

"等尸骨清理出来后，让当地的卫生官员来这里看看。斯卡费丁屁都不懂，就只能让我一直想起格林童话里的妖怪。"

13

去英国大使馆之前，埃伦迪尔先去了沃尔加地区，他在离埃娃·琳德曾经住的地下室不远的地方停下了车，当初，他就是从这个地方开始寻找她的。他想起了他在地下室里发现的那个被烟头烫得浑身是伤的孩子。他知道，那孩子已经被从她母亲那里带走了，会有人好好照顾她；他也知道，之前跟他们住在一起的那个男人是她的父亲。警察调查过，那位母亲在过去一年去过两次急救中心，一次伤势较轻，只是手臂骨折，而另一次伤势严重，身上多处伤痕，但她说是车祸造成的。

后来，经过一步的调查，警方发现，那位母亲的同居者是有案底的，但不是暴力犯罪案件。他犯过很多小事儿，还坐过牢，其中一件就是抢劫商店未遂。当时，他正在等待一起入室抢劫和一起贩卖毒品罪的审判结果。

埃伦迪尔在车里坐了一会儿，望着地下室公寓的大门。他一直强忍着没抽烟，刚准备离开的时候，门开了。一个男人走了出来，嘴里叼着烟头，吞云吐雾，还随手把烟灰掸到了屋子前面的花园里。他中等身高，体格健壮，头发又黑又长，从头到脚一身黑，跟警察档案里描述得一模一样。等他消失在角落处，埃伦迪尔也静静地开车离开了。

罗伯特的女儿在门前迎接了埃琳博格。来之前，埃琳博格给她打过电话。她的名字叫哈尔帕，坐在轮椅上，双脚萎缩得厉害，看上去已经没有知觉了，但她的躯干和双臂还是很强壮有力的。埃琳博格有些惊讶，但她没好意思说什么。哈尔帕笑了笑，把她请进了屋。埃琳博格走了进去，把门关了起来。公寓虽然小，但很舒适，看起来像是为它的主人量身设计的。

"你父亲的事情，我很难过。"埃琳博格跟着哈尔帕来到了客厅。

"谢谢。"哈尔帕坐在轮椅上说，"他年纪真的很大了。我倒不希望自己活那么久，我最怕的就是在养老院里病着等死。"

"我们正在调查之前在格拉法尔霍特北坡那栋小屋里住过的人。"埃林博格说道，"就在这附近，离你们的房子不远的地方，大概是战争前后的事。你父亲去世之前，我们跟他聊过几句，他知道曾经有一家人在那里住过，只可惜他没能告诉我们更多。"

埃琳博格想到了老罗伯特脸上的氧气罩，想起了他的气若游丝，还有他那毫无血色的双手。

"你刚才说，你们在那里发现了骨头？"哈尔帕把垂在额头上的头发撩到脑后，说道，"就是新闻里报道过的那个吗？"

"是的，我们在那儿找到了一具尸骨，现在正在调查尸骨的身份。你对你父亲说起的这一家人有印象吗？"

"战争扩张到冰岛时，我才七岁。我记得雷克雅未克的士兵，当时我们住在城里，但那时我完全不懂是怎么回事。也有士兵住在山上，在山南边。他们修了兵营和碉堡，碉堡上有一条很长的缝隙，炮筒就是从那里伸出来的。那一切简直就像演戏似的。父母让我和弟弟离那里远点儿。我也就模糊地记得兵营周围的栅栏，好像都是有倒刺的铁丝网。我们不怎么靠近那里，大多数时间，我们都待在父亲建的小木屋里，只有夏天的时候，偶尔会过去，所以，我对我们的邻居也不太了解。"

"你父亲说，那家人有三个孩子，跟你们年纪差不多。"埃琳博格低头看了看她的轮椅，说道，"也许你不经常出去，所以并不知道。"

"哦，你是说这个啊。"哈尔帕用手指敲了敲她的轮椅，继续说道，"我是之后才变成这样的，因为一场车祸，那时候我三十岁。不过，我还真不知道山上有什么年龄差不多的孩子，其他房子里倒是有，但不记得山上有没有了。"

"我们发现尸骨的地方，就在那栋老房子的旧址那里，旁边种满了红醋栗灌木丛。你父亲说过，有个女的之后去过那里。那个女的经常去那里……我想他应该是这个意思……她很可能穿着绿衣服，而且是畸形的。"

"畸形的？"

"他是这么说的，更准确地说，他是这么写的。"

埃琳博格拿出了老罗伯特写的东西，递给了她。

"显然，这应该是你们还在小屋里住的时候的事，我知道，你们在一九七〇年后卖掉了它。"

“是一九七二年。”哈尔帕说。

“你注意到过这个女的吗？”

“没，我也从没听父亲说起过她。很抱歉我帮不了你，虽然我记得有人住在那里，但我真没见过那个女的，也不知道任何跟她有关的事。”

“你能不能想想看，你父亲说的‘畸形的’可能是什么意思？”

“应该就是字面意思吧。他一般都是心里怎么想的，嘴上就怎么说。他一般不怎么说话，但是用词都很准确。他是个好人，对我很好。在我出车祸以后，我丈夫离开了我，他陪了我整整三年才走。”

埃琳博格好像看到哈尔帕笑了，但仔细看似乎又没有。

英国大使馆的工作人员接见了埃伦迪尔，礼数周到至极，搞得埃伦迪尔差点儿也要鞠躬致谢了。他说，自己是个秘书。他西装革履，打扮无可挑剔。他又高又瘦，操着一口地道的冰岛语。这让埃伦迪尔很高兴，因为他自己不太会说英语，也几乎听不懂别人在说什么。然而，他随即叹了口气，因为他意识到，他们两个人的谈话，可能会变得十分官方而呆板，当然，这绝不是他自己的问题。

办公室跟秘书本人一样，无可挑剔。埃伦迪尔不由得想起了自己的办公室，它看起来真是像被炸弹炸过似的。秘书说，“叫我吉姆就可以了。”他让埃伦迪尔坐下的时候说道。

“我很喜欢你们冰岛这里的不拘一格。”吉姆说道。

“你在这里待了很长时间吗？”埃伦迪尔问道。他不知道自己为什么会像个茶会上的老太太一样同他闲聊。

"是的，快二十年了。"吉姆点了点头，回答道，"谢谢关心。我对第二次世界大战特别感兴趣，我是说，冰岛战区。在伦敦经济学院读研究生的时候，我研究的就是这方面的问题。如果你想调查那些军营的事情，我想我也许能帮上些忙。"

"你冰岛语说得很好。"

"谢谢。我妻子是冰岛人。"

"说起来，那些军营是怎么回事儿？"埃伦迪尔转到正题上。

"怎么讲呢，我没有太多时间整理，但我在大使馆里找到了一些有关战时建设的军营的报道。我们可能还需要查找更多的资料——当然，到底有没有必要就要取决于你的判断了。现在，格拉法尔霍特的高尔夫球场那里，过去就是几个军营。"

吉姆从桌上拿起了一些文件，快速浏览了一遍。

"那时候，那里有你们所说的防御工事，或者说碉堡？还有一个防御塔、一座大炮。苏格兰泰恩赛德第十二营的一个排负责看管那座大炮，但我还没研究出那个军营里都有谁。在我看来，那似乎是个补给站。我不确定它为什么会被建在山上，但当时，在科拉夫约杜尔、华尔峡湾，还有通往莫斯菲尔斯达勒的路上，到处都是军营和碉堡。"

"我在电话里跟你说过，我们正在调查一个在山上失踪的人。那时候有没有报告说有士兵在那里失踪了？"

"你觉得，你们发现的那具尸骨可能是个英国士兵？"

"也许不太可能吧，但我们都觉得那具尸骨应该是在第二次世界大战前后被埋下的。如果当时正好有英国士兵在那里驻扎，那么我们至少应该调查一下。"

"我会帮你调查一下的，但我也不太清楚他们到底保存了多久以前的记录。我记得，一九四一年之后，美国人接管了军营里几乎所有的东西。我们的部队大多数都被派到了其他国家，不过，还有一些人留了下来。"

"这么说，后来是美国人在管理这个军营？"

"这些我也会调查一下，我可以跟美国大使馆谈谈，看他们怎么说，这样还能帮你省去些麻烦。"

"当时，你们在这里设过宪兵队吧？"

"是的，我们可以从这里入手。不过，这可能需要花几天甚至几周的时间。"

"我们有足够的时间。"埃伦迪尔想起了斯卡费丁，无奈地说道。

西于聚尔·奥利百无聊赖地翻找着本杰明的遗物。埃尔莎在前门迎接了他，之后就把他带到了地下室。接下来的四个多小时，他一个人在地下室翻着橱柜、抽屉和箱子，他自己也不知道到底要找什么。他满脑子都是贝格索拉。他不知道今天晚上回家后，她会不会还像过去几周一样饥渴。他打算回去问一下她，她为什么会突然间变成这样，是不是因为她想要个孩子。但他知道，这个问题必定会扯到另外一个问题上——他们是不是该正经地举行一个婚礼了。这是一个他们经常讨论却从未得出过什么结论的问题。

他知道，每次她热情地吻着他的时候，这个问题几乎都到了她的嘴边。只是他自己还没想清楚这个问题，于是便一直在逃避。他总是这样想，他们一起生活得很和美，他们的感情如胶似漆，为什么非要用婚姻毁了这些呢？那些乱七八糟的事——婚前的单身派对、教堂中间一起走过的过道、众多的客人、新婚礼服里充气的避孕套，一切都是那么的老套。贝格索拉根本不会想要这样俗气老套的婚礼仪式。她只是说，烟花和美好的记忆会让她在老去的时候心存温暖。可是，西于聚尔·奥利总觉得，现在就开始想老了以后的事情实在是太早了。这个问题到现在都没解决，显然，问题出在他身上。这个问题需要他做出最终的决定，但他真的不知道自己想要什么，他只知道自己既不想举行教堂婚礼，也不想伤害到贝格索拉。

跟埃伦迪尔一样，当他读到本杰明的这些信时，他也感觉到了本杰明对那个女孩的真挚爱意。某一天，这个女孩突然消失在雷克雅未克的街道上。人们都说她投海自尽了，但本杰明对她的爱似乎并未停止。

我最爱的人，我亲爱的，我是多么的想你啊。

他那么爱她，西于聚尔·奥利想。

他怎么可能杀她呢？

地下室里有很多关于克努森商店的报纸，西于聚尔·奥利一度觉得，想要从中找到什么有用的线索几乎是不可能的。就在这时，他在一个老文件柜里翻出了一张字条，上面写道：

霍斯屈聚尔·索拉林松

格拉法尔霍特房屋预付租金

八克朗

签名：本杰明·克努森

埃伦迪尔刚准备离开大使馆，这时，他的手机响了。

"我想，我找到了一个租客。"西于聚尔·奥利说道。

"什么租客？"埃伦迪尔问道。

"那栋小屋的租客。我正从本杰明的地下室往外走呢，里面简直乱得一塌糊涂。我找到了一张字条，一个名叫霍斯屈聚尔·索拉林松的人租过那栋小屋。"西于聚尔·奥利说。

"霍斯屈聚尔？"

"是的，索拉林松。"

"字条的日期是？"

"没有日期，没有年份。实际上，它就是克努森商店的一张发票，租金收据就写在背面。我还找到了一些建造材料的发票，估计都是建那栋小屋用的。这些发票都是开给这家商店的，开具时间都是一九三八年。他可能就是在一九三八年左右开始建造那栋小屋的，或者在做相关的事。"

"他的未婚妻是什么时候失踪的？"

"等一下，这个我记了。"埃伦迪尔便等着西于聚尔·奥利查找日期。西于聚尔·奥利习惯性地在会议上做笔记，埃伦迪尔却从来没养成过这个习惯。隔着电话，埃伦迪尔能听到他翻动纸张的声音。

"她是在一九四〇年的春天失踪的。"

"也就是说，本杰明直到那时候都一直在建木屋，之后却放弃了，还把它租了出去。"

"霍斯屈聚尔就是其中的一个租客。"

"你还找到其他跟霍斯屈聚尔这个人有关的什么东西了吗？"

"没，目前还没有。我们应该从他着手开始调查吧？"西于聚尔·奥利问道，他希望能尽快从这个房间里逃离出去。

"我会调查他的。"埃伦迪尔说道，"你继续在那堆东西里找找，看能不能找到更多跟那个人有关的线索。能找到一张纸条，就意味着可能还会有更多线索。"埃伦迪尔又补充道。这令西于聚尔·奥利大失所望。

14

　　从大使馆回来后，埃伦迪尔在埃娃·琳德的床前坐了很久。他绞尽脑汁地想着自己可以跟女儿说的话。他完全不知道该跟她说些什么，他试了好几次，但都是徒劳的。自从医生告诉他，如果他能跟她说说话，她的病情或许会有好转，他就一直在想说些什么好，但却始终没想出来。

　　他先是说天气，但很快就放弃了这个话题。然后又开始说西于聚尔·奥利，说他最近看起来很疲惫，但很快就没什么和他相关的事情了。之后，他试着聊埃琳博格，但不久也放弃了。后来，他开始讲本杰明·克努森的未婚妻，说她可能是跳海自尽了，还说起他在本杰明这个商人的房间里发现的那些情书。

　　他告诉埃娃·琳德，他看到她母亲来过，就坐在她的床边。

　　然后他就不说话了。

　　"你和妈妈怎么了？"埃娃·琳德去找他的时候曾经问过他，"你们为什么不说话？"

那次，辛德理·斯内尔和她一起去的，但他没待多久就走了，只剩下埃伦迪尔和埃娃·琳德两个人一起待到天黑。那时正是十二月份，收音机里放着圣诞歌曲。埃伦迪尔把收音机关了，埃娃·琳德却又把它打开，她说她想听。她那个时候已经怀孕好几个月了，生活也稍稍步入正轨了。像往常一样，她坐下来，开始跟他说起那个她不曾拥有过的家庭。辛德理·斯内尔从来不说这些，不说他的母亲、姐姐和其他任何没发生过的事。埃伦迪尔和他说话的时候，他总是沉默而拘谨。他并不在乎他父亲。这就是他和他姐姐的不同之处。埃娃·琳德想慢慢了解自己的父亲，不遗余力地催促父亲对自己负责任。

　　"你的母亲？"埃伦迪尔说，"我们能不能先把这些圣诞歌曲关了？"

　　他想多争取些时间。埃娃·琳德对过去的探究总是让他很窘迫。他不知道怎么解释他那短暂的婚姻，不知道为什么他们会有孩子，也不知道他为什么离开。她所有的问题，他都不知道怎么回答。有时候，这让埃娃·琳德十分恼火。只要谈到他们的家庭，她就会生会儿气。

　　"不，我就想听圣诞歌曲。"埃娃·琳德说。于是，宾·克罗斯比继续做着白色圣诞节的梦。"我从来没听她说过你什么好话，但她一定是看中了你身上的某一点。你们一开始相遇的时候，她看中你哪一点了呢？"

　　"你问过她吗？"

　　"问过。"

　　"她怎么说？"

"她什么都没说。因为她要是说了什么就等于她要说你好的一面，这个她可做不来。但是，她一开始肯定是看中了你某一点，到底是什么呢？你们俩一开始为什么在一起呢？"

"我真不知道。"埃伦迪尔老老实实地说，想尽量显得诚恳一点儿，"我们是在一个舞会上认识的。我也不知道她看中我什么了。事情就那样毫无计划地发生了。"

"当时，你脑子里在想什么？"

埃伦迪尔没回答。他想起了一些孩子，他们不了解自己的父母，甚至从来不知道自己的父母是谁。直到他们快长大成人的时候，他们的父母才走进他们的生活，但却对他们毫无了解。他们的父母不曾尝试着去了解他们，也不曾跟他们分享自己的秘密。孩子只知道，他们一个人是父亲，一个人是母亲；他们是权威，也是保护者。所以，在孩子们的生命中，父母于他们而言，就像偶然出现在他们生命中的陌生人一样。他陷入了沉思，为什么父母喜欢把孩子拒于千里之外，直到他们之间只剩下必要的礼貌和行为，只剩下虚伪的诚意？而这些东西，只是一种虚情，而非真正的亲情。

"你在想什么？"埃娃·琳德揭开了埃伦迪尔的伤疤，依旧不依不饶。

"我不知道。"埃伦迪尔回答道，一如既往地跟她保持着距离。埃娃·琳德也感觉到了。也许她这么做就是为了达到这样的效果。她想让他知道，他距离她有多远，她有多不了解他。

"你也一定是看中她什么了。"

有的时候，埃伦迪尔自己都不了解自己，埃娃·琳德又怎么可能了解他呢？

"我们在一个舞会上认识。"他又重复道，"在那之前，我从来没指望能遇到什么跟未来扯上关系的事。"

"所以你就这么离开了。"

"不只是那样。但是最后我确实离开了，一切都结束了。我们也不想那样……我不知道。也许根本就没有对的法子。即使有，我们也没找到。"

"但是这一切并没有结束。"埃娃·琳德说。

"是的。"埃伦迪尔说。他听着收音机里宾·克罗斯比的歌声，望着窗外纷飞的大雪飘落坠地。他看了看自己的女儿，她眉毛上穿了孔，戴了很多环，鼻子上也打了鼻钉，脚上蹬着马丁靴，高高地翘起，放在咖啡桌上，指甲里满是尘土。她的肚子已经隆起来了，从她黑色的 T 恤衫下裸露出来。

"从来没有结束。"他说。

霍斯屈聚尔·索拉林松现在在阿尔巴尔，住在她女儿的一座豪华的独立式住宅的地下室里，看起来对自己的境况还算满意。他个子很小，穿着格子花纹的工作衫和米色的灯芯绒裤子，他的头发和嘴边的胡子都已花白，但行动很灵活。埃琳博格设法找到了他。国家的登记记录上，名叫霍斯屈聚尔而且过了退休年龄的人可没几个。她给他们每个人都打了电话，询问他们住在哪里。这个来自阿尔巴尔的霍斯屈聚尔告诉她，就是他从本杰明那里租过房子。虽然没在那里住太长时间，但他还记得是从谁那里租的。

埃伦迪尔和埃琳博格坐在霍斯屈聚尔的客厅里，老头泡了咖啡，他们随便聊了起来。老头告诉他们，他是土生土长的雷克雅未克人，然后就开始抱怨那些残忍的保守党人怎样打压退休工人，好像退休工人就是一群不能自给的懒汉。埃伦迪尔决定打断老头的喋喋不休。

"你为什么搬到山里了？对雷克雅未克人来说，那里是不是太过偏远了？"

"你说得对。"霍斯屈聚尔一边给他们倒咖啡一边说道，"但那时候也是没得选了。我别无选择。那时候，人们在雷克雅未克几乎都找不到房子住。打仗的时候，人们都挤在狭小的房间里。一夜之间，所有的乡巴佬们都不愿再在农场里干活，不愿只拿一点儿食物当报酬，他们只想到城里大赚一笔。逼不得已的时候，他们甚至都住在帐篷里。结果，那段时间城里的房价飞涨，所以我就搬到山上去了。你们在山上找到的尸骨到底是怎么回事？"

"你是什么时候搬到山上的？"埃琳博格问道。

"一九四三年左右，我想想，要么就是一九四四年。我是秋天搬过去的，那时仗打了一半。"

"你在那里住了多长时间？"

"住了一年，直到第二年秋天。"

"你一个人住在那里吗？"

"和我老婆一起，我亲爱的老伴艾莉，她现在已经不在了。"

"她什么时候去世的？"

"三年前。你们是在想，我是不是把她埋在山上了？你们看我像那种人吗？"

埃琳博格没有回答他的问题，"我们找不到任何在那栋房子里住过的人的记录。要么是你，要么是其他人。你没有登记在那里住过。"

"我想不起来是怎么回事了。我们确实从未登记过，那时候，我们没有自己的家，所以只能租房子住。不过，租房子也不容易。要知道，愿意多付租金的，大有人在。后来，我听说本杰明有栋小屋要出租，我就去找他了，当时，他的租户刚好也搬了出去，他很同情我，就租给我了。"

"你知道之前的租客是谁吗？"

"不知道。但我记得，我们搬进去的时候房子干净得很。"霍斯屈聚尔喝完一杯咖啡又倒了一杯，啜了一口，说道，"简直一尘不染。"

"你说的'一尘不染'是什么意思？"

"嗯，我记得艾莉还专门评价过。她很喜欢那样。所有的东西都仔细擦洗过，一点儿灰尘都看不见，我们就像搬进了一家酒店。当然，我们也并不是不讲卫生的粗人。但那个地方确实出奇的干净。我老婆说，之前那户人家的家庭主妇一定是个贤妻良母。"

"这么说，你们从没看到过任何暴力或者类似的痕迹？"埃伦迪尔保持了许久的沉默之后，终于开口说道，"比如墙上的血迹什么的？"

埃琳博格看了看他。心想着他是在和这老头开玩笑吗？

"血迹？在墙上？没，没有血迹。"

"一切都井然有序？"

"一切都井然有序。真的。"

"你们在那住的时候，房子旁边有什么灌木丛吗？"

"有，那里有几丛多年生灌木丛。我记得很清楚，因为那个时候正值秋天，树上结满了果实，我们还用果子做了果酱。"

"那些灌木丛不是你和你妻子艾莉种的吗？"

"不是。我们搬过去的时候，灌木丛已经在那里了。"

"你能不能想想，你觉得我们在那里发现的尸骨可能是谁？"埃伦迪尔问道。

"这就是你们来这儿的目的吗？来看看是不是我杀了什么人？"

"我们认为，有个人在战争中或者战争前后被埋在了那里。"埃伦迪尔说，"但你不是嫌疑人，也根本不可能是。本杰明有没有和你说过，在你们之前，谁曾经在那屋子里住过？"

"确实说起过。"霍斯屈聚尔说，"有次我去付租金，赞叹之前的租客把房子保持得非常好，但他好像一点儿兴趣也没有。他是个神秘的男人。听说他的妻子跳海自杀了。"

"是未婚妻，他们还没结婚。你还记得驻扎在山上的英国军队吗？或者战争后期驻扎在那里的美国军队？"

"自从一九四〇年英国军队占据了山头，上面就都是英国人。他们在山那边建造军营，还架起了大炮来保护雷克雅未克。我一直觉得，那一切就是个笑话，但艾莉告诉我，别拿这事开玩笑。后来，英国人离开了，美国人接管了那里。我搬过去的时候，他们正在山上搭营。英国人几年前就离开了。"

"你认识他们吗？"

"完全不认识，他们只跟自己人打交道。我老婆说，他们不像英国人那样闻起来很臭，他们比英国人干净、聪明、有风度。比英国人有风度多了，就像电影里的克拉克·盖博和加里·格兰特一样。"

埃伦迪尔知道，加里·格兰特是个英国人，但他没有纠正这个自以为是的老头子。埃琳博格也忽视了这个错误。

"建造的军营也更好。"老头完全不受影响地继续说道，"比英国人的军营好太多了。美国人在地面上浇筑了水泥，可没像英国人那样用烂木板。那些房子住起来舒服多了。所有美国人碰过的东西都变得考究多了。"

"你知道你和你妻子搬出去后，谁住了进来吗？"埃伦迪尔问。

"知道，我们还带他们参观了房子。男的在居菲内斯的农场工作，带着妻子、两个孩子，还有一条狗。他们人很好，但我现在记不清他们的名字了。"

"那你还知道在你们之前住在那里的那家人——就是把房子保持得很好的那家人——的其他情况吗？"

"只有本杰明跟我说的那些。我跟他说起他的房子被保持得很好，还告诉他我和艾莉也会把我们的标准定得一样高。"

埃伦迪尔抓了抓耳朵，埃琳博格在椅子里挺了挺身子。霍斯屈聚尔却什么都没说。

"然后呢？"埃伦迪尔问道。

"你是说本杰明说了什么？他说到了那户人家的妻子。"霍斯屈聚尔又停顿了一下，喝了口咖啡。埃伦迪尔不耐烦地等着他把故事说完。他焦急的神情逃不过霍斯屈聚尔的眼睛——他知道，这个侦探想求他快点儿讲。

"事情很有意思，你们肯定也会这么觉得。"霍斯屈聚尔说道。他知道，这些警察是不会空手离开的，他们肯定还会继续问。他又停下来喝了口咖啡，不紧不慢。

天哪，埃琳博格心想，这个老骨头就不能直接说吗？她真是受够了这些老东西，要么死在她面前，要么装腔作势。

"他说那家人的丈夫经常揍自己的妻子。"

"揍她？"埃伦迪尔重复道。

"现在这个叫什么来着？家庭暴力？"

"他揍自己的妻子？"埃伦迪尔问道。

"本杰明是这么说的。那个男的是个打老婆和孩子的主。我对我的艾莉可从未有过一丁点儿的冒犯。"

"他跟你说过他们的名字吗？"

"没有。也许他告诉过我，不过我早就忘了。但是，他告诉过我的另一件事情却让我时常想起。他说，那个男人的妻子是她父母在劳达拉斯蒂厄尔的老煤气厂怀上的，就是赫莱姆尔边上的那个煤气厂。反正大家都是这么说的。就像他们都说本杰明杀了他老婆一样——哦，我是说他未婚妻。"

"本杰明？煤气厂？你在说什么？"埃伦迪尔完全语无伦次了，"大家说，本杰明杀了他的未婚妻？"

"有些人是这么想的。那个时候，他自己也是这么说的。"

"说他杀了她？"

"他说大家都觉得他对她做了什么，他倒是没说他杀了她。他也永远不会告诉我这些，我和他根本不熟，但他知道大家在怀疑他。我记得有人说，他是出于忌妒才杀了自己的未婚妻。"

"都是些瞎话吧？"

"当然都是些瞎话。这不就是人们擅长的吗？大家不都喜欢说别人的坏话吗？"

"等一下，刚才说的煤气厂又是怎么一回事？"

"这个可是最有意思的瞎话了，你没听说过吗？那时候，大家以为世界末日快要来了，就在煤气厂纵欲狂欢了一整夜。之后就有几个孩子出生了，那个男人的妻子就是其中一个。大家把这些孩子叫作'末日婴儿'。"

埃伦迪尔看了看埃琳博格，然后又看向了霍斯屈聚尔。

"你是在跟我开玩笑吗？"

霍斯屈聚尔摇了摇头。

"都是因为彗星，大家以为彗星会撞上地球。"

"什么彗星？"

"当然是哈雷彗星啦！"这个自以为是的老头几乎是喊出来的，似乎是被埃伦迪尔的无知给气着了，"是哈雷彗星！大家以为地球会和彗星相撞，然后就消失在地狱的火焰里！"

15

那天一大早，埃琳博格就找到了本杰明未婚妻的妹妹。从霍斯屈聚尔住的地方离开的时候，埃琳博格就告诉埃伦迪尔，她想去找那个妹妹谈谈。埃伦迪尔点了点头，说自己打算去国家图书馆找些有关哈雷彗星的报纸文章。他们也是后来才发现，那个自以为是的霍斯屈聚尔实际上根本不怎么清楚到底发生了什么，他只是在不停地兜圈子。最后，埃伦迪尔再也听不下去了，他有些失礼地离开了。

"你对霍斯屈聚尔说的那些有什么看法？"上车的时候，埃伦迪尔问道。

"那个煤气厂的事儿太荒唐了。"埃琳博格说道，"你要是真能查出些什么，那还挺有意思的。不过，他那套关于闲言碎语的理论倒还有点儿道理，我们就是特别喜欢在背后谈论别人的丑事。你也知道，流言并没有提到本杰明到底是不是凶手。"

"对啊，不过有句俗语怎么说的来着？无风不起浪。"

"俗语……"埃琳博格喃喃自语道，"我去问问她妹妹。再问你件事，埃娃·琳德怎么样了？"

"她就躺在床上，看起来就像在熟睡一样。医生让我多跟她说说话。"

"跟她说说话？"

"医生说，她虽然昏迷着，但还是能听见声音的，我跟她说话对她有好处。"

"那你跟她说了些什么？"

"也没说什么。"埃伦迪尔说，"我也不知道该说些什么。"

本杰明未婚妻的妹妹听说过那些流言，不过，她断然否定了那些流言的真实性。她叫巴拉，比她失踪的姐姐年纪小很多。她住在格拉法沃厄尔的一栋独立的大房子里，丈夫是个十分富有的批发商，生活很富足——这从她房间里华丽的家具、她身上佩戴的昂贵首饰，还有她对坐在客厅里的两位侦探的傲慢态度上就可以看出来。埃琳博格在电话里已经大致地向她描述了她想谈论的问题。她在想，这个女人也许从来不需要担心钱的问题，想要什么就有什么，也不会和跟她不是一个层次的人打交道。也许，她早就什么都不在乎了吧。埃琳博格觉得，如果她的姐姐没有失踪，前方等待她的，或许也是这种生活吧。

"我姐姐特别爱本杰明，这点我一直不能理解。在我看来，他是个非常乏味无趣的人。当然啦，我可不是说他没有教养。克努森家族可是雷克雅未克最古老的家族，只不过，他实在不是个有趣的人。"

埃琳博格笑了笑，她其实没太听懂。巴拉也注意到了。

"他是一个爱做梦的人，一点儿都不实际。他对发展零售业有

145

着宏伟的抱负，不过后来，他的那些想法确实也都实现了，但他自己却没能活着从中受益。他为人特别和善，他的仆人都不需要称呼他为'先生'。不过，人们现在也不这样叫了，一点儿礼仪都不讲究了，也没有仆人了。"

巴拉擦了擦咖啡桌上并不存在的灰尘。埃琳博格注意到，房间的尽头有几幅巨大的画像，分别画着巴拉和她的丈夫。她丈夫看起来闷闷不乐、疲惫不堪，而且心不在焉的。而巴拉严肃的脸上却似乎有丝若有若无的微笑。埃琳博格不由地猜想，巴拉一定是这场婚姻中的胜利者，她甚至开始同情画像中的男人。

"但如果你们觉得是他杀了我姐姐，那可就大错特错了。"巴拉说，"你们在小屋那里发现的那具尸骨不是我姐姐的。"

"你怎么能这么肯定呢？"

"我就是知道。本杰明连一只苍蝇都不忍心伤害，他就是一个懦弱的人，一个爱做梦的人。这在我姐姐失踪的时候就能看出来——他整个人都崩溃了，生意不做了，社交也不参加了，什么都放弃了。他一直沉浸在悲伤里，从来都没从这件事中走出来。后来，我母亲把他写给我姐姐的情书还了回去。她读了其中一些，说写得很美。"

"你和你姐姐亲吗？"

"不，不算太亲，我比她小太多了。在我的童年记忆里，她就像大人一样。我母亲总说她很像我们的父亲——多愁善感、郁郁寡欢。我父亲也是那样死的。"

从巴拉的表情来看，她的最后一句话其实是无意间说漏了的。

"也是那样？"埃琳博格问道。

"是的。"巴拉有些恼怒地说，"也是那样死的，自杀。"她神情漠然地说道，"但他没像她那样失踪，没有失踪，而是把自己吊死在客厅里。就吊在水晶吊灯的钩子上，就吊在全家人的面前。他就是这样爱他的家人的。"

"你们那时候一定很难过。"埃琳博格觉得自己应该说些什么。巴拉坐在那里，面带责备地看着她，好像是怪她让自己又想起了这件事。

"可能我姐姐会更难过吧，因为他们俩比较亲。这件事对大家都有影响，尤其是我可怜的姐姐。"

有一刻，她的声音里带着些许同情。

"是这件事……"

"这件事发生在她失踪前好几年。"巴拉说。埃琳博格看得出她在隐瞒些什么。她所说的都是事先想好的，不带有一丝情感。但也许这个女人就是喜欢这样，颐指气使、古板无趣、冷面冷心。

"不得不说，本杰明对我姐姐真的是很好。"她继续说道，"他给我姐姐写情书，为她做这做那。那时候，雷克雅未克人在订婚后喜欢出去散步——这在当时是一种普遍的约会方式。他们是在博格酒吧认识的——那年头，那里就是年轻人约会的圣地。那时候，他们一起约会，一起散步，一起旅行。就像其他年轻人一样，他们的爱情就是从那里开始的。后来，他向她求婚了。我记得，她失踪的时候离婚礼只有两个星期了。"

"我听说，她是跳海自杀的。"埃琳博格说。

"是的。人们对这个故事简直津津乐道。他们找遍了整个雷克雅未克。很多人都参与了搜寻，但连她的一根头发都没找到。是我母亲跟我说的这件事。姐姐早上离开家去好几个地方买东西——

那时候这里没有很多店，但她什么都没买。她在本杰明的店里跟他见了面，从那离开之后，就再也没出现过。本杰明跟警察还有我们说，他们俩吵架了。这就是为什么他对这件事自责不已，难以接受。"

"为什么会有跳海这一说呢？"

"有些人说，他们曾看到一个女人朝海滩走去，就是今天的特里格瓦加塔海滩。她穿着跟我姐姐相似的外套，身高也差不多。就是这些了。"

"他们当时为什么吵架呢？"

"就为了一些鸡毛蒜皮的小事吧，关于婚礼的准备工作。至少，本杰明是这么说的。"

"你觉得会有其他的什么原因吗？"

"我不知道。"

"你觉得我们在山上找到的尸骨根本不可能是你姐姐的？"

"绝对不可能。虽然我这么说没有什么凭据，也没办法证明。我就是觉得这太离谱了。我不相信他会这么做。"

"你对本杰明在格拉法尔霍特山上那栋小屋里的租客有什么了解吗？战争期间住在那里的人，可能是一个五口之家—— 一对夫妻带着三个孩子。你有什么印象吗？"

"没有。不过我知道，整个战争期间，他的小屋里一直住着人，因为那时候住房很紧缺。"

"你有没有留着什么东西纪念你姐姐？比如说，装在匣子里的一缕头发？"

"我没有。但本杰明有她的一缕头发。我看到她剪下来送给他了。有一年夏天，我姐姐要到北边的弗约特走亲戚，要去好几个星期，本杰明就想要些她的东西做个念想。"

埃琳博格坐到车上，给西于聚尔·奥利打电话。西于聚尔·奥利刚刚结束了一天漫长又无聊的搜索，准备离开本杰明的地下室。埃琳博格让他再仔细找找，看能不能找到本杰明未婚妻的一缕头发，头发可能放在一个漂亮的匣子里。然后她就听到了西于聚尔·奥利的哀号声。

"拜托了。"埃琳博格说，"如果我们能找到那缕头发，我们就能判断出那具尸体是不是她的了。就这么简单。"

她挂了电话，正打算开车离开，突然又想到了什么，就把车熄了火。她犹豫了一会儿，紧张地咬着嘴唇，最终还是决定采取行动。

巴拉开门的时候看到又是她，很是意外。

"你是忘了什么东西吗？"她问道。

"不是，我只是还有个问题想问你。"埃琳博格有些尴尬地说，"问完我就走。"

"说吧，什么问题？"巴拉有些不耐烦地说道。

"你刚才说，你姐姐失踪那天穿了件外套。"

"怎么了？"

"是什么样的外套？"

"什么样的？就是我母亲给她的一件普通外套。"

"我是说，外套是什么颜色的？你知道吗？"

"你问这个干什么？"

"我只是有些好奇。"埃琳博格不想多做解释。

"我不记得了。"

"好吧，你肯定不记得了。"埃琳博格说道，"我知道了。谢谢，抱歉打扰你了。"

"不过，我母亲说是绿色的。"

*

多年之后，很多事情发生了变化。

托马斯不再尿床，也不再惹父亲生气。格里穆尔对这个小儿子的关注开始增多，这让西蒙有些费解。西蒙觉得，可能是格里穆尔在军队来了之后变了，也有可能是托马斯变了。

格里穆尔不断地拿煤气厂的事羞辱孩子们的母亲，但她总是一言不发。慢慢地，格里穆尔自己也觉得有些无聊。他过去总是叫孩子们的母亲"杂种""煤气佬"，还总说起那个巨大的煤气箱，说起那个人们以为地球马上就会被彗星击得粉碎而举办的狂欢之夜。虽然西蒙不是很明白他父亲在说什么，但他注意到，这些话让母亲很沮丧。西蒙知道，这些话深深地刺痛了她，这些言语给她带来的伤害，不亚于格里穆尔对她的毒打。

有一次，西蒙和父亲一起去城里。经过煤气厂的时候，格里穆尔指着那个煤气箱大笑起来，告诉西蒙那就是他母亲出生的地方，然后笑得更厉害了。煤气厂是雷克雅未克最大的建筑之一，西蒙却觉得它有些碍眼。他决定回去问问母亲关于那个煤气厂的事，他实在是很好奇。

"别听他胡说八道。"她说，"你应该也知道，他总喜欢瞎嚷嚷。他说的话，你一个字都不该信。一个字都不要。"

"煤气厂里到底发生了什么？"

"什么都没发生。那些都是他编的，我都不知道他是从哪儿听来的瞎话。"

"那你的父亲和母亲在哪呢？"

她沉默地看着儿子。她一辈子都在纠结这个问题，而现在，她的儿子天真地问了她这个问题，她却不知道该怎么回答。她不知道自己的父母是谁，小的时候，她也试图寻求答案，但毫无结果。她最早的记忆就是和一群孩子住在雷克雅未克的一栋房子里。等她长大了，有人告诉她，她无父无母，也没有兄弟姐妹，是政府出钱让她住在那里的。她反复琢磨过这些话，花了很长时间才明白过来。有一天，她被从那栋房子里带走，开始跟一对老夫妇一起生活，给他们当佣人。成年后，她就开始在那个商人家干活。这就是她遇到格里穆尔之前的所有生活，她没有父母，没有家，也没有一大家子亲戚——兄弟姐妹、叔叔婶婶、爷爷奶奶，等等。在从一个女孩成长为一个女人的那些年里，她不断地问自己，我是谁，我的父母又是谁。但她不知道自己该到哪里找答案。

她想象她的父母可能在一场事故中去世了。这样想能安慰一下下自己，因为她根本不愿相信是他们抛弃了她，抛弃了自己的孩子。她幻想父母在事故中救了她，却牺牲了自己。她总是这样想他们，他们是为自己和她的生命努力战斗的英雄。她不敢想象他们可能还活着。对她而言，这绝对是无法接受的。

当她遇到那个渔夫——米凯利娜的父亲——的时候，她让他帮自己找答案。他们去过很多政府部门，但什么都没找到，只知道她是个孤儿。国家登记的资料上没有她父母的名字，她的资料显示，她是一个孤儿。她的出生证明也找不到了。他们一起拜访了那个她和其他孩子一起长大的家，询问了那个曾经像母亲一样抚养过她的女人，但那个女人什么也不知道。"政府为你付的钱，"她说，"我们也需要钱。"她从来没有调查过这个女孩的出生背景。

她本来早就放弃思考这个问题了，直到格里穆尔回到家，嚷嚷着自己知道她的父母是谁，还知道她是怎么出生的。每当格里穆尔说起煤气厂里那个狂欢之夜时，她都能看到他脸上变态的笑容。

她看着西蒙，这些想法在她的脑中闪过。有那么一刹那，她几乎就要告诉西蒙一些重要的事了。但到最后，她还是忍住了，只是告诉西蒙，别再没完没了地问问题。

战火越烧越旺，烧到了全世界，也烧到了山的另一边。英国驻军开始建造像面包条一样的房子，他们称之为军营。西蒙不知道军营是什么意思，在军营里还有个他不懂的名词——补给站。

有时，他会和托马斯跑到山那边去看那些士兵。士兵们把很多东西运到山上，有木材、屋顶梁、瓦楞形的钢铁，还有篱笆、成卷的带刺的铁丝网、成包的水泥。他们还有水泥浆搅拌机以及为军营清理地面的推土机。他们修建了一座碉堡，俯瞰着格拉法沃厄尔。有一天，兄弟俩看到英国军队把一座大炮运上了山，大炮装在碉堡里，巨大的炮口伸出来有几米长，随时准备把敌人轰成炮灰。他们是在保护冰岛不受德国人的侵犯。德国人挑起了战争，杀光他们遇到的所有人，就连西蒙和托马斯这样的小孩子都不放过。

眨眼间，英国兵就在八个军营的周围都竖起了围栏，还在门口的标牌上用冰岛语写着标语——闲杂人等，严禁入内。门口总有个扛着长枪的士兵站岗放哨。男孩们总是保持着安全距离，士兵们也不怎么理睬他们。天气好的时候，西蒙和托马斯会把姐姐带到山上，把她放在苔地上，让她看看士兵们正在修建的东西和从地堡里伸出来的炮筒。米凯利娜躺在地上，看着周围的一切，但她不怎么说话，看起来像是在沉思。西蒙觉得，她可能是被眼前的士兵和大炮吓到了。

所有的军人都穿着卡其色的军装，束着腰带，脚上穿着笨重的黑色军靴，鞋带一直系到小腿。有些人带着头盔，有些人扛着步枪或者腰间别着带皮套的手枪。天气暖和的时候，他们会把夹克外套和衬衫脱了，光着膀子躺在地上晒太阳。山上经常有军事演习，士兵们先是藏身在隐秘的地方，然后突然从藏身的地方跑出来，迅速卧倒后再开火。晚上，军营里经常传出各种嘈杂声和音乐声。有的时候，他们会搬出一种机器，机器发出刮擦声，还伴有轻轻的音乐和歌声。还有的时候，士兵们会唱自己国家的歌，直到深夜。西蒙知道，那个国家叫英国，格里穆尔说，那是个帝国。

他们会跟母亲讲这些发生在山那边的事情，但她好像没什么兴趣。有一次，他们把母亲也带到了山顶上，她朝着英国军营看了好久。回家后，她说那里很危险，不许男孩们再去偷看士兵，因为谁也说不准拿枪的人会干什么，她可不希望他们受到任何伤害。

时间一天天地过去，有一天，军营里突然聚集了很多美国人，几乎所有的英国人都撤走了。格里穆尔说，那些被调走的英国兵就是去送死的，而美国人倒是可以在冰岛悠闲地度过一段日子。

格里穆尔不再铲煤了，他开始为山上的美国人工作。军营里有很多活，给的钱也很多。有一天，他走到山那边，想在补给站找份活干，结果没费什么工夫就在军需官的补给站和食堂里找到了一份差事。之后，他们家的伙食就变好了。有一次，格里穆尔拿出一个挂着钥匙环的罐头，用钥匙环把盖子打开，再把罐子倒扣过来，一块裹着透明酱汁的粉红色肉块扑通一下掉到了盘子里，摇摇晃晃的。肉是咸的，味道很不错。

"火腿。"格里穆尔说，"这可是从美国来的呢。"

西蒙这辈子都没吃过这么好吃的东西。

一开始，他没想过这个新鲜玩意儿怎么会出现在他们家的餐桌上。但有一次，当格里穆尔把一箱子罐头带回来藏在屋里时，他看到了母亲脸上不安的神情。有时候，格里穆尔去雷克雅未克的时候会带上一麻袋罐头，还有其他各种西蒙不认识的东西。每次回家后，他就坐在桌旁数钱，西蒙从没见过他那么开心。格里穆尔不再虐待他们的母亲，也不再说起煤气厂的事，有时还会摸摸托马斯的头。

慢慢地，他们的家里摆满了各种新鲜货，有美国香烟、美味的罐装食品、水果，甚至还有尼龙袜。母亲说，雷克雅未克的女人做梦都想要一双这样的袜子。

但这些东西都不会在家里放太久。有一次，格里穆尔带回来一包东西，散发着香气，西蒙觉得，那是他闻过的最好闻的味道。格里穆尔打开包装袋，让他们都尝一尝，还跟他们说，美国人一直在嚼它们，就像牛反复地嚼着草一样。但不能把它吞了，嚼一阵子就要吐出来，再换一块新的。西蒙和托马斯每人一块粉色的香片——甚至连米凯利娜也分到了一块。他们使劲地嚼着，直到不能再嚼了，然后就把它吐出来再嚼新的。

"这叫口香糖。"格里穆尔说。

格里穆尔很快学会了用英语跟部队里的人打交道，还跟他们成了朋友。部队里的人不执勤的时候，格里穆尔会把他们都请到家里来。每当这时，米凯利娜就必须把自己锁在小小的储物间里，男孩儿们要梳好头发，他们的母亲也要穿上连衣裙，让自己看起来体面一些。士兵们过来后很有礼貌，跟一家人握手打招呼，做自我介绍，还给孩子们发糖。之后，他们会坐下来喝喝酒。然后，他们就坐上吉普车，一起去雷克雅未克。于是，小屋里就会重新恢复平静，仿佛从来没有人来过。

通常，士兵们会直接开车去雷克雅未克，直到深夜才会唱着歌回来，山上回荡着他们的叫喊声，偶尔还会有一两声枪响，不过肯定没有炮声，因为格里穆尔说，如果炮声响起来了，就等于说该死的纳粹党打到雷克雅未克了，他们会在眨眼间杀了我们所有人。他经常跟这些士兵一起去城里，回来的时候他就会唱着美国歌。这个夏天之前，西蒙从来没听他唱过歌。

有一次，西蒙目睹了一件怪事。

一天，有个美国兵带着钓鱼竿走到山这边来，在雷尼斯瓦特湖边抛线钓了会儿鱼，然后又带着鱼竿吹着口哨继续往山下走，来到哈夫拉湖，在那儿待了差不多一天。那是个美丽的夏日，他沿着湖边走着，随意地抛着鱼线，看样子不是专门为了钓鱼而来，更像是在湖边享受这大好天气。他就那样坐在太阳底下，抽抽烟，晒晒太阳。

大约下午三点的时候，他好像觉得差不多了，于是就开始收拾鱼竿和包，包里还有他钓到的三四条鱼。他从湖边慢悠悠地往山上走，但他没有直接绕过小屋，而是停在了屋前，还跟西蒙说了些他听不懂的话。之前，西蒙一直远远地望着这个士兵，现在，这个士兵居然就站在他家门前。

"你父母在家吗？"美国兵笑着用英语问西蒙，还朝屋子里看了看——天气好的时候，家里的门总是敞着的。托马斯把米凯利娜挪到了屋后有太阳的地方，现在正和她一起躺着呢。他们的母亲正在屋里做家务。

西蒙听不懂美国兵说的话。

"你听不懂我说的话吗？"美国兵说，"我叫戴夫，是个美国人。"

西蒙听懂了他的名字叫戴夫，于是点了点头。戴夫把袋子拿出来放在地上，又打开袋子，从里面拿出三条鲑鱼放在袋子旁边。

"我想把这些鱼给你。你懂吗？拿着吧，这些鱼味道应该还不错。"

西蒙看着戴夫，还是不明白他在说什么。戴夫笑了笑，洁白的牙齿闪闪发亮。他个子不高，人很瘦，脸上也没什么肉，乌黑的头发梳向一边。

"你妈妈在家吗？"他问，"或者，你爸爸在吗？"西蒙一脸茫然。戴夫解开外套上的口袋，拿出一个黑色的笔记本翻到某一页，走到西蒙面前指了指本子上的一句话。

"你识字吗？"他问道。

西蒙看了看戴夫指着的那句话。他看懂了，因为那是用冰岛语写的，但是后面却跟了些他看不懂的外语。戴夫大声地、小心翼翼地把那句冰岛语读了出来。

"我叫戴夫。"他用冰岛语说道，然后又用英语重复了一遍，"我叫戴夫。"他指了指那句话，然后把本子递给西蒙，西蒙用英语大声地读了出来。

"我叫……西蒙。"西蒙笑着说。戴夫笑得更欢了，又找了个句子给西蒙看。

"小姐，你好。"西蒙读道。

"对的，不过这里没有小姐，只有你。"戴夫笑了起来，但是西蒙不明白他笑什么。戴夫找到另外一个词给西蒙看。"母亲。"西蒙用英语高声说，戴夫指着西蒙点了点头。

"在哪里？"戴夫用冰岛语问道。西蒙明白了，他是在找他母亲。西蒙朝他招招手，戴夫跟着他来到了厨房，他母亲就坐在桌边补袜子。看到西蒙进来，她笑了，但是看到西蒙后面的戴夫之后，她的笑容僵住了，手里的袜子掉到了脚上。她猛地跳了起来，把椅子都撞倒了。戴夫也被吓到了，往前靠了靠，摆了摆手。

"抱歉。"他说，"我很抱歉，我没想到会吓到你，请你原谅。"

西蒙的母亲冲到了厨房的水槽边，低着头盯着水槽，好像根本不敢抬头。

"带他出去，西蒙。"她说。

"对不起，我会离开的。"戴夫说，"没事的，我很抱歉，我马上走，不好意思，我……"

"带他出去，西蒙。"她的母亲又说了一遍。

西蒙很奇怪，他不知道母亲为什么会有这样的反应。他看了看母亲，又看了看戴夫。戴夫正往厨房外走，走向院子。

"你为什么这么对我？"她转向西蒙问道，"把一个男人带到这里来，你为什么这么做？"

"对不起。"西蒙说，"我以为没什么的，他叫戴夫。"

"他想干什么？"

"他想把鱼给我们。"西蒙说，"他在湖里钓的，我以为没什么的，他就想给我们些鱼。"

"天哪，吓死我了！我的天，真是吓死我了！以后不准再这么做，再也不准！米凯利娜和托马斯在哪里？"

"在屋后。"

"他们没事吧？"

"没事，当然没事。米凯利娜想晒太阳。"

"以后不准再这么做。"她一边往外走一边重复道，"听到了吗？再也不准！"

她绕过屋子的一角，看见美国兵正站在托马斯和米凯利娜旁边，不知所措地看着米凯利娜。米凯利娜昂起头，伸长了脖子——她想看看是谁站在他们旁边。但是因为逆光，她看不到戴夫的脸。美国兵看了看他们的母亲，又看了看在草地上扭动着的米凯利娜。

"我……"戴夫结巴了，"我之前不知道，抱歉。我真的很抱歉，我不该来打扰，抱歉。"

他转过身匆匆地走了。他们看着他慢慢地消失在山的那一边。

"你们没事吧？"母亲跪在米凯利娜和托马斯旁边问道。她现在平静些，因为美国兵已经走了，而且他没有任何要伤害他们的意思。她把米凯利娜抱进屋，放在厨房的长椅上。西蒙和托马斯跟在后面跑进了屋。

"戴夫不是坏人。"西蒙说，"他和别人不一样。"

"他叫戴夫？"母亲一脸茫然地问道。"戴夫。"她又重复了一遍，像是自言自语地说道，"是和冰岛语里的戴夫德一样吗？"

之后，发生了一件令西蒙吃惊不已的怪事。

他的母亲笑了。

托马斯一直显得很神秘。他话不多，喜欢独来独往，有的时候有点儿紧张又很害羞。他是那种沉默寡言的人。去年冬天，格里穆尔好像发现托马斯身上有些东西似乎比西蒙更有趣。他会关注托马斯，还把托马斯带到另外一个房间。当西蒙问托马斯他们说了些什么的时候，托马斯不说。在西蒙的软磨硬泡下，托马斯终于说出来了，他们是在说米凯利娜。

"他跟你说米凯利娜什么了？"西蒙问道。

"没说什么。"托马斯回答道。

"不，他说了，到底说什么了？"西蒙追问道。

"真的没说什么。"托马斯的表情略显尴尬，好像想隐瞒什么。

"跟我说说。"

"我不想说。我不想跟他说话，一点儿都不想。"

"你不想跟他说话？也就是说，你不想听他说的那些话？是这个意思吗？"

"总之，我什么都不想。"托马斯说，"你也别再跟我说话。"

时间一天天地过去，格里穆尔在各方面都表现出对小儿子的喜爱。虽然西蒙从来没参与过他们的对话，但在夏末的一个晚上，他还是发现了他们在干什么。格里穆尔正准备把从补给站拿来的东西运到雷克雅未克。他在等一个叫麦克的士兵来帮忙。麦克有辆吉普车，他们计划在车上装满东西，然后去城里卖。他们的母亲正在用补给站里的食物做吃的。米凯利娜躺在床上。

西蒙看到格里穆尔把托马斯推向米凯利娜，还在他耳边说着什么，脸上露出他对托马斯和西蒙冷嘲热讽时的笑容。他们的母亲什么都没觉察到，西蒙也不知道他们在搞什么鬼。直到托马斯走到米凯利娜面前说：

"婊子。"

然后，他又回到格里穆尔身边，格里穆尔大笑了起来，轻轻地拍了拍他的脑袋。

西蒙看向水槽那里，他母亲正站在那儿。虽然她无意中还是听到了他们的对话，但她没有任何动作，也没有在第一时间做出反应，好像在努力无视这些。但西蒙看到她一只手里拿着刀，削着土豆，她握刀柄的手指都发白了。突然，她手里拿着刀，慢慢地转过身来，盯着格里穆尔。

"你永远不应该这样做。"她的声音颤抖着。

格里穆尔看着他，脸上的笑容僵住了。

"我？"格里穆尔说，"你说的'永远不应该'是什么意思？我可什么都没干。是那孩子干的，我的好儿子托马斯！"

他们的母亲朝格里穆尔的方向走了一步，手里还拿着刀。

"不要这样对托马斯。"

格里穆尔站了起来。

"你拿着那刀是想干什么呢？"

"你不能那样对他。"她说。西蒙感觉到，她要让步了。这时，屋外传来了吉普车的声音。

"他来了。"西蒙喊道，"麦克来了。"

格里穆尔顺着厨房的窗户往外看了看，又看了看他们的母亲，紧张的气氛缓和了些。她放下了刀。麦克出现在走廊。格里穆尔笑了起来。

那天晚上，格里穆尔回来后毫不留情地毒打了他们的母亲。第二天早上，她的一只眼睛青了，一条腿也瘸了。那天晚上，他们听到格里穆尔一边打她一边辱骂她。托马斯爬到西蒙的床上，透过黑暗看着自己的哥哥。他吓坏了，一直自言自语，好像这样就可以挽回些什么。

"……对不起，我不是故意的，对不起，对不起，对不起……"

16

　　艾尔莎为西于聚尔·奥利开了门,请他一起喝杯茶。西于聚尔·奥利看着厨房里的艾尔莎，想起了贝格索拉。那天早晨上班之前，他们吵了一架。他拒绝了她的示爱，然后笨拙地表达出自己的担忧，结果贝格索拉被激怒了。

　　"等等，"她说道，"这么说，我们永远都不会结婚了吗？这就是你想要的？你想让我们一辈子都过得没名没分？然后让人家叫我们的孩子'杂种'？你想一辈子都这样吗？"

　　"杂种？"

　　"是。"

　　"你不会又在想什么盛大的婚礼了吧？"

　　"如果那让你很苦恼，我很抱歉。"

　　"你真的想走红毯？穿着婚纱，手拿捧花，还……"

　　"你总是看不起这些，不是吗？"

　　"那这些和孩子又有什么关系？"西于聚尔·奥利问道。然而贝格索拉脸色更难看了，他立刻后悔自己说了那句话。

"你从来没想过要孩子吗？"

"是的，不是，是的，我是说我们还没商量过呢。"西于聚尔·奥利说道，"你不能一个人决定我们要不要孩子。这不公平，这不是我想要的。至少现在不是，不是马上就要孩子。"

"你会想要的，"贝格索拉说，"但愿你会想要孩子。我们都三十五岁了，再不要就太迟了。每次我跟你聊起这个问题，你都会转换话题。你根本不想和我谈这个，你也根本不想结婚，不想生孩子，你什么都不想。你跟该死的埃伦迪尔越来越像了。"

"什么？"西于聚尔·奥利听得目瞪口呆，"你说什么？"

然而，贝格索拉已经离开了，只留西于聚尔·奥利愣在原地，思考着他们可怕的未来。

艾尔莎注意到，西于聚尔·奥利虽然坐在自己的厨房里喝着茶，心思却在别的地方。

"你想再来点茶吗？"她轻轻地问道。

"不用了，谢谢。"西于聚尔·奥利说，"埃琳博格，就是我同事，想让我问问你，你的舅舅本杰明是不是留着一缕他未婚妻的头发，或许放在箱子、瓶子或者其他的什么东西里？"

艾尔莎想了想。

"没有。"她说，"我不记得有这么一缕头发，但是我也不确定地下室里有没有。"

"埃琳博格说应该有。因为你舅舅未婚妻的妹妹昨天告诉她，你舅舅的未婚妻在去别的地方旅游之前给了你舅舅一缕头发。"

"我从没听说过有一缕她的头发或者其他类似的东西。我们家的人没有那么浪漫，也从来不会那么浪漫。"

"那地下室里有跟她相关的其他东西吗？"

"为什么你想要她的头发？"艾尔莎反问道，她一脸的好奇。西于聚尔·奥利有点儿犹豫了。他不知道埃伦迪尔跟她说了多少。不过，她马上就省去了他回答的麻烦。

"这样，你们就可以证明埋在那座山上的尸骨是她？"艾尔莎说，"如果你找到了她的什么东西，你就可以去做 DNA 测试，看看那究竟是不是她。如果是的话，你们就可以宣布，我舅舅杀了她而且抛尸在那儿了。你是这么想的吧？"

"我们只是在对所有可能的情况进行调查。"西于聚尔·奥利说。他极力避免激怒艾尔莎，避免让她像半小时前的贝格索拉一样生气。这一天的头开得就不好，相当糟糕。

"另外一个探员来过这儿，看上去有点儿伤心的那个。他也暗示，本杰明和他未婚妻的死有关系。然后现在，你又说，只要找到她的一缕头发，一切就可以确认了。我就是不明白，你们为什么认为本杰明会杀了他未婚妻。他为什么要杀她？他有什么动机？没有，完全没有！"

"是的，确实没有。"西于聚尔·奥利想尽量让她冷静下来，"但我们想知道那骨头是谁的。目前，除了那房子是本杰明的以及他的未婚妻失踪了之外，我们什么都不知道。当然，你肯定也想知道那具尸骨究竟是谁的。"

"我可不觉得我想知道。"艾尔莎说，她稍微冷静了一些。

"不过，我还能继续去地下室查找线索，对吧？"西于聚尔·奥利说。

"当然，我没法儿阻止你。"

他喝完茶，走进地下室，心里却仍然想着贝格索拉。他从没把她的一缕头发放在盒子里，他也从不觉得自己需要任何东西来使自己想起她。他知道，有些男人会随身带着自己妻子和孩子的照片，但他的钱包里没有她的照片。他感觉糟透了，他觉得有必要和贝格索拉谈谈，把这些问题弄清楚。

他可一点儿也不想变成埃伦迪尔那样。

*

西于聚尔·奥利在地下室里检查本杰明的物品，一直到中午才出来。他进了一家快餐店，买了个汉堡，随便嚼了几口，然后一边喝着咖啡一边看了看报纸。大概两点的时候，他回到了地下室，嘴里还咒骂着埃伦迪尔。他没找到本杰明未婚妻失踪的任何相关线索，没找到第二次世界大战时期除了霍斯屈聚尔以外的任何租客的资料，也没找到那缕头发——埃琳博格看了那么多爱情故事之后，深信那缕头发的存在。这已经是他在地下室查找线索的第二天了，他已经快疯了。

他回来的时候，艾尔莎站在门口，她请他进了屋。他本想不失礼节地拒绝她，但一时没想出合适的理由，于是只能跟着艾尔莎进了客厅。

"你在下面发现什么了吗？"她问道。西于聚尔·奥利知道，这看似想帮忙的话语背后，其实是想从他这儿套些消息。他没想过她可能只是太孤独，虽然埃伦迪尔在进入她昏暗的房间之后，有过这种感觉。

"我没找到那缕头发。"西于聚尔·奥利搅拌着自己的茶，说道。在此之前，她一直耐心地等着他开口。西于聚尔·奥利看了看艾尔莎，不知道接下来会发生什么。

"没有吗？"她说，"你结婚了吗？抱歉，这好像不关我的事。"

"没有，呃……是的……没有结婚。不过，我和女朋友住在一起。"西于聚尔·奥利尴尬地回答道。

"有孩子吗？"

"没有，没孩子。"西于聚尔·奥利回答道，"目前还没有。"

"为什么没有？"

"什么？"

"为什么你们没有孩子呢？"

这到底是什么情况？西于聚尔·奥利抿了一口茶，尽量为自己争取一点儿思考的时间。

"压力吧，我觉得。总是忙于工作。我们的工作都很费神，所以没有时间。"

"没时间生孩子？那你找到其他更好的打发时间的方式了吗？你女朋友是干什么的？"

"她是一家电脑公司的股东。"西于聚尔·奥利说，准备谢谢她的招待，然后向她告别。他不想被一个上流社会的老处女质问自己的私生活。她独居的时间太久了，所以才变得这么古怪，像她这样的女人往往最终都会变成这样，只知道到处打探别人的隐私。

"她是个好姑娘吗？"艾尔莎问道。

"她叫贝格索拉。"西于聚尔·奥利回答道，保持着最后的礼貌，"是个非常好的姑娘。"他微笑着说，"为什么你……"

"我从来都没有过家庭。"艾尔莎说，"我没有孩子，没有丈夫。没有丈夫倒无所谓，但我真的很喜欢孩子。如果我有孩子，现在他们得有三十岁了吧。三十几岁了。我有时会这样想，现在他们应该已经成年了，也有了自己的孩子。我也不知道为什么会这样。突然之间，你就步入中年了。我是个医生，在我入学的时候，学医的女生不多。我就像你一样，没有时间，没有时间拥有自己的生活。你现在所过的，不是生活，只是工作。"

"是的，嗯，我想我应该……"

"本杰明也没有家庭。"艾尔莎继续说道，"他只想和那个女孩一起，组建一个自己的小家。"

艾尔莎站了起来，西于聚尔·奥利也跟着站了起来。他本以为她会跟他告别，可是她却走到了一个橡木大橱柜旁，橱柜上有扇漂亮的玻璃门，抽屉上还雕着花纹。她打开其中一个抽屉，从里面拿出一个瓷制小首饰盒。她打开盖子，从里面拿出了一个系着细长链条的小银匣。

"他确实保存了一缕她的头发。"她说，"这里还有一张她的照片。她叫索尔维格。"艾尔莎露出了一丝微笑，"她是本杰明的挚爱，我觉得埋在山上的不是她。你们觉得本杰明可能会伤害她，这个想法简直太不可思议了。他不会的，他绝不可能杀他。我坚信这一点。这缕头发也可以证明。"

她把小匣子递给西于聚尔·奥利。他再次坐下，小心翼翼地打开小匣子，看到一缕黑色的头发放在它主人的照片上。为了看到照片，他小心翼翼地把头发移到了匣盖子上。照片上是一个二十多岁的女孩，娇小的脸，深色的秀发，弯弯的眉毛，漂亮的大眼睛。她注视着镜头，目光深邃而神秘。她抿着双唇，透出几分坚毅，尖尖的下巴，脸庞瘦削却很美丽。这就是本杰明的未婚妻——索尔维格。

"抱歉，我没有早点告诉你。"艾尔莎说，"我仔细地想过这件事，反复掂量之后，我还是觉得，不管调查中有什么新的发现，我都不能毁了这缕头发。"

"你之前为什么要把它藏起来呢？"

"我需要时间仔细斟酌一下。"

"是的，但是即使……"

"一开始，你的同事埃伦迪尔——是这个名字吧？——暗示埋在那儿的可能是她的时候，我非常震惊，但是，当我又仔细想了想之后……"艾尔莎无奈地耸了耸肩，没有继续说下去。

"即使 DNA 测试结果显示那是她，"西于聚尔·奥利说，"那也并不一定意味着是本杰明杀了她，检测结果不会告诉我们凶手到底是谁。如果山上埋的是他的未婚妻，也可能是除了本杰明之外的其他人……"

艾尔莎打断了他。

"她……现在是怎么说的来着……她甩了他。按照当时的说法，应该是'解除婚约'。那个时候，人们结婚前一定会先订婚。她用失踪的方式，跟他解除了婚约。本杰明在很久之后才提起这事。他在临终前才告诉我母亲。这是母亲告诉我的。我从没对其他任何人提过这事。如果你们没有找到那具尸骨，我会一直守口如瓶。你知道那具尸骨是男是女吗？"

"目前还不知道。"西于聚尔·奥利说，"他说过她为什么要解除婚约吗？她又为什么离开了他？"

他感觉到艾尔莎有些犹豫。他们四目相对，他知道她已经说了太多，无法收住了。他觉得，一直以来，她就好像背着一个沉重的担子，是时候可以把它放下了。过了这么多年，终于可以卸下来了。

"那孩子不是他的。"她说。

"不是本杰明的孩子？"

"嗯。"

"她怀的不是本杰明的孩子？"

"嗯。"

"那孩子是谁的？"

"你要知道，时代不同了。"艾尔莎说，"现在的女人去做流产，就像去看牙医一样，没什么大不了的。即使人们想要孩子，婚姻也没有什么特别的意义。他们同居，然后再分开。接着又和另一个人一起生活，生孩子，再分开。但那个时候可不是这样的。在当时，对于女人来说，未婚生子是不被接受的。那是奇耻大辱，她们会被赶出家门，被所有人抛弃。世人对这种女人毫不留情，把她们称为'荡妇'。"

"我也这么想。"西于聚尔·奥利说。他想到了贝格索拉。他渐渐地明白了艾尔莎为什么要过问他的私生活。

"本杰明已经准备娶她了。"艾尔莎继续说道，"至少他后来是这么告诉我母亲的。可是索尔维格并不愿意。她想悔婚，而且就这么直截了当地告诉了他。就那样毫无征兆。"

"那孩子的父亲是谁？"

"她离开本杰明的时候，请求他原谅她。但是本杰明做不到，他需要时间。"

"然后她就消失了？"

"她和他分开后就再也没出现过。那个晚上，她没回家。他们就开始找她，本杰明更是不顾一切地到处找她。但是，人们再也没见过她。"

"那孩子的父亲呢？"西于聚尔·奥利再次问道，"他是谁？"

"她没告诉本杰明。她离开时，什么都没跟本杰明说。至少，本杰明是这样告诉我母亲的。就算他知道，他也没告诉我母亲。"

"那有可能是谁呢？"

"有可能？"艾尔莎重复道，"重要的不是有可能是谁，而是他到底是谁。"

"你是说，孩子的父亲可能和她的失踪有关？"

"你觉得呢？"艾尔莎问道。

"你和你母亲从来没有怀疑过谁吗？"

"没有，从来没有。据我所知，本杰明也没有。"

"有没有可能是本杰明编造了整个故事呢？"

"我不能确定有没有可能，但我觉得本杰明不会撒谎。"

"我是说，他可能为了把注意力转移到别人身上而撒谎？"

"我从不觉得他有什么可疑的，而且事情过去很久之后，在他临死前，他才把一切告诉我母亲。"

"他从没停止过对她的思念。"

"我母亲是这么说的。"

西于聚尔·奥利陷入了沉思。

"那她有没有可能是因为羞耻而自杀的呢？"

"确实有可能。她不仅背叛了本杰明，怀了别人的孩子，还不愿意说出那孩子是谁的。"

“我的同事埃琳博格和索尔维格的妹妹聊过。她说他们的父亲也是自杀死的，上吊自杀的。她说这对索尔维格的打击很大，因为他们关系非常好。”

“对索尔维格打击很大？”

“对啊”

“这太荒谬了！”

“为什么？”

“他确实上吊自杀了，但是，这跟索尔维格有什么关系呢？”

“你什么意思？”

“他们说，他是因为太过伤心而自杀的。”

“伤心？”

“对，据我所知。”

“为什么伤心？”

“因为他女儿失踪了啊。”艾尔莎说，“他是在她失踪后自杀的。”

17

埃伦迪尔最后终于想到了可以跟自己女儿聊聊的话题。他在国家图书馆做了大量的研究，从雷克雅未克一九一〇年出版的报纸和期刊上收集了许多信息。那一年，哈雷彗星拖着它富含氰化物的尾巴经过了地球的轨道。他获得了特别许可，可以直接查阅一手资料，而不是观看微缩胶卷。他喜欢钻研旧报纸和期刊，听着纸张之间互相摩擦发出的沙沙声，闻着泛黄纸张的独特味道，感受着凝固在书页里的过去和现在，甚至永远。

夜幕降临，他坐在埃娃·琳德的床边，跟她讲述着在加达霍特发现人骨的案情。他描述着被考古学家划分成一小块一小块的现场、斯卡费丁那几颗让他合不拢嘴的大尖牙、红醋栗灌木丛，还有罗伯特嘴里描述的那个穿绿衣服、弓着身子的"畸形"女人。他提到了本杰明·克努森那个突然消失了的未婚妻，以及她的失踪对本杰明的影响；提到了霍斯屈聚尔和他租住的小屋；还提到了本杰明描述过的一个住在山上的女人，以及那个女人离奇的身世——来自于一个在煤气厂举办的"世界末日"前的"狂欢之夜"。

"正是马克·吐温去世的那年。"埃伦迪尔说。

哈雷彗星拖着充满有毒气体的尾巴，以惊人的速度，径直地朝着地球移动。人们认为，即便地球能逃脱被碰撞摧毁的命运，也躲不过彗星尾巴里的有毒气体。他们以为，这些有毒气体会毁灭所有的生命；更有甚者，脑中已经想象出自己被炽火和酸化物吞噬的景象。恐慌全面爆发，不光冰岛如此，全世界都陷入恐慌之中。在奥地利、的里雅斯特和达尔马提亚，人们纷纷变卖家产，只为能够在未来所剩不多的时间里进行最后的狂欢；在瑞士，女子学校空空荡荡的，因为人们觉得，彗星毁灭地球的时候，一家人应该团聚在一起；牧师甚至被要求在布道的时候聊聊天文学，以减轻人们的恐慌。

据说，在雷克雅未克，许多妇女因为对末日来临的恐惧而卧病在床；甚至还有人真的认为——正如一份报纸所说，这一年的春天尤为寒冷，是由彗星引起的；老人们也纷纷谈论起上一次彗星接近地球时，天气有多糟糕。

当时，在雷克雅未克，煤气被视为未来不可缺少的东西。在城市中，煤气灯被广泛地使用，虽然没有广泛地普及到街道照明，但人们都在家中用煤气照明。政府的下一步计划，是在郊区建立一座现代化的煤气厂，以便满足未来几十年人们对煤气的需求。雷克雅未克的市长与德国的公司进行了磋商，会见了从不来梅港市来到冰岛的名为卡尔·弗兰克的工程师，还和负责建造煤气厂的专家小组进行了探讨。一九一〇年秋天，这座煤气厂被正式启用。

煤气箱经过了精心设计，容积高达一千五百立方米。人们称之为"钟形玻璃罩"，因为它漂浮在水面上，会随着瓶内气体量的变化而上浮或者下沉。在此之前，人们从未见过如此巨大的装置，纷纷前来参观。

五月十八日晚上，煤气箱的建设接近尾声，一群人聚集于此。他们认为，这里是冰岛唯一能提供最后希望的地方，只有这里能保护人们免受彗星有毒气体的侵袭。有传言说，那个晚上，人们蜂拥而至，在煤气厂里举办了一场盛大的派对，大家想赶在世界末日来临前纵情狂欢。

那天晚上在煤气厂里发生的事情，在接下来的几天里像燎原的野火一样传播开来。据说，那些人纵酒狂欢到黎明才意识到，地球既不会与哈雷彗星相撞，也不用遭受其尾部的地狱之火——地球根本不会毁灭。

也有传言说，很多女人在那一夜的狂欢中怀上了孩子。埃伦迪尔在想，那些孩子当中，是否有那么一个，多年之后在格拉法尔霍特被杀害，然后被埋在了那里。

"煤气厂的经理办公室还在那里。"他告诉埃娃·琳德，也不知道她能否听见，"除此之外，煤气厂的其他建筑都垮了。因为后来，决定人类未来的能源变成了电，而不再是煤气。这个煤气厂以前在劳达拉斯蒂厄尔，就是现在赫莱姆尔车站那里。不过，那个煤气厂除了算是个古迹之外，倒是还有一些其他的用处——在刺骨的寒冬或者恶劣的天气里，无家可归的人会去那里取暖，尤其是在晚上，在冬天最黑暗的夜里，煤气厂里会挤满人。"

埃伦迪尔讲着他的故事，而埃娃·琳德没有任何反应。当然，他也没指望她会有反应，他并不期待奇迹的出现。

"煤气厂所在的那个地区叫埃尔苏米拉尔布莱特。"他微笑着继续说道，心里觉得造化弄人，"煤气厂报废了，煤气箱也被拆了，埃尔苏米拉尔布莱特依然不怎么发达。之后，那里修建了一栋大楼，就在公交车站对面。现在，那栋大楼就是雷克雅未克警察局的所在地。我的办公室也在那儿，恰好就是以前煤气厂的位置。"

埃伦迪尔停了下来。

"其实，我们都在等待一个世界末日。"他说，"彗星撞击地球也好，其他灾难也罢。我们都有自己的世界末日。有些人主动寻求灭亡，有些人唯恐避之不及。大多数人都惧怕它，敬畏它。然而，你却不是。你永远不会对任何事情表现出畏惧之情，你也从不惧怕自己的世界末日。"

埃伦迪尔静静地坐着，看着女儿。他不知道这样做到底有没有意义。他说话时，她似乎没有听见他说的任何一个字。不过，当他回想起医生的话时，他似乎又有些宽慰，决定就这样继续跟女儿聊天。他很少能像现在这样，安宁自在地和她说话。他们俩之间的关系总是很紧张，很少有机会坐下来平心静气地说会儿话。

但现在，他们也算不上在谈话——他在说话，她却听不见。想到这，埃伦迪尔苦笑起来。

从这个层面来看，他们之间的关系其实没有任何改观。

也许，这些话她根本不想听。关于那具尸骨、那个煤气厂、彗星，还有那场狂欢，都不是她想听的。也许，她想听的完全是不一样的事情，比如说关于他自己，关于他们。

他站了起来，弯下身亲吻了一下她的额头，然后离开了房间。他全神贯注地想着事情，完全没有意识到自己走反了方向。他没有右转沿着走廊离开病房区，而是朝着相反的方向走向了特护病房区。

在经过那些昏暗的房间时，他看到了许多奄奄一息的病人，他们躺在那里，靠连接在身上的各种先进仪器维持着生命。直到走到了走廊的尽头，他才回过神来。正当他转身准备往回走的时候，一个瘦小的女人从最里面的房间里走了出来，迎面撞到了他身上。

"非常抱歉。"她说道，声音又尖又细。

"哦，不，该道歉的应该是我。"埃伦迪尔慌忙地说道，打量了一下四周，"我本来是想离开病房区的，不知道怎么走到这里来了。"

"有人叫我过来的。"小个子女人说道。她的头发不多，丰满的胸部被紧紧地裹在一件紫色的T恤衫里，圆圆的小脸，看上去很和善。埃伦迪尔还注意到，她的上嘴唇上有一缕黑胡子。他朝她走出来的房间里瞥了一眼，看到一位老人躺在床上，他脸色苍白，瘦骨嶙峋。一旁的椅子上坐着一位珠光宝气的女人，她穿着华丽的皮草大衣，手上戴着皮手套，正用一块手帕轻轻地擦着鼻子。

"还是有人相信灵媒的。"女人低声说道，仿佛是在自言自语。

"抱歉，我没听清……"

"有人请我过来的。"她说着，慢慢地带着埃伦迪尔离开了那个房间。"他快死了。他们已经无能为力了。他的妻子陪着他，她想让我试试看能不能和他'联系'上。他已经陷入重度昏迷了，医生们也已经无计可施，可是那男人还撑着最后一口气，就好像他不想离开这个世界一样。所以，他妻子找我帮忙，但我感觉不到他。"

"感觉不到他？"埃伦迪尔问道。

"在他死后。"

"死后？难道你是一位灵媒师？"

"她无法接受她丈夫快死了这个事实。他前几天出门了，后来，警察给她打电话，告诉她西路上发生了一起车祸。当时，他正在去博尔加峡湾的路上，那辆卡车突然转向，撞向了他。他当场脑死亡，无法救治了。"

她抬头看了看一脸茫然的埃伦迪尔。

"她是我的朋友。"

埃伦迪尔不知道她在说什么，也搞不懂她为什么要在这个昏暗的走廊上跟他说这些。他简单地和这个素未谋面的女人道了别，正准备离开时，她却突然抓住了他的胳膊。

"等等。"她说。

"还有什么事吗？"

"等等。"

"抱歉，但这似乎跟我没什么关系……"

"有个男孩在那里。"那个女人说。

埃伦迪尔不知道她在说什么。

"有个小男孩被困在暴风雪里。"她继续说道。

埃伦迪尔惊讶地看着她，像是被针刺到了一样，慌忙地把胳膊从她的手里抽了出来。

"你到底在说什么？"他吼道。

"你知道他是谁吗？"女人抬起头看着他。

"我根本不知道你在瞎扯些什么。"埃伦迪尔厉声说道，然后转过身大步走向出口。

"你不需要害怕。"她在身后叫住他，"他接受了发生的那一切，他认命了。谁都没有错。"

埃伦迪尔停了下来，慢慢转过头来，盯着走廊另一端那个瘦小的女人。她居然这么坚持，这让他大吃一惊。

"那个男孩是谁呢？"她问道，"他为什么会和你在一起？"

"根本就没有什么男孩。"埃伦迪尔不耐烦地哼了一声，"我不知道你在说什么，我根本不认识你，更不知道你说的那个男孩是谁。离我远点儿！"他吼道。

然后，他转过身冲出了医院。

"你离我远点儿。"他咬牙切齿地说道。

18

　　爱德华·亨特是战争时期一名美国驻冰岛的长官，也是为数不多的在冰岛恢复和平之后未离开这里的美国人中的一员。英国大使馆的秘书吉姆，通过美国大使馆轻而易举地联系上了他。吉姆一直在寻找当年英国和美国占领军的成员，但根据英国内政部的相关消息，他们大多数都已经去世了。大多数的英国士兵都在北非、意大利、西部前线或者一九四四年诺曼底登陆的战役中牺牲了。而驻扎在冰岛的美国人，只有少数被陆续派往前线，大多数都留在冰岛，直到战争结束。后来，有些人仍然留在冰岛，娶了冰岛的姑娘，还加入了冰岛国籍。爱德华·亨特就是其中一个。

　　埃伦迪尔一大早就接到了吉姆的电话。

　　"我早先和美国大使馆联系过，他们给我介绍了一个叫亨特的男人。我直接和他谈过了，希望能为你省去些麻烦，不知道有没有打乱你的计划。"

　　"没有，谢谢你的好意。"埃伦迪尔说道。

"他住在科帕沃于尔。"

"他是从战争时期开始就一直住在那里吗？"

"这我就不是很清楚了。"

"但是，至少他现在还住在那个地方，是吗？"埃伦迪尔说着，揉了揉疲惫的双眼，试图赶走自己的睡意。

他一整晚都没睡好，时睡时醒，还不停地做着噩梦。那个身材瘦小、头发稀少的女人对他说的话，一直萦绕在他的心头。他不相信世间有能沟通死灵和活人的灵媒，也不相信他们能看见常人看不到的东西。而且，他认为他们都只是些骗子：他们只不过善于靠解读肢体语言来挖掘相关信息，然后勾勒出一个死人的大致形象。他们可能凑巧说对，也可能完全说错——这只是概率问题。有一次，大家在办公室讨论过这个问题，埃伦迪尔认为这些纯属胡扯。而他的观点让埃琳博格大为恼火，因为埃琳博格倒是很相信灵媒和来世，而且不知出于何种原因，她希望埃伦迪尔也接受这些观点。可能是因为埃伦迪尔来自于农村，他们的交流中出现了很大的分歧。他坚决不相信那些所谓的神鬼之说。然而，医院里那个小个子女人的一番话，却一直困扰着埃伦迪尔，他翻来覆去想了很久，甚至还影响到了他的睡眠。

"是的，他现在还住在那里。"吉姆说完，又为打扰到埃伦迪尔休息诚恳地道了歉。他之前以为，所有冰岛人都起得很早，至少他自己是这样的，因为春日里的阳光实在是太亮了，根本睡不着。

"等等，你是说他娶了个冰岛姑娘？"

"我和他聊了聊。"吉姆带着浓重的英语口音说道，如同没有听到那个问题一般，"他在等你的电话。亨特上校曾经在雷克雅未克宪兵队服役过一段时间，他还记得山上那座补给站里发生过的一件事情，他想跟你说说那件事。"

"什么事？"埃伦迪尔问道。

"他会亲自告诉你的。好了，我也要继续调查那些在这里死去或失踪的士兵了。这些事情，你最好亲自去问问亨特上校。"

他们互道了再见便挂断了电话。埃伦迪尔跌跌撞撞地走到厨房，开始煮咖啡。他仍然在思考灵媒的事情。他在想，如果灵媒师处于生死之间的状态，那么他们是否也能说出一个人究竟是生是死呢？当然，虽然这么想着，他还是完全不能相信它的真实性。只是他觉得，如果他们可以为那些失去心爱之人的人带来一丝安慰的话，他也不会反对。重点是他们能给人以慰藉，至于到底是怎么慰藉的，并不重要。

他呷了一口咖啡，滚烫的咖啡灼痛了他的舌头。他试着不去思考那些困扰自己一整晚的事情。

一点儿都不能想。

前美国上校爱德华·亨特穿着一件羊毛套衫，留着白色大胡子，看上去更像一个冰岛人而非美国人。他把埃伦迪尔和埃琳博格请进了他在科帕沃于尔的房子。他的头发有些蓬乱，还有点儿脏，不过他很礼貌、很友善。他和他们握手，还告诉他们叫他"爱德"就行。他提到了吉姆，还告诉他们，他的妻子去美国拜访他姐姐去了，反倒是他自己回美国的次数越来越少了。

去拜访爱德的路上，埃琳博格告诉埃伦迪尔，根据巴拉所言，本杰明的未婚妻失踪那天穿的是一件绿色的大衣。埃琳博格觉得这事挺有意思的，不过埃伦迪尔不想再讨论这个问题，直接说自己不信任何鬼神言论。埃琳博格便也没再说什么。

爱德把他们带到了一间宽敞的客厅。埃伦迪尔打量了一下四周，几乎找不到爱德曾经在部队待过的痕迹。他眼前挂着两幅冷色调的冰岛山水画，摆着两座冰岛风格的陶瓷雕像，还有一个镶框的全家合影。这些东西完全没法让埃伦迪尔联想起爱德的军旅生活，更不会联想到第二次世界大战。

爱德知道他们要来，所以事先备好了咖啡、茶以及饼干。一番客套的寒暄之后，这位老兵直奔主题，问他们他能帮上什么忙。他说着一口地道的冰岛语，用词十分简洁——在这方面倒确实挺像个军人。

"英国大使馆的吉姆告诉我们，战争期间，你在这里服役，还在宪兵队任过职。他还说，你了解曾经发生在补给站的一件事，就是现在格拉法尔霍特高尔夫球场那里。"

"是的，我现在经常去那里打高尔夫。"爱德说，"我也听说了那附近发现尸骨的事情。吉姆告诉我，你觉得那具尸骨有可能是之前在部队服役的某个人，可能是英国人，也可能是美国人。"

"那么，之前在那个补给站里发生过什么事情吗？"埃伦迪尔问道。

"那里过去常常发生偷盗事件。"爱德说，"大多数补给站都会发生此类事件。我想，人们可能会把这样的事情叫作'耗损'。一群士兵偷了一批军需品，然后转手卖给了当地的冰岛人。刚开始的时候，这些行为还是小范围的，但后来，他们的胆子越来越大，最后，偷盗行为愈演愈烈，连军需官也牵涉其中。最后，他们都被判了刑，遣送回国了。这件事我记得十分清楚。我一直在写日记，吉姆给我打了电话之后，我翻看了我的日记，就完全回忆起了这件事。我还给我的一个朋友打了电话，他叫菲力，当时是我的上司。这件事他也记得很清楚。"

"那起盗窃案最后是怎么被发现的呢？"埃伦迪尔问道。

"主要是他们太贪得无厌了。他们偷的东西太多，根本藏不住。而且时间一久，谣言四起，大家都说有人违反军规。"

"都有谁被卷入其中了？"埃伦迪尔拿出了一支烟，爱德点了点头表示他并不介意。不过，埃琳博格不满地瞪了他一眼。

"大都是些平头老百姓，军需官算是军衔最高的了，其中有个冰岛人住在山上，就在补给站背面的山坡上。"

"你还记得他的名字吗？"

"不记得了。他和他的家人住在一栋未经粉刷的简陋木屋里。我们在那里发现了大量来自补给站的物资。我在日记里记着，他有三个孩子——两个男孩，还有一个残疾的女孩。至于那个母亲……"

爱德突然陷入了沉默。

"那个母亲怎么了？"埃伦迪尔问道。

"我想她一定过得很艰难。"爱德再次沉默了，陷入了沉思之中，仿佛想把自己送回很久以前调查偷盗案件的时候。当时，他走进那户冰岛人的房子，遇到了那个女人。他看得出来，那个女人受过许多暴力伤害。而且，她受到过的伤害绝不只是最近的一次。显然，她长期遭受着身体上和精神上的双重暴力。

他和其他四个宪兵一起进的屋，一开始，他并没有注意到她。

首先映入眼帘的是那个残疾的女孩，她躺在厨房里一张临时搭建的床上。然后，他又看到了两个小男孩，他们并排站在她的床边，呆若木鸡地看着突然闯入的士兵们，惊恐万分。他看到一个男人突然从厨房的椅子上站了起来——显然，他们的突然出现令男子尤为惊讶。通常，只需一眼，他们就能判断出一个人是否强硬，或者是否具有威胁性，眼前的这个男人，看起来不会对他们造成任何威胁。

最后他才看到了那个女人。当时还是早春时节，天色阴沉，他花了一小段时间才适应了屋里的黑暗。房间里有一条通向其他房间的走廊，而她就站在走廊口，似乎不想让人发现她。一开始，他以为她是准备逃走的盗贼之一，于是便拔出手枪，慢慢地朝那条过道走去。他朝走廊大声喊着，枪口对着眼前的一片黑暗。这时，那个残疾的女孩开始对着他尖叫，而那两个小男孩则一齐向他扑来，嘴里喊着他听不懂的语言。接着，那个令他终生难忘的女人从黑暗中走了出来。

他立刻意识到她为什么要藏起来。她的脸上到处都是瘀青，上嘴唇肿着，一只眼睛肿得都快睁不开了。她看着他，那只正常的眼睛里透着恐惧，然后，她低下了头，近乎本能般地低下了头，仿佛在等待另一顿毒打。她穿着两件连衣裙，套在外面的那件已经破烂不堪；她光着腿，脚上穿着短袜和破旧的鞋子；她脏乱的头发垂在肩膀上，还打了好多结。在他看来，她似乎已经习惯了逆来顺受。她是他这辈子见过的最悲惨的人。

他看着她竭力安抚自己的儿子们，慢慢地，他明白了，刚才，她想隐藏的并不是自己的外表……

她是在隐藏自己的耻辱。

孩子们安静了下来。年纪大一些的男孩蜷缩在母亲的怀里。爱德看了看她的丈夫，径直走到他面前，狠狠地给了他一记耳光。

"这就是我所记得的一切。"爱德最后总结道，"我当时根本控制不住自己，不知道到底发生了什么，也不知道自己究竟在想什么。这真的很难理解。要知道，我接受过专业的训练，在任何情况下，我都应该保持冷静，冷静地面对一切。你可以想象，在任何情况下都保持冷静有多重要，尤其是在战争期间。但当我看到那个女人……看到她不得不忍受的一切——而且还不止一次，我仿佛能够想象出这个女人在她丈夫控制之下的悲惨生活，内心突然升腾起一种异样的感觉，接下来发生的事，我自己根本控制不了。"

爱德停顿了片刻。

"战争爆发前，我在巴尔的摩当过两年警察。那时，这种情况还不被称作'家庭暴力'，但其实本质上并无差别。我曾经遇到过几次这样的情况，这样的情况着实令我反感。所以，我一看便知道发生了什么，而且，他也一直在偷我们补给站的东西……但是，毕竟，他还是得由你们的法庭审判。"爱德说道，仿佛想把有关山上那个女人的记忆全部抹掉，"我觉得，他不会被判刑。用不了几个月，他便会被放回家，然后继续对他妻子施暴。"

"所以，你刚才所讲的，是严重的家庭暴力事件。"埃伦迪尔说道。

"是的，简直难以想象。当时那个女人的样子，简直令人震惊。"爱德说道，"骇人听闻，正如我所说的，我一眼就看出来发生了什么。我试着和她聊天，但是她根本听不懂英语。我把那个女人的事告诉了当地的冰岛警察，但他们说，他们也无能为力。即使他们想帮忙，成效也不会太大，我明白。"

"那你还记不记得他们的名字？"埃琳博格问道，"日记里有没有提到呢？"

"没有。不过我觉得你们警察局里应该会有记录，因为那个男人涉嫌盗窃，而且还在补给站里工作过。当时应该有一份在补给站里工作的冰岛籍员工名单，不过年代过于久远，可能已经找不到了。"

"那些涉嫌盗窃的士兵呢？"埃伦迪尔问道，"那些被法庭判了刑的士兵们，后来怎么样了？"

"他们在军事监狱里关了一段时间，偷窃物资可是重罪。后来，他们就被派到前线了。说白了，其实就是另一种形式的死刑。"

"你把他们全都抓起来了吧？"

"谁知道呢？不过，之后再也没发生过偷盗事件。事情顺利地解决了，一切都恢复了平静。"

"那你觉得这些事和我们找到的人骨有关系吗？"

"我也说不清。"

"那当时你的部队里有没有人失踪呢？或者英国部队里有没有？"

"你是指有没有逃兵？"

"不是的。我是说，一个莫名其妙突然失踪的人。我们找到的那些骨头，没准儿就是补给站的士兵，不知道你能否想起相关的人？"

"这我还真不知道。"

他们和爱德聊了很久。他似乎很喜欢和他们聊天，喜欢翻着日记本追忆过去的时光。后来，他们又开始聊起第二次世界大战时期的冰岛以及军队对当地的影响，直到埃伦迪尔想起了自己此行的目的。他突然意识到，不能再浪费时间谈论这些了。于是，他站起身来，埃琳博格也跟着站了起来，两人对爱德表达了谢意。

爱德站起身来，送他们出门。

"你们是怎么发现那些盗窃行为的？"埃伦迪尔倚在门口，问道。

"发现？"爱德重复道。

"是什么让你们觉察到了他们的盗窃行为？"

"噢，我明白了。是一个电话。有人给警察总局打电话举报，说补给站里有人盗窃物资。"

"那打电话的人是谁呢？"

"我们也不知道，始终不知道是谁。"

*

一个士兵带着怒气和震惊走到厨房，狠狠地扇了格里穆尔一巴掌，格里穆尔一下子被打倒在地。西蒙站在母亲身旁看着眼前发生的一切，目瞪口呆。

那个打人的士兵站在格里穆尔身旁俯视着他，大声地吼着，但他们完全听不懂他在说些什么。另外三个士兵则面无表情地站在门口。西蒙简直不敢相信自己的眼睛。他看了看托马斯，他已经被眼前的景象惊呆了；他又看了看米凯利娜，她正盯着倒在地上的格里穆尔，惊恐万分；最后，他看向自己的母亲，她的眼睛里闪着泪光。

格里穆尔之前毫无防备。他们只是听到声响，看见两辆吉普车停在屋外，母亲便快速地跑到走廊躲了起来，这样就没有人能看到她发青的眼睛和肿着的嘴唇。格里穆尔甚至都没来得及站起来，似乎根本就没想过他和补给站的人一起偷东西的行为会被人发现。他正在等他的士兵朋友，他们要运来一批货物，他们本打算先把东西藏在屋里，等到晚上再去城里卖。格里穆尔已经攒了很多钱了，一直说要搬离这个地方，买一栋大房子，甚至还说要买辆车。不过，他只是心情很好的时候才会说这些。

士兵们把格里穆尔带出屋，押上了一辆车，然后带走了。而他们的长官——那个完全不考虑格里穆尔有多强壮、径直走向他并不费吹灰之力就把他打倒在地的人——则和他们的母亲说了一些话。离开的时候，他没有按惯例行军礼，而是和母亲握了握手，之后便上了另一辆吉普车离开了。

屋里重归平静。他们的母亲依旧站在走廊那里，仿佛刚才发生的一切已经超出了她的理解范围。她轻轻地扒开眼皮，专心地看着似乎只有她才看得见的东西。他们从未见过格里穆尔被打倒在地上，从未听过有人对他大喊大叫，也从未见过他如此无力招架。他们不知道到底发生了什么，不知道这一切是怎么发生的，也不知道为什么格里穆尔不反击。孩子们面面相觑，屋里安静得令人窒息。他们看着母亲。突然，他们听到一阵奇怪的声音，声音来自米凯利娜。她蹲坐在她的床上，又叫了一声之后，她开始咯咯地笑了起来。刚开始，她似乎还压抑着自己，但后来，她终于忍不住了，放声大笑起来。西蒙先是微微地翘起嘴角，之后便跟着她一起大笑起来。后来，托马斯也笑了起来。他们肆无忌惮地笑着，笑声回荡在屋子里，回荡在一片春色里。

两个小时之后，一辆军队的大卡车停在了他们家门口，士兵们搬走了格里穆尔和他的同伙们藏在屋里的所有物资。孩子们跑到山上，看到卡车开向了补给站。

格里穆尔受到了审判并被判了坐牢，在接下来的几个月里都不能回家。西蒙不知道到底发生了什么，他的母亲似乎也不知道发生了什么。最开始的时候，他们的生活一切照旧，他们似乎还没有意识到格里穆尔不在家，似乎还以为格里穆尔只是暂时不在家。他们的母亲继续像往常一样忙于杂事，毫无疑虑地用着格里穆尔非法得来的钱维持着一家人的生活。后来，她在离家大约半个小时路程的居菲内斯农场找了一份工作。

天气好的时候，男孩们会把米凯利娜抬到外面晒太阳。有时，他们去雷尼斯瓦特钓鱼时也会带着她。如果他们钓到了足够多的鲑鱼，母亲便会把鱼炸一下，让他们吃一顿丰盛的午餐。渐渐地，他们从格里穆尔的阴影中走了出来。早晨起床变得容易了，白天的时光总是无忧无虑，过得飞快；夜里则是格外的宁静和舒适，他们聊天、玩耍，直到眼睛困得睁不开了才上床睡觉。

格里穆尔的离开，对他们母亲的影响最大。有一天，在她终于意识到他不会很快回来后，她把他们俩的双人床上的所有东西都擦洗得干干净净。她把床垫拿到院子里晒了晒，又掸掉上面的灰尘。然后，她又拿出了被子和褥子，全部都敲了一遍，之后换上了新的床单和被套。她把一个大浴盆放到厨房的地上，装满热水，还拿出了一块绿色的肥皂，让孩子坐在浴盆里，挨个给他们洗了澡。最后，她仔细地洗了自己的头发和全身，还有那张被格里穆尔打得伤痕累累的脸。她犹豫了一会儿，最终还是掏出了镜子，照了起来。她摸了摸自己的眼睛和嘴唇。她瘦了，但脸上的神情却变得更加坚毅，她的牙齿有点儿向外突出，眼窝深陷，曾经被打断过的鼻子上，留下了一道浅浅的疤痕。

午夜时分，她把三个孩子都抱到自己的床上，让他们睡在一起。从那天以后，孩子们就一直和他们的母亲一起睡在那张大床上，米凯利娜睡在她的右边，两个男孩睡在她的左边，他们都觉得无比幸福。

她从未去监狱看望过格里穆尔。他不在家的时候，他们从来不会提起他的名字。

格里穆尔被带走后没多久，有一天早晨，那个叫戴夫的士兵带着他的钓鱼竿溜达到了山上，在经过他们的房子时，他朝站在房前的西蒙眨了眨眼，然后继续向哈夫拉湖走去。西蒙悄悄地跟在他身后，趴在不远处偷偷监视着他。戴夫在湖边待了一天，前所未有的放松，好像并不在意是否钓到了鱼——因为他只钓到了三条。

当夜幕降临时，他用细线把三条鱼的尾巴紧紧地绑在了一起，然后启程返回山上。经过他们门前的时候，他停了下来，似乎不太确定自己想干什么——或者至少在西蒙看来是这样的。西蒙早就跑回家，藏在厨房的窗户后面——他确信在那里不会被戴夫看到——偷偷地看着戴夫。最后，这位士兵好像终于下定了决心，径直走到门前，敲了敲门。

在这之前，西蒙告诉母亲他看见了这个士兵——就是曾经给过他们鲑鱼的那个士兵。于是，她走出去远远地看了一眼，又回到屋里，对着镜子整理了一下自己的头发。她似乎感觉到，他一定会在回营房的路上拜访他们，而她已经准备好迎接他了。

她打开了房门，戴夫微笑着说着她听不懂的话，又把鱼递给了她。她接过了鱼并邀请他进屋。他走进屋，站在厨房，看起来有点儿无所适从。他向男孩们和米凯利娜点了点头，打了声招呼。米凯利娜挣扎着从床上探出身来，想好好看看这个士兵：他远道而来，却只是愣愣地站在厨房；他身穿制服，头上戴着帽子，那帽子就像一艘底朝天的船，看起来很滑稽。而他则好像突然反应过来自己进了屋却忘了摘帽子，于是尴尬地取下了帽子。他中等身高，三十多岁的样子，身材瘦削，手指修长。他手里攥着那个小船似的帽子，拧来拧去地就像刚刚洗完它想要拧干上面的水一样。

母亲示意他坐下，他就和旁边的男孩们坐在了一起，母亲在旁边煮着咖啡。那是上好的咖啡，是格里穆尔从补给站里偷来的，之前前来搜查的士兵们没有发现。戴夫知道西蒙的名字，也很快学会了托马斯的名字，这两个名字的发音对他来说比较容易。不过，米凯利娜的名字却把他难住了，他重复了一遍又一遍，听起来特别搞笑，把他们都逗乐了。他说，他的名字是戴夫·韦尔奇，来自美国一个叫作布鲁克林的地方。他还告诉他们，他是二等兵。可是，他们根本听不懂他在说什么。

"二等兵。"他重复道。但他们只是盯着他。

他喝着咖啡，看起来十分享受的样子。而母亲则坐在桌子的对面，正对着他。

"我知道，你的丈夫现在在监狱里。"他说道，"因为偷窃。"

他并没有得到任何回应。

他看了看孩子们，然后从胸前的口袋里掏出了一张纸，在手里紧张地摆弄着，似乎不知道该怎么做。最后，他把那个小纸条递给了孩子们的母亲。她拿过纸条，打开看了看。随后，她十分震惊地抬起头看了看他，又低下头看了看那张纸条。然后，她把纸片折了起来，放进了围裙的口袋里。

托马斯想方设法地让戴夫明白了，他应该再试着念念米凯利娜的名字。但当他真正做了之后，他们又开始大笑，米凯利娜笑得脸都皱了。

那个夏天，戴夫·韦尔奇会时不时地拜访他们，和他们一大家子成了朋友。他会去附近的两个湖里钓鱼，然后把钓到的鱼送给他们。有时候，他还会从补给站里拿些有用的小东西给他们。他会和孩子们一起玩耍，而孩子们跟他一起玩的时候也格外开心。他总是在口袋里放着他的笔记本，辅助自己理解他们所说的冰岛语。每当他结结巴巴地念出一个冰岛词时，他们都会笑得前仰后合，而他却一脸严肃。不过，他那似三岁孩子牙牙学语的语调，反而更让他们觉得滑稽。

不过，他进步很快。没多久，他们之间的交流就变得容易多了。男孩们带他到最容易钓到鱼的地方，骄傲地和他一起翻过山头走向湖边。他们还从戴夫那学到了几句英语，还学会了几首之前在补给站那边听到过的美国歌曲。

他和米凯利娜的关系尤其好。没过多久，她就变得完全信赖他。天气好的时候，他会扶她到户外，看看她能独立做些什么。他和她母亲一样，挪动她的手和腿，扶着她走路，帮她做各种恢复训练。有一天，他还带来一个军医，让他给米凯利娜看病。医生用手电筒照了照她的眼睛和舌头，动了动她的头，摸了摸她的脖子，还顺着脖子往下摸了摸她的脊柱。医生带着不同形状的木块，让她把木块一一放进形状相同的孔里。米凯利娜只花了一小会儿的工夫便完成了。他们告诉医生，米凯利娜三岁的时候生了一场重病，现在，她虽然不会说话，但能理解别人对她说的话，也能看得懂书，而且她的母亲还在教她写字。医生点了点头，脸上一副他已了解情况的表情。检查过后，医生和戴夫聊了很长时间。医生离开后，戴夫告诉他们，米凯利娜的心智是完全正常的——不过，这一点他们其实早就知道了。但后来，戴夫说，如果一直坚持帮米凯利娜做恢复性练习，假以时日，米凯利娜也许能够在无人搀扶的情况下自己站起来走路。

"走路！"母亲惊讶地跌坐到了椅子上。

"是啊，甚至可能还会正常地说话。"戴夫补充道，"这都是有可能的。你们从来没有带她看过医生吗？"

"我们根本做不到。"她悲伤地说道。

"她没事的。"戴夫说道，"她只是需要一点儿时间。"

他们的母亲已经没在听他说话了。

"他是一个恐怖的人。"她突然说道。孩子们都竖起了耳朵，因为他们从未听过母亲像那样谈起格里穆尔。"一个极其恐怖的人，"她接着说道，"一个无耻到不配活在世上的畜生。我搞不懂，为什么像他这种人会被允许活在世上。我真的搞不懂。为什么他们就能为所欲为。他们怎么会变成这样？怎么会变得像怪物一般？日复一日，年复一年，他越来越像一只野兽，他打我，打自己的孩子，羞辱我们。我想过死，甚至还想过怎么才能……"

她深深地叹了口气，坐到了米凯利娜旁边。

"忍受这种男人的毒打和羞辱，会让你觉得无比羞耻，让你变得孤僻，只想一个人待着。你不想让任何人走进自己的世界，甚至连自己的孩子也不行，因为你不想让他们看到这一切。你就只能坐在那里，抱紧自己，脑子里全是悲伤、绝望、愤怒和仇恨，还有其他一些自己也说不清的情绪。你好像一辈子都在等待下一顿毒打。你不知道下一次的毒打究竟何时会来、究竟有多疼，也不知道被打的原因是什么，更不知道怎样才能避免挨打。我越讨好他，我就越恨他。我越是显露出顺从和恐惧，他就越是厌恶我。但是，如果我反抗的话，那只会给他更多的借口来打我。根本没有任何解决办法。"

"直到后来，你的所思所想，全都是怎样才能彻底完结这样的事情。不管用什么办法。只要解决了就好。"

屋里一片死寂。米凯利娜一动不动地躺在她的床上，男孩们则往他们的母亲身边靠了靠。他们听着母亲的话，一个个被惊得说不出话来。一直以来，她从未吐露过自己的心声，她独自忍受着痛苦，甚至让她忘了其他任何事情。

"一切都会好起来的。"戴夫说道。

"我会帮你。"西蒙也严肃地说道。

她看着他。

"我知道，西蒙。"她说，"我一直都知道，我可怜的西蒙。"

日子一天天过去，戴夫把所有的空闲时间都给了住在山上的这家人，他和孩子们的母亲待在一起的时间也越来越多，他们有时候在屋里，有时候会去雷尼斯瓦特湖或者哈夫拉湖散步。孩子们也很想见到他，只是他已经不和他们一起去钓鱼了，陪伴米凯利娜的时间也越来越少。但是，孩子们并不在意，因为他们觉察到了母亲身上的变化，他们把这些变化都归功于戴夫，他们都觉得很高兴。

格里穆尔被警察带走后半年左右，一个美丽的秋日，西蒙看见戴夫和母亲从远处走来。他们凑得很近，他看见，他们牵着手。但离房子近一些时，他们松开了手，离得也远了些。西蒙猜想他们并不想被人看见。

"你和戴夫以后有什么打算？"在一个秋日的黄昏，西蒙突然向他的母亲问道。他们坐在厨房里，托马斯和米凯利娜正在打牌。戴夫一整天都和他们待在一起，之后便回补给站了。其实，夏天的时候，这个问题就一直困扰着他们。孩子们私下讨论过这个问题，他们设想了各种可能的情况，但最终，他们还是希望戴夫能把格里穆尔永远赶出他们的视线，然后成为他们的父亲。

"你这话是什么意思？"母亲问道。

"他回来以后。"西蒙说道。托马斯和米凯利娜已经停下了打牌的手，正看着他。

"我们还有很多时间可以考虑这事。"他们的母亲回答道，"他暂时还不会回来。"

"但是，你到底打算怎么办呢？"

米凯利娜和托马斯把头转向了他们的母亲。

她看看西蒙，又看看其他两个孩子。

"他会帮我们的。"她说道。

"谁？"西蒙问道。

"戴夫。他会帮我们的。"

"那他打算怎么做？"西蒙看着母亲，想知道她到底什么意思。她也直勾勾地看着西蒙的眼睛。

"戴夫了解那种人，他知道怎么摆脱他们。"

"那他到底打算怎么做？"西蒙重复道。

"别担心。"母亲安慰道。

"他会帮我们摆脱他吗？"

"当然。"

"那到底怎么摆脱？"

"我不知道。他说，我们知道的越少越好，我本来不该和你们说这些的。也许，他会和那个人谈谈，把他吓走。他说过，如果有需要的话，他在军队里的朋友们会帮助他的。"

"但是，如果戴夫离开了怎么办？"

"离开？"

"如果他离开了冰岛。"西蒙说道，"他不会一直待在这里。他是一名军人。他们总是把部队派到别的地方，然后再任命新的部队到这里。如果他离开了怎么办？那时我们该怎么办呢？"

她看着自己的孩子。

"我们总会找到办法的。"她低声说道，"我们总会找到办法的。"

（19）

　　西于聚尔·奥利在电话里向埃伦迪尔汇报了自己和埃尔莎会面的情况。他告诉埃伦迪尔，埃尔莎提到了一个可能跟案件有关的男人，这个男人让本杰明的未婚妻怀上了孩子，但男人的身份目前尚不明确。他们就这件事情聊了一会儿。埃伦迪尔也向西于聚尔·奥利讲述了他从退役军人爱德·亨特那里获得的最新消息。他跟西于聚尔·奥利说了军营补给站发生的盗窃事件，告诉他山上某户人家中的男主人因参与盗窃而被捕过。而且，据爱德所言，那个男人的妻子长期忍受着家庭暴力的摧残。这一点，恰恰与霍斯屈聚尔从本杰明那里听到的消息相吻合。

　　"那些人早已被埋进坟墓了。"西于聚尔·奥利疲惫地说道，"真不知道我们为什么还要死追着他们。这感觉简直就像在捉鬼一样。我们永远都见不到他们，也不可能跟他们说话。他们不过就是鬼故事里的一部分。"

　　"你是在说山上那个穿绿衣服的女人吗？"埃伦迪尔问。

"埃琳博格说，罗伯特见过索尔维格的鬼魂，穿着一件绿色的外套，我们这回可真是在捉鬼了。"

"难道你不想知道那个被埋在坟墓里而且举着一只手的人到底是谁吗？那个看起来像是被活埋了的人。"

"我才不管呢，害我在那个又脏又乱的地下室里整整待了两天。"西于聚尔·奥利抱怨道，"我才懒得关心这些陈年旧事呢！"他大声吼道，然后挂了电话。

像往常一样，埃伦迪尔又开始想埃娃·琳德。她现在躺在重症监护室里，奄奄一息。他想起了两个月前他们在他公寓里的那次争吵。那时还是冬天，风雪交加，非常寒冷。他本来并不想跟她吵架，他没想到自己会控制不住自己的情绪。但是，埃娃·琳德丝毫不肯让步，不肯比平时多让一点点。

"你不能那样对孩子。"他再度尝试着说服她。他觉得她可能已经有了五个月的身孕。得知自己怀孕后，她努力使自己振作起来，经过两次尝试，她几乎快要成功地戒掉毒瘾了。他尽自己最大努力去帮助她，但是他们都知道，这并不会起到什么实质性的作用。他们的关系似乎就是他掺和得越少，她成功的概率就越大。埃娃·琳德对她的父亲有种很矛盾的态度，她既寻求他的陪伴，又总是找他的茬儿。

"你知道些什么？"她说，"关于孩子，你知道些什么？我当然可以有我自己的孩子，我还可以独自把孩子养大。"

他不知道她是吸了毒还是喝了酒，也可能是二者都有，他只知道，他给她开门、让她进来的时候，她明显不太对劲。她根本不是坐到沙发上的，而是摔到沙发上的。隆起的肚子从她那没拉拉链的皮夹克里露了出来，她的身孕已经很明显了。室外的温度已经零下十多度了，她的夹克里面却只穿了一件很薄的 T 恤衫。

"我觉得我们应该……"

"我们之间没什么可谈的。"她打断他，"你和我，没什么可谈的。"

"我觉得，既然你已经决定要照顾这个孩子了，那就一定要确保孩子不会发生任何意外，别让毒品影响到胎儿。虽然你已经打算戒毒了，但你可能戒不掉，也许你并不能照顾好你的孩子。"

"你闭嘴。"

"你为什么来我这？"

"我不知道。"

"是你的良心在作祟，不是吗？你的良心折磨着你，你期望我能同情你的糟糕处境。所以你才来这里，你想得到怜悯，让自己好过一点儿。"

"正是。到你这寻找'良心'的话，还真是来对地方了。你这个伪君子！"

"你都已经给孩子起好名字了，记得吗？如果是个女孩的话……"

"是你起的，又不是我。你总是这样，想要决定一切。你想离开便离开了，根本不考虑我或者其他人的感受。"

"她应该叫奥迪尔。你准备让她叫这个名。"

"你以为我不知道你的把戏吗？你以为我看不透你吗？你害怕了……我知道我肚子里装的是什么。我知道是个人。清楚得很，用不着你提醒。没有必要！"

"很好。"埃伦迪尔说，"有时候你可能忘记了，你要考虑的

不只是你自己。到时候被石头砸的不光是你，还有你的孩子，而她
受到的伤害比你大得多。"

他停了一下。

"也许那是个错误，"他说，"没有堕胎。"

她看着他。

"去你妈的！"

"埃娃……"

"妈妈告诉过我。你想要什么，我再清楚不过了。"

"什么？"

"你可以说她是个卑鄙的骗子，但我知道她告诉我的是真的。"

"你在说什么？"

"她说过你会否认的。"

"否认什么？"

"否认你当初不想要我。"

"什么？"

"你不想要我，当你让她怀上我的时候。"

"你妈妈都说什么了？"

"说你不想要我。"

"她在说谎。"

"你希望她堕胎。"

"那都不是真的。"

"……现在你又在这对我指手画脚，无论我怎么努力，你总是
指责我。"

"不是这样的。我压根儿就没这么想过。我不知道她为什么要

那样跟你说，但是，这肯定不是真的。我们从来没提到过这件事。”

“她知道你肯定会这么说。她提醒过我。”

“提醒你？她什么时候告诉你这些的？”

“当她知道我怀孕的时候。她说，当年，你想让她去堕胎，她还说你一定会否认，她甚至都猜到你刚刚所说的所有的话了。”

埃娃·琳德站起身，朝门口走去。

“她在说谎，埃娃·琳德，相信我。我不知道她为什么会那样说。我知道她恨我，但我不知道会到这个程度。她在离间你我的关系。你必须看明白这一点。竟然能说出那种话，真是……真是……太卑鄙了。你就这么告诉她。”

“你自己去说吧！”埃娃·琳德呵斥道，“如果你敢的话！”

“她这样胡说八道实在是太可恶了，为了破坏我们俩的关系，竟然捏造那样的谎言。”

“事实上，我相信她。”

“埃娃……”

“闭嘴。”

“我告诉你那为什么不可能是真的，为什么我绝不会……”

“我不会相信你的。”

“埃娃……我曾经……”

“别再白费口舌了。你说的话，我一句都不信。”

“那你可以走了。”他说。

“好啊，我走。”她挑衅地说道，“我这就走！”

“滚出去！”

“你真是可恶至极！”她叫嚣着冲了出去。

"埃娃·琳德！"他在她身后大喊着，但她已经跑远了。

之后的两个月里，他再也没见过她，她杳无音信，直到那天，他站在山上看着尸骨，手机铃声突然响起。

埃伦迪尔坐在车上，抽着烟。他在想，自己当时真不应该那样，他应该收起自己的骄傲，等自己的愤怒平息之后就去找埃娃，再次告诉她，她的妈妈确实撒了谎，他从未提过堕胎的建议，绝对没有。他不该放任她不管，害她沦落到不得不向他发出紧急求救的地步。她只是还不够成熟，没意识到自己陷入了怎样的麻烦中；她只是不知道该如何应对这些事情，也不知道该怎么承担责任。

埃伦迪尔害怕在她苏醒之后告诉她孩子没了这个事实——如果她哪天真的会醒过来。想着总得干些什么，他拨通了斯卡费丁的电话。

"多点儿耐心吧。"那个考古学家说，"不要总是给我打电话。如果骨头挖出来了，我会告诉你的。"

斯卡费丁一副已经接管了整个调查的样子，态度越来越傲慢。

"那究竟是什么时候？"

"很难说。"他回答道，"挖着看吧。别总打扰我们工作。"

"你总该能告诉我点儿什么吧。是个男人？还是个女人？"

"耐心是解开一切谜团的关键……"

埃伦迪尔挂断了电话。他又点了一支烟，这时，手机铃声响了起来，是英国大使馆的吉姆打来的。爱德和美国大使馆发现了一份在补给站工作过的冰岛籍员工的名单，并把名单传真给了吉姆。英国人掌管这个补给站时，并没有雇用过冰岛籍的员工。名单上有九个名字，吉姆在电话里逐一念了一遍，但埃伦迪尔对这些名字都没什么印象，也完全记不住，于是他把自己办公室的传真号码给了吉姆，让他把名单发过来。

后来，他开车去了沃加尔区，最后依然停在离那天他冲进去找埃娃的地下室有一段距离的地方。他等待着，思索着是什么使一些男人像地下室里那个男人那样残暴地对待自己的妻儿。最后，结论还是老样子：他们是群该死的白痴。他说不清楚他准备对那个男人做些什么。他在想，除了坐在车里监视他之外，是不是应该再干点儿别的。他无法忘记小女孩那被烟头灼伤的后背。那个男人声称自己没有对那个小孩做过什么，而孩子的母亲还为他作了证，所以，相关部门除了把孩子带走之外，别无他法。这个男人的案子已经交由检察官处理。也许他会被起诉，也许不会。

埃伦迪尔仔细思忖着可行的方案。但选择并没有太多，好的更是一个都没有。如果在他找寻埃娃·琳德的那个晚上，当他看到坐在地上的那个满背伤痕的女孩时，那个男人回到了公寓，埃伦迪尔一定会把那个虐待狂狠狠地揍一顿。只可惜，已经过去很多天了，埃伦迪尔还是不能出其不意地给他一次惩罚。他不能直接上去揍他——尽管他非常想这样做。埃伦迪尔也知道，面对这样的男人，光靠语言是起不到任何作用的——这种人从来不会把威胁放在心上，没准儿还会当着埃伦迪尔的面嘲笑他。

埃伦迪尔在车上抽着烟，整整两个小时过去了，他没有看到任何人进出大楼。

最后，他放弃了，开车去医院看望他的女儿了。他想忘掉这一切，正如他想忘记过去那些不堪回首的往事一样。

20

埃琳博格刚到办公室便接到了西于聚尔·奥利的电话。西于聚尔·奥利告诉她，本杰明未婚妻肚子里的孩子，可能不是本杰明的，这才导致了两人婚约的破裂。而且，索尔维格的父亲是在她失踪之后才上吊自杀的，这和巴拉之前所说的完全不同。

埃琳博格到国家统计局浏览了一遍死亡证明，然后开车来到了格拉法沃厄尔。她不喜欢被人欺骗，特别不喜欢被那些故作尊贵的女人骗。

巴拉听埃琳博格复述了一遍埃尔莎所说的关于索尔维格孩子的父亲身份不明的那番言论。她一如既往地绷着一张脸，僵硬得像块石头。

"你之前听说过吗？"埃琳博格问道。

"听说过什么？关于我姐姐是个荡妇？没有，我可没听说过。我也不知道你现在为什么要告诉我这些。都过去那么多年了，我真搞不懂，你就不能让她好好地安息吗？她不应该被别人这样嚼舌根子。那个叫埃尔莎的女人是从哪听来的故事？”

“从她母亲那里。”埃琳博格回答道。

“她母亲是从本杰明那里听说的？”

“是的。本杰明直到临终前才说出这件事。”

“你们在他屋里找没找到一缕头发？”

“确实找到了。”

“你们准备拿去做检验？”

“应该会的。”

“这么说，你们认为是他杀了她？本杰明，那个懦夫，杀了他的未婚妻？这实在是太荒谬了。真荒唐。真不明白你们怎么会这么想。”

巴拉不再说话，陷入了沉思。

“这会登在报纸上吗？”她问。

“我不知道。”埃琳博格说，“大众对这个案件十分关注。”

“我是说，我姐姐被谋杀的事。”

“如果这就是我们得出的最终结论，那么应该会这么报道吧。你知道孩子的父亲可能是谁吗？”

“只可能是本杰明。”

“难道就没有其他可能？你姐姐有跟你提过其他的男人吗？”

巴拉摇了摇头。

“我姐姐可不是荡妇。”

埃琳博格清了清嗓子。

“你说你父亲是在你姐姐失踪前不久自杀的。”

她们很快地对视了一眼。

"我想你该走了。"巴拉站起身说道。

"最先提到你父亲的人可不是我。我在国家统计局里查了他的死亡证明。统计局可不会像某些人那样撒谎。"

"我没什么可说的了。"巴拉说道，语气里少了些先前的傲慢。

"如果不是你想聊聊他，你是绝对不会提及他的，在你的内心深处，你是想跟我聊聊他的。"

"胡说八道！"她厉声喝道，"你以为自己是心理学家吗？"

"他是在你姐姐失踪六个月以后才去世的。而且死亡证明上并没有提及死亡原因，只是说在家突然身亡。是因为'自杀'这个词听起来不太好吗？"

巴拉转过身，背对着埃琳博格。

"你会告诉我真相吗？"埃琳博格起身说道，"你父亲跟这有什么关系？你为什么要提到他？是谁让索尔维格怀孕的？是他吗？"

她没有得到任何答复。他们都沉默了。埃琳博格环顾着四周，宽敞的客厅里陈设着各种漂亮的物件，还有巴拉和她丈夫的画像、奢华的家具和黑色的钢琴，在显著位置上还摆放着一张巴拉和进步党领袖的合影。多么空虚的生活啊，她暗想。

"每个家庭不都有自己的秘密吗？"巴拉终于开口说道，仍然背对着埃琳博格。

"我想是的。"埃琳博格回答道。

"不是我父亲干的。"巴拉勉强地说道，"关于他的死，我不知道自己为什么会对你说谎。那话就那样无缘无故地脱口而出。如果你想扮演心理学家，那你大可以说我的内心深处其实是想向你坦白一切的，也可以说我沉默了那么久，正是你提起索尔维格才为我打开了泄洪的闸口。反正我真的不知道为什么会这样。"

"那么是谁干的呢？"

"他的侄子。"巴拉说道，"他弟弟的儿子，在弗约特。事情发生在那个夏日，她去那里拜访的时候。"

"你的家人是怎么发现的？"

"她回来后整个人都不一样了。妈妈……我们的事母亲很快就发现了。这事根本就隐瞒不了太久。"

"她有没有告诉你母亲发生了什么？"

"告诉了。当时，我们的父亲还去过北方。其他的我知道的并不太多。他回来之后，那个男孩就被送到国外去了——反正当地人是这么说的。爷爷有一个大农场，两个儿子。我父亲来南方创业，赚了不少钱，也算是社会的栋梁了。"

"那个侄子后来怎么样了？"

"没怎么样。索尔维格说他完全是为所欲为。他强暴了她。我的父母也没什么办法，他们不想闹到法庭上，也不想听别人的闲言碎语。男孩几年之后就回来了，之后就住在雷克雅未克，成了家，大概二十多年前死了。"

"那索尔维格和她肚子里的孩子呢？"

"家里人逼她去堕胎，但她拒绝了。然后有一天，她突然就消失了。"

巴拉转过身，面对着埃琳博格。

"可以说，就是那个夏日她去弗约特的旅行摧毁了我们，摧毁了我们的家庭，也改变了我的整个人生。我们不得不处处掩饰，原本的家庭自豪感不见了——这件事成了家里最忌讳的事，我们从来不会提起这件事。这是我母亲要求的。我知道，她后来跟本杰明说了这件事的原委。索尔维格的死就这样变成了她一个人的事，跟任何人都没有任何关系。那是她的秘密，也是她的选择。而我们没做错任何事，我们是纯洁而体面的。她疯了，然后就跳海了。"

埃琳博格看着巴拉，突然觉得很同情她，同情她被迫生活在这样一个谎言里。

"都是她自己做的。"巴拉继续说道，"跟我们没有任何关系。那是她的事。"

埃琳博格点了点头。

"她没有被埋在山上。"巴拉说，"她躺在海底，在那里待了六十多年。太可怕了。"

跟埃娃·琳德的医生谈过之后，埃伦迪尔在她身旁坐了下来。医生跟之前说的没什么两样：她的情况还是没什么起色，我们只能静观其变。埃伦迪尔坐在女儿旁边，想着该跟她说些什么，但是却迟迟决定不下来。

时间一分一秒地过去。重症监护室里非常安静，偶尔会有医生从门口经过的声音，或是穿着柔软的小白鞋的护士经过时摩擦油毯的吱吱声。

吱——

埃伦迪尔看着女儿，突然不自觉地开始低声说起来。他跟她讲了一个迷失男孩的故事。这件事困扰他很长时间了，即使过了这么多年，他依然没有完全放下。

那个年轻的男孩跟着父母搬到了雷克雅未克，但却总是惦记他们在乡下的家。男孩年纪太小，不明白他们为什么要搬到另外一个城市。那时，雷克雅未克其实还算不上城市，只是海边一个较大的城镇。之后，他渐渐意识到，搬家是由多种因素决定的。

刚开始搬到那里时，他觉得一切都很陌生。他从小生活在一个小乡村里，过着简单、与世隔绝的日子。那里有温暖的夏日，有寒冷的冬天，还有他的家人。家人大都是自耕农，世世代代都很穷，但他们是他心目中的英雄。他平时听了许多流传几十年的关于他们的故事，有的是关于探险之旅的，有的是对灾难的描述，还有的是一些奇闻轶事、引人捧腹的段子。讲故事的人有时会笑到气都喘不过来，听故事的他们也无比欢乐。这些故事里的人物都是他熟悉的，有的是他认识的或者一起生活过的，有的是世世代代住在乡下的：叔叔和侄子、祖母和曾祖母、祖父和曾祖父。他通过这些故事了解了很多人，甚至包括那些已经在教堂旁边的公墓里长眠了的人：渡过冰冷的河水来帮助孕妇生产的产婆，在暴风雨中英勇抢救牲畜的农民，在去羊圈的路上冻死的农场工人，醉酒的牧师，鬼魂和妖怪……这些故事是他生活的一部分。

即使跟随父母来到城里，他也把这些故事都带在身边。他们在城郊买下了一栋英国军队在战时建造的澡堂，将它改造成一栋小房子——这是他们唯一能承担得起的费用。他的父亲心脏不好，无法适应城市里的新生活，不久便去世了。母亲卖掉了房子，在离港口不远的地方买了一套狭窄的地下室公寓，并在附近的一个鱼类加工厂里找了一份工作。上完义务教育之后，男孩不知道该干什么。他做过体力活，做过建筑工，也跟着渔船出过海。最后，他看到了一张警方的招聘公告。

他再也听不到什么故事了，他渐渐地失去了它们。他熟悉的人也纷纷离世，长眠在荒僻的乡村，被世人遗忘。而他却在一个与他毫不相干的城市里漂泊。他知道自己并不适合这种城市生活。尽管他弄不清楚自己想要什么样的生活，但他却一直在渴望改变。城市生活让他感觉心无寄托，母亲的去世又切断了他与过往生活的最后一丝联系。

他开始出入舞厅。在格劳姆巴尔，他遇到了一个女人。在此之前，他也认识其他一些女人，但他跟她们从来都只是点头之交。而这个女人很不一样，她很坚定，而自己也深深地为她着迷。一切都发生得太快，超出了他的掌控。她不断地提出要求，而他想都没想地一一应允。结果，还没等他回过神来，他们就已经结婚了，还生了一个女儿。他们租了一间小公寓。她对他们的未来有个远大的计划，他们要生更多的小孩，还要买一栋大公寓。说这些的时候，她的语气里充满期待，仿佛坚信他们的未来一定会一片光明。他看着眼前的这个女人，突然觉得自己对她一点儿也不了解。

之后，他们又有了另外一个孩子，女人却发现，男人对自己越来越疏远。儿子的降生，只是稍稍激起了他当父亲的喜悦，他很快就说想要结束这一切，想要离开。她也感觉到了他的反常。她问他是不是在外面有别的女人了，但他只是用空洞的眼神看着她，没有回答她。他从来没往这方面想过。"一定是有别的女人了。"她说。"不是那样的。"他反驳道，他想向她诉说自己的感受和想法，但她并不愿意听。她为他生了两个孩子，他怎么能这么认真地说着要离开她，离开他的孩子们。

他的孩子们——埃娃·琳德和辛德理·斯内尔，这是她给他们起的爱称，而他并没有把他们看作自己的一部分。他基本没有做父亲的感觉，但他知道自己应该承担的责任。他对他们应负的责任，跟孩子的母亲或者他们夫妻二人的关系无关。他说他愿意抚养孩子，希望能跟她和平分手。她说根本不会是和平分手，说着一把抓住埃娃·琳德，攥得紧紧的。当时，他觉得她想用孩子留住他，然而她的做法只是进一步地坚定了他离开的决心。从一开始，他就犯了一个大错误，他早就该行动了。他不知道自己之前都在想什么，但现在一切都该结束了。

他希望她能同意自己跟她共同抚养孩子，每人半个周或者半个月，但被她断然拒绝了。她说，如果你离开了，就永远别想再见到孩子。她会说到做到的。

之后他便消失了，从两岁女儿的生活中消失了。当时，女儿穿着纸尿裤，手里拿着玩偶，眼睁睁地看着他走了出去。白色的小玩偶被女儿咬得吱吱响。

"我们选择了错误的方式来处理这一切。"埃伦迪尔自言自语道。

吱——

他低下了头。他想，一定是那护士又一次从门口经过。

"我不知道那个男人身上发生了什么。"埃伦迪尔用几乎不可闻的声音说道。他看着女儿的脸，她的面容看起来很祥和，面部轮廓也很清晰。他看了看那些维持她生命的医疗设备，又重新望向地板。

良久，他站起身，俯身亲了一下埃娃·琳德的额头。

"他消失了。我想他迷路了，很久之前就迷路了，现在仍然没有找到方向。我不确定他最终是否能够找到方向。这不是你的错。事情发生在你出生之前。我觉得他在寻找自我，但却不知道为什么要寻找，甚至都不知道自己到底在寻找些什么，显然，他永远都不会找到。"

埃伦迪尔低头看着埃娃·琳德。

"除非你帮助他。"

在床边桌子上的台灯的照射下，她的脸像一个冰冷的面具。

"我知道你在找他。如果有谁能找到他的话，那个人就是你。"

他转过身准备离开，却看到他的前妻站在门边。他不知道她在那里站了多长时间，也不知道他跟埃娃·琳德说的话她到底听到了多少。她还穿着之前那件棕色外套，里面穿着运动衫，不过，脚上的细高跟鞋让她看起来有点儿滑稽。埃伦迪尔已经二十多年没见过她了，这么多年过去了，她苍老了许多，五官不再那么棱角分明，脸颊也变胖了，双下巴若隐若现。

"你跟埃娃·琳德讲的那个关于堕胎的事情纯粹是个恶心的谎言。"埃伦迪尔气冲冲地说道。

"让我一个人静静。"霍尔多拉说。她的声音因为长期吸烟而变得嘶哑了。

"你还对孩子们撒了什么谎？"

"出去。"她说着，从门边走开，给他让开了出去的路。

"霍尔多拉……"

"出去。"她重复道，"赶紧出去，让我一个人静静。"

"我们都想要孩子。"

"你不是后悔了吗？"她反问道。

埃伦迪尔没有回答。

"你觉得他们来到这个世界上有什么意义吗？"

"到底发生什么了？"埃伦迪尔说道，"是什么让你变成了现在这个样子？"

"滚出去。"她说。"你不是很擅长一走了之吗？所以，赶紧走吧，让我和她单独待一会儿。"

埃伦迪尔盯着她。

"霍尔多拉……"

"我说过了，你出去！"她抬高了嗓门。"赶紧滚！马上！我不要你在这里！我再也不想看见你！"

埃伦迪尔从她身边走出了房间，她在他身后关上了门。

21

那天傍晚，西于聚尔·奥利终于检查完了地下室，但他并没有找到更多有关本杰明盖在山上的那栋小屋的租户信息。不过，他根本不在乎。这份苦差事总算结束了，他如释重负。他回到家，贝格索拉正在等他。她买好了红酒，正在厨房细细品味。见他回来了，贝格索拉又拿出另外一个杯子递给他。

"我和埃伦迪尔不一样，"西于聚尔·奥利说，"不要把我说得那么不堪。"

"但你希望自己像他一样。"贝格索拉说道。她正煮着意大利面，餐厅里早已点上了蜡烛。审问背景布置得真不错，西于聚尔·奥利心想。

"所有男人都想成为埃伦迪尔那样的人。"贝格索拉说。

"哎，你为什么要这么说呢？"

"我只是就事论事而已。"

"事实并非如此，你不知道埃伦迪尔的生活有多惨。"

“我只想先弄清楚我们之间的关系。”贝格索拉边说边给西于聚尔·奥利倒上了一杯酒。

“行，那我们就说清楚吧。”贝格索拉是西于聚尔·奥利遇到过的最实际的女人，所以，他俩这次的谈话主题必定不会与爱情有关。

“我们在一起也有三四年了吧，可我连个名分都没有，你甚至连个承诺都不肯给我。我一提到‘承诺’这两个字，哪怕只是沾点边儿，你就一脸愁相，含糊其词。直到现在，我们的生活开销都是各管各的，更别提去教堂举办婚礼了，我们甚至都没有登记过同居。要个小孩对你来说简直比登天还难。我只想问问你，我们之间，还剩什么？”

贝格索拉的语气里并未带有一丝怒气。到目前为止，她仍然只是试图进一步理解他们之间的关系，她想知道这份感情究竟会有什么样的结果。西于聚尔·奥利决定趁局势失控之前，好好利用她的这份心态。在本杰明的地下室找线索这份苦差事，早已给了他大把的时间来考虑这些事。

“我们还有……”西于聚尔·奥利说，“彼此。”

他找出一张唱片，放进播放器，选了一首歌。自从贝格索拉开始逼他做出承诺以来，他就一直听着这首歌。这首歌是玛丽安娜·菲斯福尔演唱的，歌词大意是：一位三十七岁的家庭主妇——露西·乔丹——梦想着有一天能开着一辆跑车横穿整个巴黎，任暖风掠过发丝。

“有件事，我们讨论很久了。”西于聚尔·奥利说道。

“什么事？”贝格索拉问道。

"我们的旅行。"

"去法国吗？"

"对。"

"西于聚尔……"

"我们去巴黎吧，租一辆跑车。"西于聚尔·奥利说道。

埃伦迪尔被一场铺天盖地的暴风雪困住了。大雪无情地砸在他的身上，扫过他的脸颊，刺骨的冰冷和无尽的黑暗不断吞噬着他。他试图顶着风雪前行，却完全动弹不得。风愈发紧了，他只能背对风雪蜷缩着，任由雪花在自己身上堆积。他知道，自己很可能会死在这儿，可他却无能为力。

这时，电话铃声突然响了起来，持续不断的铃声穿透了暴风雪的层层包围。骤然间，天空放晴，咆哮的狂风也安静了下来。他从梦中惊醒，发现自己坐在家中的椅子上。桌上的电话一直响着，铃声似乎越来越急，一点儿也没有要放过他的意思。

他伸了伸僵硬的腿，站起身来，刚准备拿起电话，铃声戛然而止。他站在原地，等对方再一次打过来，可铃声再也没有响起。电话型号太老，没有来电显示，所以他无从知道究竟是谁这么着急找他。他想，说不定是某个电话推销员，想跟他推销吸尘器，顺便再卖一台烤箱。他在心里默默地感谢那位电话推销员，多亏了他，自己才得以从"暴风雪"中逃出来。

他走进厨房。此时已是晚上八点。他拉下窗帘，想把明亮的春光挡在外面，可它还是穿透厚厚的帘布，射进了家中。阳光驱赶了家里的阴暗，灰尘在阳光里飞舞。埃伦迪尔向来都不喜欢春天和夏天，因为它们过于明亮，过于妖娆。他偏爱沉重、阴冷的冬天。他在厨房里转了一圈，没发现什么可以吃的东西，于是，他在桌旁坐了下来，一只手托着腮。

他还没完全从睡意中清醒过来。六点左右去医院探望了埃娃·琳德之后，他回到家，坐在椅子上打起了盹儿，一觉睡到了八点。他回想起梦里的那场暴风雪，以及自己背对着风雪等死的惨淡光景。他经常做这样的梦，各种版本都有，但最终总会出现肆虐的暴风雪。他很清楚，如果刚刚没有电话铃声吵醒自己，那梦里的结局可想而知。

电话铃声再次响起，埃伦迪尔犹豫着接还是不接。最终，他还是一跃而起，冲进客厅，拿起了电话。

"你好，是埃伦迪尔吗？"

"是我。"埃伦迪尔清了清嗓子，回答道。他一下就听出了对方是谁。

"我是英国大使馆的吉姆，很抱歉这么晚打扰你。"

"刚刚也是你打来的吗？"

"刚刚？不，不是我，我只打过这一次。我和爱德聊过了，我觉得有必要联系你一下。"

"是吗？有什么新发现吗？"

"他在协助你处理那个案件，我希望你能随时掌握情况。他给美国使馆打了电话，查看了自己的日记，还找相关人员了解了一下情况。爱德说，他大概知道是谁告发了那起补给站盗窃案。"

"是谁？"

"他没说。他只是让我转告你这些消息，并希望你能给他回个电话。"

"今晚吗？"

"嗯，不过明早也行。明早应该会更好一些吧。他现在肯定已经休息了，他每天都睡得很早。"

"是谁告发了他们？是个冰岛人吗？"

"他会跟你详述的。晚安，抱歉这么晚打扰你。"

电话铃声再一次响起的时候，埃伦迪尔还愣在电话旁边。这回是斯卡费丁打来的，他还在山上。

"我们明天就可以挖出那具尸骨了。"斯卡费丁直奔主题。

"是该差不多了。"埃伦迪尔说，"你刚刚给我打电话了吗？"

"是啊，你刚刚占线了吗？"

"嗯。"埃伦迪尔撒了个谎，"你在山上发现什么有价值的东西了吗？"

"没有，我就想告诉你……晚上好，晚上，呃，我帮你吧，就往前走……呃，不好意思，我们刚刚说到哪儿了？"

"你刚刚说你们明天就能挖到尸骨了。"

"嗯，我觉得可能要到傍晚吧。这具尸体究竟为什么会被埋在那里，我们一点儿线索也没有。也许从骨头下面能发现些什么。"

"那，明天见。"

"拜拜。"

埃伦迪尔放下电话。他的意识还未完全清醒。他想到了埃娃·琳德，他说的话她究竟听没听进去呢？他还想到了霍尔多拉，这么多年过去了，她依然恨他。他幻想过无数次，倘若当初他不曾离开，他的生活、他们的生活又会是什么样的呢？然而，他从未找到过答案。

埃伦迪尔茫然地望向前方。傍晚的余晖偶尔会透过客厅的窗帘射进房间，划破他身边的阴暗。他静静地望着窗帘，厚厚的绿色灯芯绒窗帘一直垂到地板上，刚好可以把明媚的春光挡在外面。

晚上好。

晚上。

我帮你吧。

埃伦迪尔凝望着绿色的窗帘。

畸形的。

绿色的。

"斯卡费丁……"埃伦迪尔突然跳起来，一把抓起电话。可他忘了斯卡费丁的手机号，只好求助于电话号码查询台。终于，他拨通了那个考古学家的电话。

"斯卡费丁。斯卡费丁？"埃伦迪尔冲着话筒大喊道。

"怎么了，你怎么又打来了啊？"

"你刚才在跟谁说晚上好？你刚才在帮谁？"

"什么？"

"你刚才在跟谁说话？"

"你这么激动干什么？"

"你跟谁在一起？"

"你是说刚才打招呼的那个人吗？"

"这又不是视频电话，我看不见你。我只听到你跟人说晚上好。谁跟你在一起？"

"没人跟我在一起，那女人去了别处……等等，她这会儿正站在灌木丛旁边。"

"灌木丛？红醋栗灌木丛吗？她站在红醋栗灌木丛旁边吗？"

"嗯。"

"她长什么样？"

"她……你认识她吗？为什么这么紧张？"

"她到底长什么样？"埃伦迪尔又重复了一遍，尽量让自己平静下来。

"别慌。"

"她多大年纪？"

"七十多岁吧。不对，也许更像是八十多岁。这个还真不好说。"

"她穿着什么？"

"一件齐脚踝的绿色外套，差不多跟我一样高。不过，她是个残疾人。"

"怎么个残疾法？"

"她有点儿瘸，可能比那还严重些。而且，她……怎么说呢……我不知道该怎么说……"

"什么？什么！你到底想要说什么？"

"我实在不知道该怎么形容……我……我觉得……她有点儿畸形。"

埃伦迪尔一把挂断电话，冲进春天的暮色里，甚至忘了叮嘱斯卡费丁无论如何都要留住那妇人。

*

格里穆尔回家那天，戴夫已经好些天没跟他们在一起了。

秋天早已伴着阵阵刺骨的北风悄然而至，地面上也积起了一层薄薄的毛毯般的雪。山的海拔较高，所以冬天来得比低地早。低地上，雷克雅未克已经渐渐有了都市的样子。每天早晨，西蒙和托马斯会乘校车去雷克雅未克上学，晚上再回到家中。他们的母亲每天步行到居菲内斯，在那里，她负责照看奶牛，还会干一些其他的农场杂活。她通常比两个孩子先离家，但总能在他们放学之前赶回家。而米凯利娜就只能待在家中，无聊寂寞透顶。母亲下班回家常令她无比高兴，不过，她最高兴的事莫过于看见西蒙和托马斯放学回来，冲进屋子，直接把书包往角落里一扔。

戴夫是他们家的常客。他们的母亲和戴夫越来越有默契。他们经常坐在厨房餐桌旁，不许孩子们打扰。偶尔地，当他们想要完全拥有两人世界时，他们就会躲进卧室，关上房门。

西蒙有时候会看见戴夫轻抚母亲的脸颊和手，或者用手帮她把散落的发丝撩到后面。他们常常一起沿着雷尼斯瓦特湖散步，一起爬山，有时候，他们甚至会带上一些吃的、花一整天的时间到莫斯菲尔斯达勒和黑尔古弗斯远足。有时候，他们也会带孩子们一起去，戴夫会将米凯利娜背在背上，这对他来说可是小菜一碟儿。戴夫把这样的出游叫作"匹克尼克"，这可乐坏了西蒙和托马斯这两兄弟，两兄弟经常互相笑着喊，匹克——尼克，匹克——尼克，匹克——尼克。

有时候，戴夫和母亲也会一脸严肃地坐在一起——在野餐的时候，或者在厨房的餐桌旁。有一次是在卧室，西蒙无意间打开了卧室的房门，正好看到了他们那种严肃的表情。他们坐在床头，戴夫拉着母亲的手，他们俩同时朝门口看了看，对着西蒙笑了笑。虽然西蒙不知道他们在谈些什么，但他知道，他们谈论的肯定不是什么开心的事，因为他认得出母亲悲伤时的表情。

可是，这一切，在一个凛冽的秋日戛然而止。

那天，格里穆尔一大早就回了家。孩子们的母亲早已去了农场，而西蒙和托马斯正在等校车。山上冷得厉害，兄弟俩看到了沿着山路上来的格里穆尔，他双手紧紧攥着他的破夹克，以抵挡寒冷的北风。他没有理会兄弟俩。秋天的早晨昏昏暗暗，兄弟俩没法看清他的脸。但西蒙能猜得到，格里穆尔的表情一定是冰冷的。他们知道格里穆尔会在这几天回家，因为母亲跟他们说过，格里穆尔很快就要服完刑了，然后就会出狱回家。他随时都有可能回来。

西蒙和托马斯眼看着格里穆尔步步逼近那栋木屋，两人对视了一眼。他们想着同一件事——米凯利娜一个人在家。通常，她会在男孩们和母亲起床的时候醒一下，然后继续睡。如今，她要独自一人迎接格里穆尔。当格里穆尔发现，所有人都出门了，只有他最憎恶的米凯利娜一人在家时，他会是什么反应？西蒙不敢想。

校车已经到了，连续鸣了两次笛。司机看到两个男孩还在山上，但他不能再继续等下去了，于是便开着车走了。校车缓缓地消失在路的尽头。男孩们呆站着，沉默着，然后两人慢慢地向家门口挪去。

他们不想把米凯利娜一个人留在家里。

西蒙心里盘算着要不要飞奔去找母亲，或者让托马斯去叫母亲回来，可转念一想，还是让母亲再多清净一会儿吧，哪怕一秒也好——也许母亲就只能享受这最后一天的宁静了。兄弟俩看见格里穆尔进了屋，关上了门，两人立刻飞奔起来。他们不敢想象接下来房间里会发生什么事。他们满脑子都是米凯利娜，她这会儿正睡在那张双人床上，应该不至于被发现。

兄弟俩小心翼翼地打开门，悄悄地溜进了屋。西蒙打头阵，托马斯则跟在西蒙后面，轻轻地关上了门，他紧紧地握着西蒙的手。他们走进厨房，发现格里穆尔站在橱柜旁，背对着他们俩。格里穆尔嗅了嗅洗碗槽，朝里吐了口唾沫。桌上的灯亮着，借着灯光，他们只能看到他的轮廓。

"你们的妈妈去哪啦？"格里穆尔问道。他依然背对着两兄弟。

西蒙心想，他一定是上山的时候就看到他们了，也听见他们走进屋子的声音了。

"她去上班了。"西蒙说。

"上班？在哪儿上班？"格里穆尔又问。

"居菲内斯农场。"西蒙说。

"她不知道我今天回来吗？"格里穆尔转过身来，走到灯光下，面对着两兄弟。两兄弟盯着眼前这个人，内心充满恐惧，仿佛他来自黑暗的深渊。昏暗的灯光下，兄弟俩瞪大了眼睛，盯着这个男人的脸。格里穆尔到底经历了什么！他脸颊一侧有一大片烫伤的疤痕，一直延伸到眼睛下方。那只眼睛不能完全张开，因为眼睑和皮肤几乎黏在了一起。

格里穆尔笑了笑。

"老爹现在这样帅吗？"

兄弟俩盯着他那张丑陋的脸。

"他们先是给你泡了杯咖啡，然后再泼你一脸。"

他慢慢逼近兄弟俩。

"他们并不是想让你坦白，因为他们早就知道你干了什么，因为有人告密啊。不过，那还不是他们朝你泼咖啡的原因，那不是他们毁了你的脸的原因。"

兄弟俩不知道他想说什么。

"把你们的妈妈叫来。"格里穆尔看着躲在西蒙背后的托马斯，厉声命令道，"赶紧滚去那该死的农场，给老子把那头母牛叫回来。"

突然，西蒙用眼角的余光注意到卧室里有人在动，但他绝不敢仔细朝里看。估计米凯利娜起床了，正在卧室里走动。她能一只腿站起来勉强地走动，但她应该不会冒险进厨房的。

"去！"格里穆尔大吼道，"现在就去！"

托马斯跳了起来。西蒙不知道弟弟能不能找到路，他只在暑假跟着母亲去过农场一两次，现在外面又阴又冷，况且，托马斯还只是个孩子。

"还是我去吧。"西蒙说。

"你他妈的哪儿也不准去。"格里穆尔一阵咆哮。"滚！"他又冲着托马斯吼道。托马斯踉踉跄跄地朝门口挪去，打开门，一头扎进寒风中，还不忘轻轻地将门关好。

"过来，西蒙，我的乖儿子。过来坐我旁边。"格里穆尔柔声说道，先前的愤怒似乎瞬间烟消云散。

西蒙摸索着走进厨房，坐在凳子上。他又察觉到了卧室里的动静，心里祈祷着米凯利娜千万不要出来。走廊里有个储藏室，她躲到那里的话，就不会被格里穆尔发现。

"你想不想老爹啊？"格里穆尔在西蒙对面坐了下来。西蒙点了点头，他的目光总是忍不住停留在格里穆尔脸上的伤疤处。

"今年夏天，你们都做了些什么？"格里穆尔问道。西蒙只是盯着他，没有出声。他不知道该从哪里开始编。他肯定不能说戴夫，戴夫的经常造访、他和母亲的约会、出游、野餐，这些统统不能说；不能说大家经常一起睡在那张大床上；更不能说自从格里穆尔走后，母亲像完全变了个人，而这都多亏了戴夫——戴夫帮母亲找回了生活的热情；他也不能说母亲每天早上都把自己打扮得美美的，和戴夫在一起的日子里，母亲每天都在变美。

"嗯？什么也没做吗？"格里穆尔问道，"一整个夏天，什么事儿都没发生吗？"

"天……天……天气挺好的。"西蒙小声说道，依然目不转睛地盯着那疤痕。

"天气不错。天气是不错。"格里穆尔重复道，"你还在这附近和兵营那里晃吧？你认识军营里的人吗？"

"不认识。"西蒙脱口而出，"谁也不认识。"

格里穆尔笑了。

"这个夏天，你小子学会撒谎了啊。这倒奇怪了啊，每个人学撒谎都学得挺快的啊。你是不是也学会撒谎了，西蒙？"

西蒙的下嘴唇开始不住地颤抖，仿佛条件反射一般，根本停不下来。

"就认识一个，"西蒙说，"但不是很熟。"

"你认识一个，很好，很好。你千万别撒谎，西蒙。像你这样的人，如果撒谎，到头来就只会坑了自己还搭上别人。"

"是。"西蒙回答道。他多希望两人的对话能尽早结束啊，他甚至盼着米凯利娜能出来打断他们。西蒙在想，要不要告诉格里穆尔，米凯利娜刚刚还在他的床上睡觉，现在正躲在走廊里。

"你认识军营里的谁？"格里穆尔继续问道。西蒙只感觉自己在这团泥沼里越陷越深。

"就认识一个。"西蒙说。

"就认识一个。"格里穆尔重复着，摸了摸自己的脸，还用食指轻轻划过疤痕，"这个人是谁？就只有一个，我还挺欣慰。"

"我不知道。他时常在湖边抓鱼，有时还会把他抓的鲑鱼送给我们。"

"他对你们这些孩子们不错吧？"

"我不知道。"西蒙嘴上这样说，心里却默默地认为，跟格里穆尔比起来，戴夫简直就是世界上最好的人，戴夫就是上天派来拯救母亲的天使。戴夫去哪儿了？西蒙暗想。要是戴夫现在在这儿就好了。他想着顶着严寒去了居菲内斯的托马斯，想着还不知道格里穆尔已经回来了的母亲，他还想着躲在走廊里的米凯利娜。

"他常来这儿吗，西蒙？"

"不，只是偶尔来。"

"我蹲号子之前，他来过没？西蒙，进监狱仅仅意味着你被关进去了，并不表明你真的有什么罪，只是有人想让你进去而已。这事干起来简直轻而易举。他们不过是想杀鸡给猴看。呸，真他妈的恶心。为了让冰岛人不敢偷军队的东西，所以才给我判了刑，这么一来，其他人就再也不敢像我这样了。你懂吗？他们想让冰岛人从我这里吸取教训。可事实上呢，他们都偷东西，还因此发了财。我蹲号子前，他来过没？"

"谁？"

"那个当兵的。我蹲号子前，他来过没？就那个当兵的？"

"你走之前，他也常去湖边钓鱼。"

"然后把钓的鲑鱼给你妈了？"

"嗯。"

"他钓的鲑鱼多吗？"

"有时候挺多的。但他技术不怎么好。他就坐在湖边抽烟。你的技术比他好多了，你用渔网比他抓的多。你总能用渔网抓到好多鱼。"

"他给你妈鲑鱼的时候进来过吗？他进来喝咖啡了没？他是不是就坐在这桌子旁？"

"没有。"西蒙回答道，心想着自己的谎言会不会太明显。他既害怕又困惑，只得用手指按住嘴唇，好让嘴唇抖得不那么厉害。他只求能想出两全的答案，既能让格里穆尔听了满意，又不会把格里穆尔不该知道的事情说漏嘴，要不然就会连累母亲。西蒙发现了格里穆尔一副新的面孔，他以前从没跟他说过这么多话，这让西蒙立刻警觉起来。西蒙内心犹豫着，挣扎着，因为他根本不知道格里穆尔了解多少，但他会想尽办法保护母亲。

"他一次都没进来过？"格里穆尔的声音不再柔和风趣，转而变得冰冷尖锐。

"只有两次，差不多。"

"他都干了些什么？"

"就只是进屋了而已。"

"哦，就那样啊。你小子又开始撒谎了吗？我蹲了几个月的号子，过得连条狗都不如，现在好不容易放出来，还得听你满口谎言。你小子又要撒谎吗？"

格里穆尔的质问仿佛一条条细鞭，狠狠地抽着西蒙的脸。

"你在监狱里做了些什么？"西蒙犹犹豫豫地问道，试图把话题从戴夫和母亲身上扯开。为什么戴夫不来了？难道他不知道格里穆尔出狱了？他抚摸她的脸颊、梳理她的发髻时，都没跟她讨论过这些事吗？

"监狱里？"格里穆尔重复道，声音又夹杂了一丝狡诈的柔和，"我在里边听故事，什么故事都有。你能听到很多，而且你也希望听到那么多。因为家里没人去看你，你要想得到家里的消息，唯一的途径就是听别人说。你可以从刚来的新人那里听到一些，也可以从守卫那里听到一些。而且你还有大把大把的时间细细地琢磨那些故事。"

突然，走廊的地板嘎吱响了一声，格里穆尔顿了顿，接着又像什么都没发生一样继续往下讲。

"当然啦，你还年轻……等等，你多大了，西蒙？"

"十四岁，马上要十五岁了。"

"也快成大人了，那你应该也能懂我说的话了。大家都说，冰岛的娘们儿就爱跟当兵的乱搞，一看到穿制服的，她们就把持不住了。你也听说过那些当兵的有多绅士吧？他们懂礼貌，会为姑娘们开门；他们喜欢跳舞、喝咖啡，却从来不酗酒；他们来自姑娘们向往的地方。可我们呢，西蒙，要多寒酸，有多寒酸。我们就是一群乡巴佬。那些小姑娘都不会正眼瞧我们。所以我才想了解更多关于这个老在湖边钓鱼的士兵。西蒙，你讲的让我失望了。"

西蒙看着格里穆尔，感觉全身的力气似乎瞬间被抽干。

"我听说了那么多关于那个士兵的事，而你却告诉我你不知道。除非你在撒谎。要是这个夏天，那个当兵的整天往这儿跑，还带着你老爹的老婆去散步，而你却什么也不说，那可就不好了。你真的什么也不知道？"

西蒙不说话了。

"你真的什么也不知道吗？"格里穆尔重复道。

"他们有时候会去散步。"西蒙回答道，泪水从他眼底涌了出来。

"看吧，"格里穆尔说，"我就知道我们还是好哥们儿。那你有没有跟他们一起去呢？"

这场谈话似乎要一直持续下去了。格里穆尔看着西蒙，那张脸满是疤痕，而那只眼似乎睁着，又似乎闭着。西蒙觉得实在瞒不下去了。

"我们有时会去湖边，他带上一盒肉，就是那种你用钥匙开的肉罐头。"

"那他亲你妈了吗？在湖边？"

"没有。"西蒙回答道，心里轻松了一些，因为这次终于可以不用撒谎了，他真的从没见过戴夫亲母亲。

"那么他们都做些什么呢？牵手了吗？你又在干什么？你为什么任由一个男的带你妈去湖边散步？你从没想过我会不允许吗？你从没想过吗？"

"没有。"西蒙回答。

"一个个都把我抛到脑后了，是吧？"

"嗯。"西蒙说。

灯光下，格里穆尔斜靠着桌子，脸上的疤痕更显眼了。

"那男的叫什么？他破坏别人的家庭，还觉得理所当然，也没个人出来管管。"

西蒙没有回答他。

"那个朝我泼咖啡的人，西蒙，那个把我的脸搞成这样的人，一定是他！你知道他叫什么吗？"

"不知道。"西蒙回答。

"他袭击了我，还烫伤了我，却没人把他关到监狱里去。你是怎么想的呢？就好像他们很圣洁似的，那帮该死的士兵。你觉得他们圣洁吗？"

"不。"西蒙回答道。

"今年夏天你妈长胖没？"格里穆尔问道，似乎又在打什么鬼主意，"倒不是因为她有农场的牛奶喝，西蒙，而是因为她整天跟兵营里的那个当兵的瞎混。你觉得，她这个夏天长胖没？"

"没有。"西蒙说。

"我倒觉得很有可能。走着瞧吧。那个泼我一脸咖啡的人，西蒙，你知道他的名字吗？"

"不知道。"西蒙说。

"他有些想法很莫名其妙，我都不知道他这些想法是从哪儿蹦出来的，他觉得我虐待你妈妈。我只不过是教她更懂规矩一点儿。那个士兵只知道我对她做了什么，却不知道我为什么那么做。他不明白，像你妈这样的婊子，总得有人来提醒她嫁给了谁、家里到底谁做主、该怎么做事。他不知道有的人有时候就得敲打敲打吗？他跟我说话的时候挺生气。我还是懂点儿英语的，毕竟兵营里有熟人。他说的绝大部分我都听明白了，他当时因为我对你妈的态度气得发狂。"

西蒙愣愣地盯着格里穆尔脸上的伤疤。

"这男的，西蒙，他叫戴夫。我不希望你对我撒谎。他对你妈挺好的，他从春天开始就老往这跑，整个夏天也是，一直到秋天。西蒙，他是不是叫戴夫？"

西蒙抓了抓脑袋，直勾勾地盯着那块伤疤。

"他们会惩罚他的。"格里穆尔说。

"惩罚他？"西蒙不知道格里穆尔到底什么意思，但他知道，肯定不是什么好事。

"走廊有老鼠吗？"格里穆尔朝门口看了看。

"什么？"西蒙一时间没反应过来。

"是不是那傻子？她是不是在偷听我们说话？"

"米凯利娜吗？我不太清楚。"西蒙回答道。这次倒也算是真话。

"他是叫戴夫吗，西蒙？"

"可能吧。"西蒙小心翼翼地说。

"可能吧？你不太确定啊。他叫你什么，西蒙？他跟你说话，或者搂着你轻轻地拍着你的时候，他叫你什么呢？"

"他从没拍……"

"他到底叫什么？"

"戴夫！"西蒙彻底被击溃了。

"戴夫！谢谢你，西蒙。"

格里穆尔倚了回去，隐身在黑暗里。

"你瞧，我听说了，他跟你妈乱搞。"他压低了声音说道。

正在这时，门突然打开了。孩子们的母亲走了进来，托马斯跟在后面。屋外的寒风透过那扇门呼啸而入，后背早已湿透的西蒙打了个寒战……

22

埃伦迪尔跟斯卡费丁通完电话，只用了十五分钟的时间就赶到了山上。

埃伦迪尔没带手机，要不然他肯定会打电话给斯卡费丁，让他留住那个女人。他坚信，那女人就是罗伯特所说的经常来红醋栗灌木丛旁的那个穿绿衣服、身体畸形的女人。

米克拉布劳特的交通还不算太拥堵，埃伦迪尔以尽可能快的速度将车开上阿坦斯布莱卡，沿着大道，驶出了雷克雅未克，然后在路口处右转，开往格拉法尔霍特。斯卡费丁正准备驾车离开挖掘现场，见到埃伦迪尔便停下了车。埃伦迪尔走下了车，斯卡费丁也摇下了车窗。

"你怎么在这儿？刚刚为什么撂我电话？出什么事儿了？为什么这么看着我？"

"那个女人还在这儿吗？"埃伦迪尔问道。

"哪个女人？"

埃伦迪尔把目光投向灌木丛，感觉那边似乎有什么动静。

"那是她吗？"埃伦迪尔问道。他眯着眼睛，试图看得更清楚一些，可距离有些远，他始终看不太清。"那个穿绿衣服的女人，她还在那儿吗？"他重复道。

"是啊，她就在那边。"斯卡费丁说，"怎么了？"

"待会儿再告诉你。"埃伦迪尔说完就走开了。

他慢慢靠近红醋栗灌木丛，那绿色的身影逐渐清晰起来。他渐渐加快步伐，仿佛担心眼前的身影下一秒就消失不见了。她站在落尽了叶子的灌木丛旁，手里抓着一根枝条，望着远方的埃夏山，好像在沉思着什么。

"晚上好。"埃伦迪尔走到她听力可及的范围之内便跟她打了声招呼。

女人回过神来，转过身。

"晚上好。"她说。

"今晚的天气真不错。"埃伦迪尔没话找话道。

"春天是山上最美的时节。"女人说道。

她的头向下垂着，说话很费劲。看得出来，她必须将所有注意力集中在每一个字词上，而且它们都不是自然而然跳出来的。她的一只胳膊隐在衣袖里，一条畸形的腿从绿色的外套中露了出来，齐肩的头发浓密却已花白。她的面容慈祥和善，却堆满了悲伤。埃伦迪尔注意到，她的头总是条件反射似的微微摇动着，时不时还会抽搐一下，没有一刻是全然静止的。

"你住在这一带吗？"埃伦迪尔问道。

"这个城市都扩展到这里了。"她并没有回答他，只是自顾自地说着，"真是没想到。"

"是啊，这个城市正在向四面八方延伸。"埃伦迪尔不禁感叹道。

"你在调查那些骨头吗？"她突然问道。

"嗯。"埃伦迪尔答道。

"我在新闻上见过你。我偶尔会来这儿，尤其是春天，像现在这样，沐浴在夜色中。这里的夜色真美，万籁俱寂，星光柔和。"

"山上的风景的确很美。"埃伦迪尔说，"你就住在这里，还是住在附近？"

"其实，我准备去拜访你的。"女人依然没有回答他的问题，"我本来打算明天联系你，刚巧你来了。差不多是时候了。"

"是时候了？"

"把故事说出来。"

"什么故事？"

"我们以前住在这儿，就在这灌木丛旁。可如今，那栋木屋早已没了踪影。我也不知道怎么回事，反正它就那样慢慢地崩塌了。我的母亲亲手种下了这些红醋栗灌木丛，到了秋天，她会用它们结的果子做果酱，但她种下这些灌木丛不仅仅是为了做果酱，她还想用它们围出一块地来种各种蔬菜和漂亮的花花草草，让它们朝着南方，向着太阳，小屋刚好可以挡住凛冽的北风。可他不允许她这么做，他什么都不让她做。"

女人看着埃伦迪尔，说话时头还不停地抖动着。

"阳光很好的时候，他们会把我搬到外面来。"她满脸笑意，"我的两个弟弟。我最喜欢沐浴在阳光下。那时候，我一到花园就兴奋得直叫。两个弟弟经常陪我一起玩游戏，他们总能想出新的游戏跟我玩。因为我行动不太方便——那时候我的残疾比现在还严重，他们总是想尽一切办法让我参与到他们的活动中，我们一起做事，一起玩。那是他们从母亲那里学来的。两个弟弟都是，至少一开始是这样的。"

"他们从你们母亲那里学到了什么？"

"善良。"

"一个老人告诉我们，有位穿着绿衣服的女士时常来这儿照料这些灌木丛。他的描述和你的形象相符。我们都觉得他讲的人可能是以前住在这附近的小木屋里的人。"

"你知道那栋木屋？"

"嗯，以及一部分租户，但不是全部。我们推测，战争时期，有一个五口之家曾经住在那儿，而且家庭成员可能长期忍受父亲的家庭暴力。你刚刚提到了你的母亲和两个弟弟，如果你是这个家庭的第三个孩子，那就跟我们掌握的信息一致了。"

"他提到过一位穿绿色外套的女人了吗？"她微笑道。

"嗯，提到了。"

"绿色是我最喜欢的颜色，一直都是，从我记事起。"

"不都说喜欢绿色的人很踏实吗？"

"倒也是。"她微微一笑，"我是挺踏实的。"

"你知道这个家庭的故事吗？"

"我们过去就住在这儿。"

"家庭暴力？"

她看着埃伦迪尔。

"没错，家庭暴力。"

"那可能是……"

"你叫什么名字？"她打断了埃伦迪尔。

"我叫埃伦迪尔。"他回答她。

"你有家庭吗？"

"没有，有吧，嗯，算是个家庭吧，我觉得。"

"你不太确定啊，你对家人好吗？"

"我觉得……"埃伦迪尔犹豫了。他没想到会被反问这样的问题，他不知道怎么回答这个问题。他对自己的家人好吗？似乎不太好，他在心里对自己说。

"你离婚了吧。"女人说着，打量着埃伦迪尔乱糟糟的衣服。

"的确如此。"他说，"我正准备问你……关于家庭暴力的事。"

"这个词把精神上的谋杀说得多轻巧。不了解事情背后真相的人觉得根本没什么大不了的。可是，一辈子都活在无止境的恐惧中，你懂这种感觉吗？"

埃伦迪尔一时有些语塞。

"每一天都活在仇恨中，不管你做什么，它都不会停止。你什么都改变不了，直到有一天，你失去了仅存的那一丝独立意志，从此以后，你只是麻木地等待着，只求下一次毒打不像上一次那么猛烈。"

埃伦迪尔依然沉默着。

"渐渐地，毒打变成了虐待。那个男人在这个世界上唯一的权力就是凌驾于他的妻子之上，而且这种权力是至高无上的，因为他知道她什么也做不了。她绝望，她无助，可她却只能听命于他，依赖于他，因为他不仅虐待她，还憎恨她的孩子。他清楚无误地告诉她，如果她敢挑战他的权威，他便要对孩子们下手。所有身体上的折磨，所有的疼痛和毒打，一次次的骨折，满身的伤口和瘀青，肿起的眼睛，裂开的嘴唇……所有的这一切跟精神上的折磨比起来都微不足道。开始几年，当她还有生活的热情时，她尝试过逃跑，尝试过寻求帮助，但他把她抓了回来，还威胁她要杀了她的女儿。她确信他真的干得出来，于是，她妥协了，从此以后任由丈夫摆布。"

女人眺望着埃夏山，又看向西面，那里，斯奈山半岛的冰河若隐若现。

"她始终活在丈夫的阴影之下。"她继续说道，"她生存的意志和反抗的意识一起消失了。她的全部生活都在丈夫的操控之下，事实上，她不再活着，她已经死了。她像黑暗里的生物，孜孜不倦地寻找着出路—— 一条远离丈夫、毒打和折磨的出路。她不再有自己的生活，她只是作为丈夫憎恶的对象存在着。"

"最终，他毁了她。她跟死了没什么两样，成了活着的僵尸。"

女人沉默了，用手抚摸着灌木丛光秃秃的枝条。

"直到那个春天，战争期间的那个春天。"

埃伦迪尔始终没有言语。

"有谁会对精神谋杀判刑吗？"女人继续说道，"你能告诉我吗？你们怎样才能把一个精神谋杀的人告到法庭，给他判刑？"

"我不知道。"埃伦迪尔回答道，有点儿没太明白女人的意思。

"你们挖到骨头了吗？"她问道，思绪似乎飘到了别处。

"差不多明天就可以挖到了。"埃伦迪尔说道，"你知道被埋的人是谁吗？"

"她就像这些灌木丛。"女人低声说道。

"谁？"

"像这些红醋栗树，不需要细心照料。它们特别坚忍，能耐得住各种天气，哪怕是严寒的冬季。夏天一到，它们便又恢复了原来的青翠，结出的浆果红艳多汁，仿佛冬天从未降临，它们也从未经历过霜冻一般。"

"抱歉，你是？"埃伦迪尔问道。

"那个士兵让她重新活了过来。"

女人不再讲话。她凝视着灌木丛，仿佛去了另一个时空。

"你是谁？"埃伦迪尔又一次问道。

"母亲喜欢绿色。她说绿色象征着希望。"

女人突然回过神来。

"我叫米凯利娜。"她说，"他就是个魔鬼，一个内心塞满仇恨与暴怒的魔鬼。"她的声音有些颤抖。

23

时间已经将近晚上十点，山上的气温骤降。埃伦迪尔问米凯利娜要不要坐到车上聊，或者明天再接着谈，因为时间已经不早了，而且……

"我们上车吧。"她说，然后就迈开了步子。她走得很慢，每走一步身体都不自觉地倾向一边。埃伦迪尔走在前面，将她带到了汽车跟前，打开车门并扶她坐好，自己又绕到了车身前面。他想不出米凯利娜是怎么来到这座山上的，她好像并没有开车。

"你是搭出租车过来的？"埃伦迪尔坐到驾驶位，问道。他发动了引擎，引擎还热着，一下子就发动起来了。

"西蒙开车送我过来的。"她说，"他很快就会过来接我了。"

"我们搜集了住在这座山上的人的信息，现在说来，应该就是你们家。我们所了解的大多数都是从一位老人那里得到的，有些故事有些奇怪，其中有一个和赫莱姆尔的煤气厂有关。"

"他拿煤气厂的故事取笑她。"米凯利娜说，"但是，我可不认为她真像他所说的那样是什么世界末日狂欢的产物。他自己倒是有可能。我猜他年轻的时候被人这么羞辱过，所以又搬出来羞辱我母亲。"

"所以，你认为你父亲才是在煤气厂出生的孩子？"

"他不是我的父亲。"米凯利娜说道，"我父亲出海的时候失踪了。他是个渔夫，我母亲很爱他。他是我小时候唯一的慰藉。那个男人不是我父亲。他十分憎恨我，叫我瘸子，因为我的身体状况。三岁时的一场大病导致我半身瘫痪，也丧失了说话的能力。他以为我智力有问题，但实际上，我的脑子是正常的。我没有接受任何治疗，这在今天看起来似乎有点儿不可思议。我从来没有对任何人说过，因为我一直生活在对那个人的恐惧之中。对于经历过创伤的孩子来说，变得寡言少语甚至沉默不语并不奇怪，我想我自己就是一个例子吧。后来，我开始学习走路和说话，还接受了教育。现在的我已经取得了一个心理学学位。"

她顿了一下。

"我已经弄清楚那个男人的父母是谁了。"她接着说道，"我做过调查。我想知道到底发生了什么以及其中的原因。我试着从他的童年经历里发掘出一些东西。他曾四处做农工，最后在尤斯遇到了我母亲。他的成长历程中最让我感兴趣的就是他在米拉省的一个叫作麦鲁尔的小农场生活的那段时期。不过，这个农场早就不在了。当时，有一对夫妇住在那儿，他们自己有三个孩子，而当地农村教区行政委员会支付给他们一定的费用让他们再领养一些孩子。那时候的乡下，贫民随处可见。这对夫妇对穷孩子不好是出了名的，周边农场里的人们都这么说。最终，他的养父母因为其中一个收养的孩子死于营养不良和疏于照顾而被告上了法庭。在那个农场，人们在极端原始的条件下，对一个八岁的小男孩进行了解剖。他们把一扇门从铰链上取了下来，就在那上面进行的解剖，内脏直接拿到农场旁边的小溪里清洗。结果发现，小男孩遭受了'过于严酷的对待'，可惜人们无法证明男孩就是死于这个原因。那个男人一定全都看到了。他和那个小男孩可能是朋友。他差不多也是在那段时间住在麦鲁尔的养父母家。当时的案宗还提到了他：营养不良，腿部和背部有伤。"

她沉思了片刻。

"我不是在为他对待我们的方式以及对我们所做的事做辩解。"她说，"没什么好辩解的，我只是想知道他到底是个什么样的人。"

她又停了下来。

"那么你的母亲呢？"埃伦迪尔问道，尽管他知道，米凯利娜会以自己的方式把她认为重要的一切都告诉他。他并不想给她压力，因为她必须按照自己的节奏来讲述这个故事。

"她很不幸。"米凯利娜直截了当地说道，就好像这是唯一合理的结论。"碰到那样的男人，她很不幸，就这么简单。她没有家人，但她在雷克雅未克也过上了还算体面的生活。遇到那个男人的时候，她正在一个受人尊敬的家庭里当女佣。我还没查出她的父母是谁，如果有过什么档案的话，也一定早已遗失了。"

米凯利娜看着埃伦迪尔。

"但在还不算太晚的时候，她找到了真爱。我认为，他在合适的时间走进了她的生活。"

"谁？谁走进了她的生活？"

"还有西蒙，我的弟弟。我们都不知道他感受如何。这么多年来，他一直处于紧绷的状态中。我也目睹了继父对母亲的虐待，但我比西蒙坚强。可怜的西蒙！还有托马斯，他太像他父亲了，心里充满着仇恨。"

"抱歉，你还没回答我的问题，是谁进入了你母亲的生活？"

"一个美国人，来自纽约布鲁克林区。"

埃伦迪尔点了点头。

"我母亲需要爱，某种形式的爱和尊重。她需要有人认可她的存在，把她当人看。戴夫帮她恢复了自尊，让她有了做人的尊严。我们过去总好奇，为什么戴夫愿意花那么多时间与我母亲待在一起，他到底从我母亲那里看到了什么。除了我的继父在毒打她之前会看她一眼之外，没有任何人注意过她。后来，戴夫跟她说了他帮助她的原因。他说他第一次带鲑鱼过来的时候——那会儿他常在雷尼斯瓦特钓鱼——便察觉到了家庭暴力的痕迹。她的眼神里，她的脸上，她的一举一动，一切都是证明。就在那一瞬间，戴夫就了解了她的整个生活。"

米凯利娜一时沉默了，目光越过小山坡，望向对面的灌木丛。

"戴夫对此并不陌生，和西蒙、托马斯、我一样，他也是在这样的家庭暴力中长大的。直到他母亲死去的那一天，他的父亲也没有因为殴打妻子而被指控或判刑，他没有受到任何惩罚。他们的生活极度贫穷，戴夫的母亲得肺结核死去了，临死之前，还被他父亲毒打了一顿。那时，戴夫还只是个孩子，但他完全不像他父亲。他母亲死的那天，他离开了家，从此再也没有回去。几年后，他参了军，当时战争还没爆发。战争打响后，他被送到了雷克雅未克。就在这里，当他走进一栋小木屋的时候，他再一次看到了他母亲的面孔。"

他们坐着，陷入了沉默。

"那时候，他已经长大了，能够改变些什么了。"米凯利娜说。

一辆小汽车从他们身边缓缓地驶过，停在了那栋房子的地基旁边。司机从车里走出来，环顾四周并望向了那片红醋栗灌木丛。

"西蒙过来接我了。"米凯利娜说，"时候不早了，你不介意我们明天再谈吧？如果你愿意，可以到我家里来找我。"

她打开车门，朝着那个人喊了一声。那人随即转过身来。

"你知道埋在那里的到底是谁吗？"埃伦迪尔接着问道。

"明天，"米凯利娜说，"我们明天再说，不用着急。什么事都不用急。"

那个男人已经走到车子跟前来帮米凯利娜了。

"谢谢你，西蒙。"米凯利娜说着，下了车。埃伦迪尔调整了下椅子，探过身去想好好看看那个人。然后，他打开车门，跟了出去。

"他不可能是西蒙。"埃伦迪尔打量着那个扶住米凯利娜的人，对米凯利娜说道。因为眼前这个人看起来不超过三十五岁。

"什么？"米凯利娜说道。

"西蒙不是你弟弟吗？"埃伦迪尔看着那个人不解地问道。

"是的。"米凯利娜回答道。她很快就明白了埃伦迪尔的困惑。"噢！他不是我说的那个西蒙。"她微笑着说，"他是我儿子。我给他取了同样的名字。"

24

　　第二天一早，埃伦迪尔在办公室和埃琳博格、西于聚尔·奥利一起开了个会。他向他们提起了米凯利娜，还把米凯利娜所说的话都告诉了他们，最后告诉他们自己晚些时候还会再去和她碰个面。他很确定米凯利娜会告诉他山上埋的到底是谁，谁把他埋在那儿，以及为什么会这样。到了晚上，尸骨估计就被挖出来了。

　　"为什么你昨天没有直接问出来呢？"西于聚尔·奥利问道。和贝格索拉一起度过了安静的一晚，西于聚尔·奥利倍感精神。他们探讨了未来——包括孩子，在各项安排上也都达成了一致，比如到巴黎的旅行和准备租的跑车。

　　"那样我们就能结束这乱七八糟的一切了。"他补充道，"我受够了这些骨头，受够了本杰明家的地下室，也受够了和你们俩待在一起。"

　　"我想和你一起去见她。"埃琳博格说，"你觉得她是爱德逮捕那个男人时在屋子里看到的那个残疾女孩吗？"

"很可能是。她有两个同母异父的弟弟——西蒙和托马斯，正好和爱德所说的两个男孩相吻合。还有一个叫戴夫的美国兵帮过他们。我会跟爱德聊聊这个美国兵的，不过，我不知道他姓什么。"

"我觉得，跟米凯利娜打交道得慢慢来，她会说出我们想知道的一切。这事急也没用。"

他看向西于聚尔·奥利。

"你已经搜查过本杰明的地下室了？"

"是的，昨天搜过了，但是什么也没发现。"

"你能确定埋在山上的不是本杰明的未婚妻吗？"

"对，我确定。她是跳海自杀的。"

"有什么法子可以证明她被强奸了吗？"埃琳博格问道。

"我想证据早已被扔进大海了。"西于聚尔·奥利回答道。

"他们是怎么说的，是去弗约特的那次夏季旅行吗？"埃伦迪尔问道。

"还真是一段乡村罗曼史。"西于聚尔·奥利笑着说道。

"混账话！"埃伦迪尔骂道。

爱德把埃伦迪尔和埃琳博格迎进屋，领到了会客室。桌子上堆满了跟补给站有关的各种文件资料。地板上铺着传真和影印文件，翻开的日记本和书本满屋子都是。埃伦迪尔有种感觉，似乎主要的调查任务都是爱德完成的。爱德快速浏览了桌上的一沓纸。

"我这里有一份曾经在补给站工作过的冰岛人的名单。"他说，"大使馆的人找到的。"

"我们已经锁定了之前你去过的那栋房子的租客。"埃伦迪尔说道，"我想她应该就是你说过的那个残疾女孩。"

"很好。"爱德说道，仍然全神贯注于自己的调查，"找到了，就是这个。"

他递给埃伦迪尔一份名单，上面有九个冰岛人的名字，他们都在补给站工作过。埃伦迪尔认出了这份名单。吉姆曾经在电话里给他念过这份名单，还说要给他发一份副本。埃伦迪尔想起来他忘记问米凯利娜她继父的名字了。

"我找到那个让盗窃案停歇下来的人了，"爱德说，"就是他揭发了那些小偷。我有个老朋友以前在雷克雅未克宪兵队里待过，现在住在明尼阿波利斯。我们一直保持着联系。我给他打了电话，他对这事还有点儿印象，然后又给另外一个人打了电话，最后问到了检举人的名字。"

"检举人是谁？"埃伦迪尔问。

"他叫戴夫，戴夫·韦尔奇，来自布鲁克林，是个士兵。"

和米凯利娜提到的名字一样，埃伦迪尔心想。

"他还活着吗？"他问道。

"我们也不知道。我朋友正试着通过五角大楼查找他的去向。他很有可能被送去了前线。"

埃琳博格让西于聚尔·奥利帮忙调查一下曾在补给站工作过的工人，包括他们的身份、目前的下落以及他们的后代。那天下午，去拜访米凯利娜之前，埃伦迪尔让埃琳博格先去见了一下西于聚尔·奥利，他自己则利用那段时间去医院看了看埃娃·琳德。

他沿着重症监护区的走廊来到了女儿的病房前，朝屋里看了看，女儿依旧紧闭着双眼，一动不动。不过，他没有再看到霍尔多拉，这倒是让他松了一口气。他望向走廊尽头那间病房。上一次，他在那里碰到了那个小个子女人，那个女人还莫名其妙地说起了一个暴风雪里的小男孩。埃伦迪尔顺着走廊来到了那间病房。房间里空无一人：穿皮大衣的女人不见了，濒死的男人不见了，自说自话的灵媒师也不见了。埃伦迪尔有些怀疑自己的记忆，难道之前那件事只是他的一场梦？他在那间病房门口站了一会儿，然后转身去了他女儿的病房，轻轻地关上了身后的门。他本想把门反锁起来，可是门上没有锁。他在埃娃·琳德身边坐下，就那样静静地坐着，脑子里想着那个暴风雪里的男孩。

过了好大一会儿，埃伦迪尔终于鼓足了勇气，长长地叹了口气。

"那年，他才八岁。"他对埃娃·琳德说，"比我小两岁。"

他想起了灵媒师说的话，她说那男孩早已接受了一切，还说那不是任何人的过错。凭空而来的这些轻巧的话等于什么也没说。他一辈子都在跟那场暴风雪里的记忆抗争，时间越久，他的记忆越清晰。

"我松开了手。"他对埃娃·琳德说道。

他仿佛听到了暴风雪里的呼喊声。

"我们完全看不到对方。"他说，"我们拉着手，紧挨在一起。可是雪太大，我看不到他。后来，我松了手。"

他顿了一下。

"所以，你绝对不可以松手，你必须挺过来，醒过来，你要健健康康的。我知道你活得不容易，所以你堕落，自我毁灭，就好像生活毫无意义，而你自己一文不值。可事实不是那样的。你不应该那么想，你一定不能那么想。"

借着昏暗的灯光，埃伦迪尔望着自己的女儿。

"他才八岁。我说过了吧？他还是个孩子，和其他普通孩子没什么不同。他很可爱，总是微笑着，我们是朋友，和他待在一起的时候总是很开心。你可不要以为那是理所当然的。通常情况下，朋友间总会有些小摩擦，好比打架、吹牛或者争吵。但我们从不这样。可能是因为我们太不一样了吧。他总是无意间就给人留下深刻的印象。有的人就是那样，而我不是那种人。有的人总能跨越所有的障碍、打破所有的隔阂，因为他们坚持自我，他们从不隐藏自己、从不逃避任何事情，他们坦率、直接，他们只做他们自己。那样的孩子……"

埃伦迪尔沉默了。

"你有时会让我想起他。"他继续说道，"这一点是我后来才发现的，在你寻找了我那么多年之后。你身上有某种东西让我想起了他，而你正在毁掉这种东西。所以，看到你那样对待生活，我很痛心，却也无能为力。和你在一起时，我感到很无助，就像那年我站在暴风雪里感觉到我的手在一点一点地松开一样。我们本来拉着手，可是我松开了。我感觉到了，我知道我们完了，我们两个都会死。我们的双手都冻僵了，我们没办法抓紧对方。他的手从我手里滑走之后，我再也没有触摸到他的手。"

埃伦迪尔不说话了。他低下头，看着地板。

"我不知道那件事能否解释这些年来的一切。我那时才十岁，从那以后，我一直处于深深的自责当中。我忘不掉这件事，我走不出来，也不想走出来。痛苦就像层层壁垒一样，裹挟着忧伤，紧紧地束缚着我，而我，并不想挣脱。或许我早该挣脱了，早该跟这个被救下来的自己和解，早该给生活设定一个目标。可惜我一直没有做到，到了这个岁数，应该也做不到了吧。我们都有自己的负担与责任。或许与那些同样失去挚爱的人相比，我并没有多遭受什么，但我没有处理好，我始终无法释怀。"

"我身体里的某样东西关闭了。我再也没有找到他，可我时常梦到他。我知道他在某个角落，在暴风雪里游荡，孤立无援，瑟瑟发抖，直到他跌倒，跌倒在一个无人知晓也永不为人知的地方，而后风雪肆虐，席卷过他的身体，一转眼，暴风雪就将他覆盖掩埋，不论我如何寻找、如何呼唤他，我都找不到，他也听不见了，我就这样永远地失去了他。"

埃伦迪尔抬起头，看着埃娃·琳德。

"就好像他直接去了上帝身边，而我被找到了。我得救了，可是我失去了他。我没法告诉人们发生了什么，没法说出他消失的时候我在哪，没法睁眼去看那可怕的暴风雪。那时，我才十岁，我差点儿冻死，什么也没法告诉他们。他们组织了一个救援队，提着灯，在荒野里寻找了好几天，从黎明到天黑。他们呼唤他的名字，用棍子把雪拨开，让搜救犬去寻找。我们都听得见人们的呼喊声和搜救犬的叫声，但是，他们什么都没找到。"

"我们再也没有找到他。"

"然后，在这里的一个病房门口，我遇到了一个女人。她说，暴风雪里的那个孩子让她给我捎个信儿，告诉我那不是我的错，我没必要害怕。她是什么意思？我不相信这些灵异的事情，但我该怎么想呢？尽管我知道，当年我还小，根本不足以承担任何诘难。然而，我已经把它当成自己的过错背负了半辈子，愧疚就像癌症一样，一直折磨着我。”

"因为我弄丢的，不是随便哪个孩子。"

"因为那个暴风雪里的孩子……是我的亲弟弟。"

*

他们的母亲用力地甩上门，将刺骨的寒风关在门外。透过厨房昏黄的灯光，她看到格里穆尔和西蒙隔着桌子相对而坐。她看不太清格里穆尔的脸。自他上次被带走后，这是她第一次见他。一觉察到屋里他的存在，一看到灯光下他的脸，恐惧立马涌上心头。她整个秋天都在想着他快回来了，但她不知道他具体何时会出现。当她看到托马斯跑向她的时候，她一下子就明白过来发生了什么。

西蒙坐在那里，脊背僵直。他不敢动，只是微微转过头，看向门口，看到母亲正盯着他们。她放走了托马斯，他溜进了走廊，米凯利娜也在那里。母亲察觉到了西蒙眼里的恐惧。

格里穆尔坐在厨房的椅子上，没有要起身的意思。几分钟过去了，屋子里安静得只听得见风的呼啸声和母亲刚跑完山路后粗重的喘息声。在格里穆尔不在的那段时间，她对他的恐惧本已渐渐消退，然而此时，这种恐惧如火山爆发一般席卷而来，将她打回原形，仿佛他从未离开过一样。她的腿开始发软，胃里的绞痛越来越明显，神情间也失去了刚刚找回不久的尊严。她紧紧地蜷起身子，一副逆来顺受的样子，等着迎接最坏的事情。

站在厨房门口的母亲的变化，孩子们都看在眼里。

"我和西蒙在聊天。"格里穆尔开口说道。他把头向后伸了伸，好让自己脸上的烫伤疤痕暴露在灯光下。母亲看到了他脸上红得刺眼的伤疤，吓得不自觉地向后一缩。她张了张嘴，似乎想说些什么，不过也可能是想尖叫，但却一点儿声音也没发出来，整个人都愣住了。

"你不觉得我现在这样很好看吗？"他问道。

格里穆尔变了，但西蒙也说不上来是哪里变了。他好像变得更加自信，也更加自负了。一直以来，格里穆尔都是家里的暴君，这从他对待家人的态度上可以明显地看出来。但是现在，他身上多了些其他的感觉，多了些危险的气息，西蒙不知道他从桌边站起来之后会干出什么事来。

他走向她。

"西蒙跟我说起一个叫戴夫的美国士兵，还说他送过鱼给你。"

她没有说话。

"把我搞成这样的也是一个叫戴夫的士兵。"他指着自己脸上的伤疤说道，"我现在不能正常睁眼，就是因为他朝我泼了咖啡。刚煮出来的滚烫的咖啡，他要用布片包裹着才能端起来的咖啡，就那样全部泼到了我的脸上。我原本还以为他要给我们倒杯咖啡喝呢，他却把一整壶都泼到了我的脸上。"

母亲扭过头，看向地板，但身子没有动。

"我的手被铐在身后，然后他们就放他进来了。我觉得，他们都知道他想要干什么。"

他凶巴巴地走向走廊里的米凯利娜和托马斯。西蒙坐在桌旁，仿佛被钉在了椅子上。突然，他又转身对着母亲，向她走了过去。

"他们像是在奖励他一样。"他说，"知道为什么吗？"

"不知道。"她低声说道。

"不知道。"格里穆尔模仿着她的语气重复道，"光顾着跟他瞎搞了吧？"

他笑了。

"如果哪天看到湖里漂着他的尸体,我一点儿也不会觉得意外,因为他肯定是在湖边钓鲑鱼的时候掉进湖里淹死了。"

格里穆尔在她面前站定,粗鲁地按着她的肚子。

"你觉得他留下什么了吗?"他口气平静却带着一丝威胁,"在湖边野餐之后。你觉得呢?你觉得他留下什么了吗?我告诉你,如果他真留下了什么东西,我会杀了那东西。怎么杀呢,谁知道呢,可能烧了吧,就像他烫坏我的脸那样。"

"别这么说。"她说。

"那个混蛋怎么知道我们偷东西的?"格里穆尔看着她,问道,"你觉得谁会告诉他我们的事?你知道吗?可能是我们自己不够小心被他发现了,也可能他给某个人送鱼的时候看到了,然后问了问那个小娼妇,知不知道那些东西是从哪里得来的。"

格里穆尔越发用力地抓着她的肚子。

"看见穿制服的男的你就忍不住松开自己的裤腰带。"

在格里穆尔的身后,西蒙悄无声息地站了起来。

"来杯咖啡怎么样?"格里穆尔对母亲说道,"来一杯刚出锅的滚烫的咖啡当早餐怎么样?只要戴夫同意。你认为,他会同意吗?"

格里穆尔大笑了起来。

"没准儿他会来和我们一起喝一杯。你期待吗?你觉得他会来救你吗?"

"不要。"西蒙在格里穆尔身后说道。

格里穆尔松开母亲,转向西蒙。

"别这样。"西蒙说。

"西蒙！"母亲突然叫住他，"住口！"

"放过妈妈！"西蒙颤抖着说。

格里穆尔转过身，面对着母亲。米凯利娜和托马斯在走廊里看着这一切。他弯下身子，在母亲耳边嘀咕了几句。

"也许哪天你会像本杰明的女朋友一样消失不见。"

母亲看着格里穆尔，已经做好了挨打的准备，她知道，那是不可避免的。

"你都知道些什么？"她问。

"失踪的人，各式各样的都有，有家世显赫的人，也有像你这种贱货。你觉得，如果你失踪了，会有人找你吗？除非是你那个煤气厂的妈妈要找你。但你觉得她会吗？"

"放过她吧。"西蒙说。他依旧站在餐桌旁。

"西蒙？"格里穆尔说，"我以为你、托马斯和我是一条战线上的呢。"

"放过她吧。"西蒙说，"你不能再伤害她了。你必须住手，离开这里，再也别回来。"

格里穆尔走向他，盯着他，仿佛他面对的是个陌生人。

"我离开过了。我走了六个月，你们就这样'欢迎'我。老婆跟当兵的通奸，小西蒙想把爸爸赶出去。西蒙，你觉得你已经翅膀硬到可以和爸爸抗衡了吗？你觉得你已经强大到可以打倒我了吗？"

"西蒙！"母亲说，"没事的，把托马斯和米凯利娜带到居菲内斯去，然后在那里等我。听见没，西蒙？照我说的做。"

格里穆尔咧着嘴冲西蒙笑了笑。

"这女人导演了这一切。她以为她是什么东西？这么短的时间里，大家都换了副嘴脸，真是可笑。"

格里穆尔沿着走廊看向那边的房间。

"那个怪物呢？那个瘸子也要来插一嘴吗？嗒，嗒，嗒，嗒，那个死瘸子，我早该勒死她了！你们就这么感谢我？就这样吗？"他对着走廊大吼道。

米凯利娜赶紧从门口躲到走廊深处。托马斯依旧站在原地看着格里穆尔。格里穆尔朝他笑了笑。

"不过，托马斯是我的朋友。"格里穆尔说，"托马斯永远不会背叛他父亲。儿子，过来，到爸爸这里来。"

托马斯走近他。

"妈妈刚刚打了个电话。"他说。

"托马斯！"母亲大叫道。

25

"我不觉得托马斯真的站在他那边。我觉得他以为自己是在帮母亲，他可能只是想吓吓格里穆尔。不过最有可能的是，他不知道自己在做什么。他还那么小，可怜的孩子。"

米凯利娜看着埃伦迪尔。他和埃琳博格正坐在她的客厅里，听她讲述她母亲和格里穆尔之间的故事：他们的相遇，他第一次打她，暴力的升级，她的两次逃跑，以及他的威胁。她还跟他们讲述了一家人在山上的生活，士兵、补给站、盗窃事件……然后，她讲起了那个叫戴夫的士兵。戴夫常去湖边钓鱼，继父坐牢的那个夏天，他们的母亲和那个士兵相爱了。戴夫会带他们去野炊，她的弟弟们会把她抱出去晒太阳。最后，她讲述了继父回来的那个寒冷的秋天的早晨发生的事。

米凯利娜把所有的故事都讲了一遍，生怕落下什么有用的细节。埃伦迪尔和埃琳博格坐在那里仔细地听着，喝着米凯利娜给他们煮的咖啡，吃着她亲手做的蛋糕——知道埃伦迪尔要来，她特地准备的。她热情地和埃琳博格打了招呼，还问她是不是有很多女侦探。

"几乎没有。"埃琳博格笑了笑。

"太不应该了。"米凯利娜说着，让她坐了下来。"女性在任何地方都可以冲在最前面。"她继续说道。

埃琳博格看了一眼埃伦迪尔，他勉强挤出了一丝笑容。下午她去办公室接的埃伦迪尔，从医院回来的埃伦迪尔看起来很消沉。她猜想可能是埃娃·琳德的情况恶化了，便问了一下，不过他说情况稳定。她又问了一下他现在心情好些了没，有没有自己能帮得上忙的地方，他摇了摇头，告诉她现在什么都做不了，只能耐心地等着。她觉得，等待已经成了他沉重的负担，但她不敢轻易提起这个话题。多年的经验告诉她，埃伦迪尔并不喜欢跟别人谈论自己的事情。

米凯利娜住在布雷德霍特的一处小公寓群的一楼。她的屋子很小，但很舒适。趁她在厨房泡咖啡的时候，埃伦迪尔在客厅里转悠了一圈，看到了一些她家人的照片。照片不是很多，而且没有一张是在山上住的时候拍的。

米凯利娜一边在厨房里忙活，一边跟他们讲着自己的经历，而埃伦迪尔和埃琳博格就坐在客厅听她讲。她上学晚，快二十岁了才入学，但她进步很快。也是在那个时候，她第一次接受了治疗。埃伦迪尔觉得她把自己的故事讲得过于简略，不过他只是在心里想想，嘴上并没有这么说。米凯利娜通过上课外补习班完成了高中的学业，并顺利进入大学，完成了心理学专业的学习。毕业时，她已经四十多岁了。现在，她已经退休了。

上大学之前，她收养了一个男孩，她给他取名"西蒙"。至于为什么不组建自己的家庭，她有些嘲讽地笑道，那对她来说太难了。

春天和夏天的时候，她常常会去山上看看那些红醋栗灌木丛，到了秋天，她会摘一些浆果做成果酱。去年秋天做的果酱还剩下一点儿，她拿出来给他们尝了尝。作为烹饪高手的埃琳博格，对她的果酱啧啧称赞。米凯利娜让她把剩下的带走，还很遗憾地说剩下的太少。

　　接着，她告诉他们，这几十年来，她见证了这座城市的发展，从布雷德霍特发展到了格拉法沃厄尔，又迅猛地扩张到莫斯菲尔斯贝尔，最后一直延伸到格拉法尔霍特山——那个给她留下了无数痛苦回忆的地方。

　　"对我来说，那地方的生活简直就是噩梦。"她说，"除了那个短暂的夏天。"

　　"你是一出生就是残疾吗？"埃琳博格问道。她想尽量问得委婉点，但没想到更合适的方式。

　　"不是。"米凯利娜说，"我三岁的时候生了场重病，然后去了医院。我母亲说，那时候，医院不允许父母在病房里陪护孩子。她无法理解医院为什么会定出那么残酷冷血的规定，为什么不允许她陪伴自己快要病死的孩子。几年后，母亲意识到我可以通过治疗恢复健康，但继父不让她照顾我，不准她送我去医院，也不允许她去找治疗的办法。我还依稀记得生病之前的事情，不过我不知道那段往事究竟是真实发生过的事情还是只是一个梦。印象里，阳光明媚，我在一栋房子的花园里——可能是我母亲之前做女佣那家人的院子，我在那尽情地奔跑着，欢呼着，我母亲在后面追着我。其他的就记不得了。我只知道，那时的我可以随心所欲地跑来跑去。"

　　米凯利娜笑了笑。

"我经常会做那种梦。梦里的我身体非常健康，想去哪就去哪，说话的时候头不会摇摆，我还能控制自己的面部肌肉，不会让它们把我的五官到处乱扯。"

埃伦迪尔放下杯子。

"你昨天告诉我，你给你儿子取的名字和你同母异父的弟弟的名字一样，都叫西蒙。"

"西蒙是个好孩子，他身上完全没有他父亲的影子——至少我看不出来。他像母亲，善良懂事，乐于助人。他有着无限的同情心，但他恨他的父亲。他本不该嫉恨任何人的，他应该无忧无虑地活着。仇恨只会伤害他。他跟我们一样，童年里充满了恐惧。他父亲一发脾气，他就会被吓得直发抖。他看着父亲把母亲打得遍体鳞伤。通常这种情况下，我都会躲到被子里。但我发现，西蒙有时会站在那一直看着，好像在给自己打气，好等他长到足以和他父亲抗衡、足以惩罚他的时候再来解决这一切。"

"有时候他还会站出来干涉。他会挡在母亲前面，跟他对抗。每当这时，母亲会更害怕，比挨打还害怕。她无法忍受自己的孩子出任何事。"

"西蒙真的是个善良得让人吃惊的孩子。"

"你说起他的时候感觉他还是个孩子。"埃琳博格说，"他死了吗？"

米凯利娜笑了笑，没有作声。

"托马斯怎么样呢？"埃伦迪尔说，"一共有三个孩子。"

"是的。托马斯，"米凯利娜说，"他和西蒙截然不同。他的父亲也看出来了。"

米凯利娜沉默了。

"你母亲是在哪打的电话呢？"埃伦迪尔问道，"是在她回山上之前吗？"

米凯利娜还是没有回答他。她站起身来，走进了卧室。埃琳博格和埃伦迪尔对望了一眼。不一会儿，米凯利娜从房间里走出来，手里拿着一张纸条。她打开纸条，看了看，然后递给了埃伦迪尔。

"这是我母亲给我的。"她说，"我记得很清楚，这是戴夫在桌子旁递给她的，但我们一直不知道上面写了些什么。很多年后，我母亲才给我看的。"

埃伦迪尔看了看纸条。

"戴夫找了个冰岛人或者会说冰岛语的士兵，让他帮忙写了这张纸条。母亲一直珍藏着，当然，我死的时候会把它带到坟墓里去。"

埃伦迪尔看着纸条。尽管写的都是大写字母，但是每个词都写得很清楚。

我知道他都对你做了些什么。

"我母亲和戴夫讨论过，他让我母亲在我继父出狱之后立刻联系他，他会赶来帮助她。不过，我不知道具体的安排和计划。"

"居菲内斯难道没人能帮她吗？"埃琳博格问道，"在那儿打工的人很多啊。"

米凯利娜看着她。

"我母亲被他虐待了十五年。他毒打她，害她经常连着几天都下不了床。除了身体上的暴力，还有心理上的，这可能比身体上的创伤更严重，就像昨天我跟埃伦迪尔说过的那样，心理上的折磨让我母亲觉得自己一文不值。她开始像她丈夫那样鄙视自己，甚至想过自杀，但当她想到我们——她的孩子们，她又放弃了这个念头。戴夫和她在一起的六个月给了她一些补偿，他是唯一一个能够帮助她的人。她从来没对任何人说过她这些年的遭遇，我想她应该是已经做好了再次挨打的准备。最坏不过他再打她一顿，然后一切就会恢复正常。"

米凯利娜看着埃伦迪尔。

"戴夫从未回来过。"

她又看了看埃琳博格。

"什么也没恢复正常。"

*

"她打了电话，是吗？"

格里穆尔把胳膊搭在托马斯身上。

"她给谁打电话了，托马斯？我们之间不应该有秘密。你妈妈以为她可以有小秘密，但这是个天大的错误。保守秘密是件非常危险的事。"

"不要利用孩子。"孩子们的母亲说。

"她现在居然敢对我指手画脚了。"格里穆尔揉了揉托马斯的肩膀，说道，"变化不小啊。管她呢，你继续说，托马斯。"

西蒙站在母亲的旁边。米凯利娜朝他们挪去。托马斯哭了起来，两胯中间的裤子慢慢地湿润了。

"有人要回答吗？"格里穆尔问道。他变得严肃起来，说话的语气也没了刚才的嘲讽意味。他们盯着他脸上的伤疤。

"没人回答。"母亲说。

"没有戴夫赶过来帮你们吗？"

"没有戴夫这个人。"母亲回答道。

"忘了谁跟我说的，"格里穆尔说，"他们今早送走了一船的士兵。很显然，欧洲战场需要他们。他们本来就不该一直舒舒服服地待在冰岛，整天无所事事，净跑来泡我们的老婆。也可能他们抓住了他。情节比我想象的还要严重，没准儿要掉脑袋。那可比我的脑袋重要多了，那可是军官们的脑袋。他们对此一定很不满。"

他一把推开托马斯。

"他们对此非常不满。"

西蒙紧紧地靠在母亲身旁。

"有一件事我一直无法理解。"格里穆尔说。此时，他已经站到了母亲跟前，孩子们都能闻到他身上的酸臭味了。"我完全不能理解。你趁我不在的时候跟第一个看得上你的家伙上床，这我倒是能理解，你本来就是个婊子。但是，那男的到底是怎么想的呢？"

他几乎要碰到她了。

"他看上你哪一点了呢？"

他用双手紧紧地抓着她的头。

"你这个不要脸的荡妇！"

*

"我们以为，这一次他一定会打她，甚至要了她的命。我们已经准备好了。我吓得直发抖，西蒙也好不到哪儿去。我甚至还想着能不能跑到厨房拿把刀子出来。但最后什么也没发生。他们互相对视着，他没有上前打她，而是后退了一步。"

米凯利娜停了下来。

"我从未如此害怕过，西蒙也是。从那之后，他和我们之间的距离越来越远了。可怜的西蒙。"

她低着头看着地板。

"戴夫突然闯进我们的生活，又突然地离开了。"她说，"母亲再也没有听到关于他的任何消息。"

"他姓韦尔奇。"埃伦迪尔说，"我们正在调查他后来发生了什么事。你继父的名字呢？"

"他叫索格里穆尔。"米凯利娜说，"我们一般都叫他格里穆尔。"

"索格里穆尔。"埃伦迪尔重复了一遍。他记得补给站冰岛籍工作人员名单中有这个名字。

大衣口袋里，埃伦迪尔的手机响了起来，是西于聚尔·奥利打来的，他正在挖掘现场。

"你到这里来一趟。"西于聚尔·奥利说。

"这里？"埃伦迪尔说，"'这里'是哪里？"

"当然是山上。"西于聚尔·奥利说，"他们挖到骨头了，我想我们已经知道埋在这里的是谁了。"

"是谁？"

"本杰明的未婚妻。"

"为什么？有什么证据？"埃伦迪尔站了起来，走进厨房。

"你自己过来看。"西于聚尔·奥利说，"不可能是其他人。你过来看一下就知道了。"

然后，他挂断了电话。

26

十五分钟之后，埃伦迪尔和埃琳博格抵达了格拉法尔霍特。他们匆匆地向米凯利娜道了别，米凯利娜望着他们离去的背影，一脸疑惑。埃伦迪尔并没有告诉米凯利娜西于聚尔·奥利在电话里提到的本杰明的未婚妻，他只是跟她说，尸骨已经挖出来了，所以他必须上山。他向米凯利娜道了歉，表示以后有时间的话再接着聊。

"需要我和你们一起去吗？"米凯利娜站在走廊里喊道，"我……"

"现在还不是时候。"埃伦迪尔打断了她，"我们之后再详谈吧，现在情况有变。"

西于聚尔·奥利一直在山上等着他们，他把他们带到了斯卡费丁那儿。此时，斯卡费丁就站在墓地旁边。

"埃伦迪尔，"考古学家跟他打了个招呼，"我们挖到了，最后也没花多长时间啊。"

"你们有什么发现？"埃伦迪尔问道。

"这是具女性尸骨。"西于聚尔·奥利肯定地答道。

"你怎么知道？"埃琳博格问道，"你什么时候成了医生，还懂这些？"

"用不着成医生。"西于聚尔·奥利回答道，"这很明显。"

"坟墓里有两具尸骨。"斯卡费丁讲道，"一具是成人尸骨，很可能是名女性；另一具是婴儿的，很小，应该还未出生，它就躺在另一具尸骨里。"

埃伦迪尔震惊地望着斯卡费丁。

"两具尸骨？"

他瞥了一眼斯卡费丁，向前走了两步，凝视着坟墓，立刻明白了斯卡费丁的意思。眼前，那具大的尸骨基本已经全部挖出来了，一只手指向空中，嘴巴张着，里面满是泥沙，肋骨断了，空荡荡的眼窝里也填满了泥沙，几绺头发耷拉在额前，脸上的皮肤还没有完全腐烂。

小尸骨在大尸骨的上方，以胎儿特有的姿势蜷缩着。考古学家已经小心翼翼地拂去了小尸骨上面的泥沙，它的手臂和大腿只有铅笔那么长，头只有网球那么大。它头朝下，蜷缩在大尸骨的胸腔内。

"还可能是别人吗？"西于聚尔·奥利问道，"难道不是本杰明的未婚妻吗？她也怀孕了。对了，她叫什么来着？"

"索尔维格。"埃琳博格答道，"她已经怀孕到这个阶段了？"她盯着那具尸骨，像是在自言自语。

"这个阶段，该叫婴儿还是胎儿呢？"埃伦迪尔问。

"不知道。"西于聚尔·奥利说。

"我也不清楚。"埃伦迪尔说，"我们需要专家来帮忙。我们能把尸骨就像现在这样运到巴隆斯提格的停尸房吗？"他问斯卡费丁。

"什么叫'就像现在这样'？"

"一个躺在另一个的身体里。"

"我们还要继续挖掘那具大的尸骨。我们可以用小铲子和小刷子再清除一些泥沙，然后从下面小心翼翼地把整个尸骨举起来，应该就没问题了。你不打算叫病理学家来这里看看？"

"不，我希望能把尸骨运进室内。"埃伦迪尔说，"我们要在最理想的条件下仔仔细细地检查。"

晚餐时分，尸骨被原封不动地搬离了墓地。埃伦迪尔、西于聚尔·奥利和埃琳博格看着他们举起了这些尸骨。考古学家们的敬业精神让埃伦迪尔感到庆幸，庆幸自己请了这些专家。斯卡费丁在挖掘工作中效率极高，在指挥的过程中也保持着这种高效状态。他告诉埃伦迪尔，他们已经喜欢上了这具尸骨，为了纪念埃伦迪尔的发现，他们将其称作"千禧人"，他们肯定会想它们的。不过，他们的工作还未结束。在挖掘过程中，斯卡费丁对犯罪学产生了兴趣，他打算同团队一起继续研究，看能不能找出发生在多年前的这起案件的蛛丝马迹。他用照片和录像带记录了挖掘工作的每一个阶段，他说有了这些可以到大学做个有趣的讲座了——特别是等埃伦迪尔他们查出尸骨被埋的原因之后。他咧嘴笑着，露出了他的大尖牙。

尸骨被转移到了巴隆斯提格的停尸房。那天下午，病理学家打电话告诉埃伦迪尔，他和家人还在西班牙度假，一周内都回不来。

埃伦迪尔心想，病理学家一定是一边享受着阳光浴，一边吃着烤肉呢。尸骨被挖掘出来之后立马被装上警车，卫生官员全程监督，确保尸骨储存在停尸房中合适的位置。

在埃伦迪尔的一再坚持下，两具尸骨没有被分开，而是一起运走的。为了尽量原封不动地保持两具尸骨出土时的相对位置，考古学家在尸骨间留了大量泥土。所以，当埃伦迪尔和卫生官员一起站在解剖室明亮的荧光灯下时，桌子上隆起了一座高高的小山包。卫生官员拉开了包裹着尸骨的大白毛毯，和埃伦迪尔一起凝视着桌上的两具尸骨。

"现在最重要的应该就是确定这些尸骨的年代。"埃伦迪尔看着卫生官员说道。

"是的，得确定年代。"卫生官员若有所思地回答道，"要知道，除了盆骨，男性尸骨和女性尸骨的区别甚微。现在，我们无法看清盆骨，小尸骨那么小，两具尸骨间的泥土还那么多。大尸骨的二百零六块骨头似乎是完整的，只是肋骨断了，应该是个高高大大的女人。这是我的第一印象，但我倒是希望事实跟我的第一印象没什么关系。你赶时间吗？就不能再等一周吗？我对解剖尸体、确定尸骨年代并不在行，很有可能漏掉一些细节，而专业的病理学家一定会注意到这些细节。如果你想得到一个确凿无误的结果，那你最好再等等。"他又重复问道："就这么急吗？不能等等吗？"

埃伦迪尔注意到卫生官员额头上的汗珠，想起有人说过，卫生官员总是不想惹麻烦，总是想推脱责任。

"无所谓。"埃伦迪尔说，"不着急。我倒没觉得不能等。除非挖掘过程中发现了些我们不知道的情况，比如说某个悲剧故事。"

"你的意思是说，挖掘人员可能知道曾经发生过什么以及到底是什么导致了整个事件？"

"谁知道呢。"埃伦迪尔说，"我们还是得等病理学家回来。这也不是什么生死攸关的事，你就看看能帮我们做点儿什么吧，挑你方便的时间就好。也许，你可以在不破坏证据的前提下，帮我们移开小尸骨。"

卫生官员点了点头，似乎还不确定自己下一步该做什么。

"我尽力而为吧。"他说。

埃伦迪尔决定立刻和本杰明·克努森的外甥女联系，他等不到第二天早上了。当晚，他就和西于聚尔·奥利一起去拜访了她。艾尔莎打开门，请他们进了屋。他们都坐了下来，艾尔莎急切地看着埃伦迪尔。她看起来比之前见面时更疲惫，这让埃伦迪尔有些担心，他不知道艾尔莎对挖出两具尸骨这件事会有什么样的反应。他暗想，过了这么多年，旧事被重提，而且得知舅舅被卷入了一起谋杀案件，对她来说，这一定是个不小的打击。

他告诉她，考古学家在山上挖出的尸骨很可能就是本杰明未婚妻的尸骨。埃伦迪尔讲这件事时，艾尔莎一直打量着这两位侦探，难掩怀疑的神色。

"我不信。"她喊道，"你是说，我舅舅谋杀了自己的未婚妻？"

"有这种可能……"

"还把尸体埋在山上的那栋小屋旁？我不信。我不明白你们为什么会这么觉得。肯定还有其他的解释，肯定还有。我可以保证，我舅舅绝不是杀人犯。你们已经获准出入这栋房子，还如愿以偿地搜查了地下室，但你们现在有点儿过分了。如果我，如果我们家真的要掩盖什么事情，你觉得我还会让你们搜查地下室吗？不会的。你们真的有些过分了。你们该走了。"她站起来说道，"马上！"

"我们不是说你也牵连其中。"西于聚尔·奥利说道。他和埃伦迪尔稳坐不动。"我们不是在说你知道些什么却对我们隐瞒了。"

"你到底想暗示些什么？"艾尔莎说，"什么叫'我知道些什么'？你在指控我是共犯吗？你是不是打算逮捕我？是不是还想让我坐牢？这就是你做事的方式？"她死死地盯着埃伦迪尔。

"你先冷静一下。"埃伦迪尔说，"我们发现了一具胎儿尸骨和一具成人尸骨。而与此同时，我们了解到本杰明的未婚妻也怀了孕，自然而然就先想到了她。你难道不这么认为吗？我们不是在暗示什么，我们只想把案子破了。一直以来，你都很配合这次调查，我们非常感激。要知道，不是每个人都愿意这么配合的。不过，我们挖出这些尸骨后，所有证据都指向你的舅舅本杰明，这是事实。"

艾尔莎怒视着埃伦迪尔，好像他擅自闯入了她的房子。随后，她渐渐平静下来，看了看西于聚尔·奥利，又看了看埃伦迪尔，然后坐了下来。

"这其中一定有误会。"她说，"如果你像我一样了解本杰明的为人，你肯定也会这么认为。他连只苍蝇都不忍心伤害，更何况是个活人！"

"本杰明发现自己的未婚妻怀孕了。"西于聚尔·奥利说，"他们本打算结婚的，显然，他爱她爱得疯狂。他的未来、他即将组建的家庭、他的事业，还有他的社会地位，所有的规划都把她包含在里面。他崩溃了。或许，他做了过火的事情，未婚妻的身体再也没有恢复。大家都以为她跳海自杀了，总之，她失踪了。也许，我们找到她了。"

"你曾跟西于聚尔·奥利说过，本杰明并不知道是谁让他的未婚妻怀孕了。"埃伦迪尔小心翼翼地问道。他心想，自己是不是太心急了，于是暗自骂着那个在西班牙度假的病理学家。也许，他们应该晚点儿再来拜访艾尔莎，应该等一切确定之后再来才好。

"没错，"艾尔莎说，"他不知道。"

"我们听说，事后，也就是索尔维格失踪之后，索尔维格的母亲去看望过本杰明，并告诉了他索尔维格怀孕的前因后果。"

艾尔莎一脸惊讶。

"我不知道。"她说，"什么时候的事？"

"是后来的事。"埃伦迪尔说，"具体时间我也不清楚。索尔维格对孩子的生父只字未提，不知道为什么，她一直保持沉默，一直没告诉本杰明到底发生了什么。后来，她解除了婚约，但还是不肯说出孩子的生父是谁，也许是想保护自己的家庭，也许是想维护父亲的名声。"

"你说什么？维护父亲的名声？"

"索尔维格去弗约特拜访时，被她父亲的侄子强暴了。"

艾尔莎一脸震惊，瘫坐在凳子上，下意识地用双手捂住了嘴巴。

"简直不敢相信！"她感叹道。

此时，这座城市的另一头，埃琳博格告诉巴拉他们在坟墓里发现了什么，还告诉她尸骨很可能是她的姐姐索尔维格，而且很可能是本杰明把她埋在那儿的。埃琳博格强调说警局的调查工作还在继续，只是本杰明是索尔维格生前最后见的人，而且山上那具尸骨里还有具胎儿的尸骨。对尸骨的进一步分析还需再等些时日。

巴拉听着埃琳博格的讲述，眼睛都没眨一下。像往常一样，巴拉独自一人待在这栋堆满财富的大房子里，反应冷淡。

"父亲想让她去堕胎。"她说，"可母亲想带她去乡下，把孩子生下来再送走，回来就当什么也没发生过，然后再嫁给本杰明。父母讨论了很久，之后找来索尔维格一起商量。"

巴拉站起身来说道。

"这些也是母亲后来才告诉我的。"

她走到华丽的栎木壁橱旁，打开抽屉，拿出一块白色手绢，擦了擦鼻子。

"父亲和母亲只给了她两种选择，根本没有第三种选择——生下孩子，让孩子成为家庭的一员。索尔维格试图说服他们，但他们连听都不想听，一口拒绝了。要么堕胎要么送走，没有别的选择。"

"那索尔维格最终的抉择是？"

"我不知道。"巴拉说，"这个可怜的姑娘，我不知道。她什么都不想要，只想要留住孩子。可她自己也还是个孩子，只是个孩子。"

埃伦迪尔看着艾尔莎。

"本杰明会不会觉得未婚妻背叛了自己？"他问，"如果索尔维格始终不肯说出孩子的父亲是谁。"

"没人知道他俩最后一次见面究竟发生了什么。"艾尔莎说，

"本杰明只跟母亲讲了个大概,我们不能保证他没有漏掉哪些重要的细节。她真的被强暴了吗?天哪!"

艾尔莎看了看埃伦迪尔,又回过身看了看西于聚尔·奥利。

"本杰明很可能以为她背叛了他。"她低声嘀咕道。

"不好意思,你刚刚说什么?"埃伦迪尔问。

"本杰明很可能觉得她背叛了自己。"艾尔莎重复道,"但这并不意味着他会杀了她,还把她的尸体埋在山上。"

"因为她一直什么都不肯说。"埃伦迪尔说。

"没错,因为她一直保持沉默。"艾尔莎回答道,"一直不肯说出谁是孩子的父亲。本杰明不知道她被强暴了,我觉得这一点可以确定。"

"他会不会有帮凶?"埃伦迪尔问,"也许,他托别人干的?"

"这我就不知道了。"

"他把格拉法尔霍特山上的房子租给了一个虐待老婆的小偷。虽然这并不能说明什么,但也是事实。"

"我不知道你在说什么。虐待老婆的人?"

"好了,就到这儿吧。也许,我们现在下结论还为时过早,艾尔莎。我们还是等病理学家的报告出来了再说吧。如果打扰到你了,还请见谅……"

"这倒没有,不管怎么说,谢谢你们通知我,我很感激。"

"我们会随时通知你案件的进展。"西于聚尔·奥利说。

"你们还有一缕头发,"艾尔莎说,"可以鉴别身份。"

真是漫长的一天,埃琳博格站起身,现在,她只想回家。她谢过了巴拉，还为自己深夜登门打扰表示了歉意。巴拉让她不要在意，把她送至门口，就关上了门。没过多久，门铃响了，巴拉又打开房门。

"她高吗？"埃琳博格问。

"谁？"巴拉反问。

"你姐姐。"埃琳博格说，"她很高吗？是中等身高，还是有些矮小？她什么体型？"

"不，她不高。"巴拉微微笑了笑，"她一点儿也不高，她很矮小，娇小玲珑。母亲以前常常喊她小不点儿。她和本杰明手牵手走路的样子特别好玩，因为本杰明特别高，高出她好多。"

临近午夜，卫生官员给埃伦迪尔打来了电话，埃伦迪尔正在医院陪女儿。

"我在停尸房。"卫生官员说，"我把两具尸骨分开了，希望我没把什么弄坏，毕竟我也不是专业的病理学家。桌子上、地上到处都是泥，乱糟糟的。"

"然后呢？"埃伦迪尔问道。

"哦，不好意思。从尸骨判断，这胎儿至少有七个月大了。"

"嗯。"埃伦迪尔有点儿不耐烦了。

"没什么古怪的地方，除了……"

"除了什么？"

"胎儿很可能是出生后才死的，也可能是死胎，这很难确定。不过，胎儿下面的尸骨并不是胎儿的母亲。"

"等等……你的依据呢？"

"不管怎么看，胎儿下面埋的都不可能是胎儿的母亲，也不可能是一位孕妇。"

"你说什么？不是胎儿的母亲？那会是谁？"

"确定无疑。"卫生官员说，"从盆骨就可以看出来。"

"盆骨？"

"大的尸骨是名男性的。埋在孩子下面的是个男的。"

27

山上的冬日总是漫长难熬。

孩子们的母亲仍旧在居菲内斯工作，男孩们仍旧每天一早搭校车上学。格里穆尔之前干的那些勾当被揭发以后，军队不愿再用他了，他只能重新开始干他运煤的差事。后来，补给站关了，兵营搬到了哈罗加兰德，只剩下围墙、岗哨和军营前用混凝土铺成的院子。大炮也被从碉堡里移走了，战争似乎已经接近尾声。据说，德国军队正从苏联撤兵；而在西方前线，一场重要的反击战也即将爆发。

这个冬天，格里穆尔几乎无视孩子们的母亲。除了谩骂，再不愿跟她多说一句话。他们不再同床共枕，格里穆尔让托马斯和他一起睡，而母亲则睡在西蒙的房间。除了托马斯，大家都注意到了母亲渐渐隆起、突出的小腹，那既是那个夏天甜蜜而苦涩的回忆，又时刻提醒着他们，一旦格里穆尔兑现他的威胁，后果将不堪设想。

母亲尽力掩饰着自己的状况，可格里穆尔还是经常威胁她。他说他不会让她生下这个孩子，说这孩子一出生，他就会掐死他，还说这孩子生下来也是个白痴，就跟米凯利娜一个样，最好趁早把它解决了。"他妈的美国佬。"他经常这么骂道。不过，这个冬天，他却一反常态，没有再殴打她，虐待她。他表现得很低调，像只潜伏在她身边的野兽，随时准备伸出恶爪。

她试着跟他提出离婚，但常常落得一声声嘲讽。她从不跟农场的人提起自身的遭遇，自己怀孕这件事她也一直瞒着大家。也许到最后，她心想，格里穆尔不过是吓吓她而已，他不会真的做出那种事来，也许，他会像个父亲一样，好好地对孩子。

最后，她采取了最消极的态度，她决定不报复格里穆尔。尽管她有充足的理由这样做，但为了保护自己、保护孩子，她决定继续忍耐。

在那个寒冷的冬天，米凯利娜强烈地感觉到了母亲和格里穆尔之间与日俱增的紧张气氛，她还注意到了西蒙的变化，这也让她担心不已。西蒙一直都很爱母亲，而现在，他一放学就陪在母亲身边，寸步不离。就在那个刺骨的寒秋，那个冰冷的清晨，格里穆尔从监狱回来了。自此，西蒙越发不安，他总是尽可能地避开父亲，始终替母亲焦虑担忧。米凯利娜偶尔会听到他自言自语，看上去像是在跟房间里一个她看不见的人——一个臆想中的人——聊天一样。有时候，她还听到他大声说自己必须做些什么来保护母亲、保护戴夫的孩子。可一个弱小的他又怎么对抗得了格里穆尔，又怎么保护得了孩子呢！也没人帮得了他！他的朋友戴夫再也不会回来了。

格里穆尔屡屡威胁，西蒙都看在眼里，记在心里。西蒙坚信格里穆尔绝不会让孩子活下来，他坚信格里穆尔会把那婴儿扔进山里，他们再也别想见到那孩子。

　　托马斯还是像往常一样寡言少语，但米凯利娜还是渐渐察觉到了他的变化。格里穆尔不许母亲睡在那张双人床上，害得母亲只能睡在托马斯那张小床上，她在那里根本睡不舒服。而托马斯却被允许整晚待在格里穆尔的房间里。米凯利娜不知道格里穆尔到底跟托马斯说了些什么，忽然之间，托马斯对自己的态度大变。托马斯开始疏远她、疏远西蒙——尽管两兄弟曾经那么亲密无间。母亲曾试着跟托马斯谈心，但他却总是刻意回避她，露出愤怒而又无助的表情。

　　"西蒙现在有点儿古怪。"有一次，米凯利娜听到格里穆尔这样对托马斯说，"他变得跟你母亲一样古怪，你可得防着他点儿，不然你也会变成他那样。"

　　还有一次，米凯利娜听到母亲在和格里穆尔讨论肚子里的孩子。据她所知，那是唯一一次格里穆尔允许母亲说出自己的想法。母亲的肚子越来越大，因此，他不许她再去农场工作了。

　　"你去把工作辞了，就说你要照料家里。"米凯利娜听他这样命令道。

　　"但你可以说那是你的孩子啊。"母亲说。

　　格里穆尔却只是嘲笑她。

　　"你可以的。"

　　"给我闭嘴！"

　　此时，米凯利娜发现西蒙也在偷听。

"你可以说那是你的孩子，那没什么难的。"母亲尽量温柔地劝说他。

"想都别想！"格里穆尔喊道。

"没人会知道，他们也不会发现。"

"太晚了。你在荒郊野外跟那该死的美国佬做那档子事的时候，就该想到今天的后果。"

"或者我把孩子送给别人养。"她小心翼翼地说，"反正我也不是第一个做这事儿的人。"

"你当然不是。"格里穆尔说，"这该死的城市里有一半的女人都跟他们搞过，不过你也别觉得这样自己就有理了。"

"你不必见那孩子。我保证，他一出生我就把他送走，你永远都不会见到他。"

"谁都知道我老婆跟那该死的美国佬有一腿儿！"格里穆尔大声嚷道，"谁都知道那档子事儿！"

"没人知道。"她可怜巴巴地说，"真的没人知道，这儿没人认识我和戴夫。"

"那你觉得我是怎么知道的呢？嗯？难道是你跟我讲的？你真以为这档子事儿没传出去？"

"就算这样，可也没人知道他就是孩子的爸爸呀，没人知道。"

"别他妈的废话！"格里穆尔大吼，"再废话我就……"

他们都在等着，等着看漫漫的寒冬究竟会带来什么，究竟那不可避免的可怕结果会是什么。

一切开始于格里穆尔的病。他慢慢病倒了。

米凯利娜凝视着埃伦迪尔。

"那个冬天，母亲开始给他下毒。"

"下毒？"埃伦迪尔惊呼。

"她自己都不知道自己在做什么。"

"她怎么下的毒？"

"你还记得雷克雅未克的那个杜克斯科特案吗？"

"一个年轻女人用老鼠药毒死了自己的兄弟？记得，是上个世纪初的事了。"

"母亲并没有打算毒死他，她只是想让他病倒而已。这样她就能把孩子生下来，然后趁他还没发现，偷偷带走孩子。杜克斯科特的那个女人给她兄弟吃老鼠药，她在他吃的奶酪里放了大量的药，多到她兄弟自己都看到了，只是不知道是什么东西。他还跟别人谈起过这件事，因为他是几天之后才死的。为了冲淡老鼠药的味道，那女人还给他灌了些杜松子酒。调查人员在他体内发现了磷，那是一种慢性毒药。我母亲知道这起著名的雷克雅未克谋杀案，所以，她在居菲内斯农场里偷了一些老鼠药，回家之后把药加进他的食物里。她每次都只放一点点，所以他根本尝不出来，也没有起疑心。她没把老鼠药藏在家里，而是每次只带回需要的分量。但她从农场辞职的时候，弄回来一大包老鼠药藏在家里。她不知道那些药会产生什么样的影响，也不知道那么小的剂量到底会不会起作用。但过了一段时间，老鼠药似乎开始见效了。他的身体越来越虚弱，不是累就是病，还时常呕吐。到后来，他没法再出去工作，只能躺在床上受罪了。"

"他从来没有怀疑过吗？"埃伦迪尔问道。

"等他反应过来，已经晚了。"米凯利娜叹道，"他不相信医生，当然了，她也不会怂恿他去体检。"

"那他说的有人会处置戴夫那事呢？他后来有再提过吗？"

"没有，没再提过。"米凯利娜说，"他就是虚张声势，偶尔说点儿狠话吓吓她。因为他知道，她爱戴夫。"

埃伦迪尔和埃琳博格都在米凯利娜的客厅里静静地听她讲故事。他们已经告诉她，格拉法尔霍特山上的那个坟墓里，婴儿的尸骨下面其实是一具男性尸骨。米凯利娜只是轻轻地摇了摇头。要不是他们什么也不说就着急忙慌地走了，她早就可以告诉他们这一点了。

米凯利娜想知道那具婴儿尸骨的情况，但当埃伦迪尔问她要不要去看看时，她却说不用了。

"我只是想知道你们什么时候就不再需要那具尸骨了。"她说，"她也该躺在神圣的墓地里安息了。"

"她？"埃琳博格问道。

"是的，她。"米凯利娜回答道。

西于聚尔·奥利告诉埃尔莎，地区卫生官员又有了新发现，坟墓下的那具尸骨并不是她舅舅的未婚妻。埃琳博格也赶紧打电话给索尔维格的妹妹巴拉，把这个消息告诉了她。

埃伦迪尔和埃琳博格正准备动身去看米凯利娜，接到了爱德的电话。他说他还是没能打听到戴夫·韦尔奇的任何消息，不知道他是不是被调离了冰岛，如果是的话，也查不到他调离的时间。但爱德表示，他还是会继续查下去的。

当天上午早些时候，埃伦迪尔去重症监护室看望了他的女儿。那孩子还是老样子，埃伦迪尔在她旁边坐了好一会儿，继续讲着他自己的故事。十岁那年，他的亲弟弟被冻死在埃斯基菲约泽的沼泽地里。暴风雪袭来时，他们正在和父亲一起赶羊群。暴风雪中，他们什么也看不见，兄弟俩先是看不到父亲，然后连对方也看不到了。父亲费了好大劲儿才把羊群赶回农场。然后搜救队就开始到处搜寻他们。

"他们能找到我完全是凭运气。"埃伦迪尔说，"不知道为什么，我下意识地在雪堆里为自己挖了一个避难的地方。他们用棍子在雪地里乱戳，偶然间碰到了我的手臂，那时候，我已经奄奄一息了。后来我们就搬走了，因为一想到弟弟死在那沼泽地里，就没法再在那里继续生活下去。我们想在雷克雅未克开始新的生活……不过失败了。"

这时，一位医生刚好进来查房。医生和埃伦迪尔寒暄了几句，然后简单地介绍了一下埃娃·琳德目前的病情。还是老样子，医生说，没有要康复或是要恢复意识的迹象。两人都沉默了。然后，医生跟埃伦迪尔道了别，走到门口时，医生又转过身来。

"还是别指望出现奇迹了。"医生叹道。此时，医生注意到埃伦迪尔嘴角浮现出一抹冷笑。

现在，埃伦迪尔就坐在米凯利娜对面，脑子里想着他那躺在病床上的女儿，还有他那死在暴风雪里的弟弟。米凯利娜的话像一条涓涓细流，缓缓地淌进他的脑中。

"我母亲不是杀人犯。"

埃伦迪尔只是静静地看着她。

"她不是杀人犯。"米凯利娜重复了一遍，"她以为这样做能救下孩子，她是因为害怕才这样做的。"

米凯利娜看了一眼埃琳博格。

"是啊，毕竟他没有死。"埃琳博格说，"没有被毒死。"

"但你刚才说，他反应过来的时候已经太迟了。"埃琳博格说。

"是的。"米凯利娜回答说，"那时候已经太迟了。"

*

那晚，格里穆尔比平时和顺些，可能是因为白天躺在床上被病痛折磨得筋疲力尽了吧。

母亲感觉到腹中传来了阵痛，到了晚上疼得更厉害了。她知道自己快要生了，是早产。她让西蒙把房间床上的床垫还有米凯利娜的沙发上的垫子都搬到了厨房，她把它们铺在厨房的地板上。大约晚饭时分，她在垫子上躺了下来。

母亲嘱咐西蒙和米凯利娜准备好干净的毛巾和热水，到时候好给婴儿擦洗身体。她已经生过三个孩子了，所以很清楚应该做哪些准备工作。

虽然还处于冬天，但天气却意外地开始转暖，白天还下了场雨，温暖的春天似乎就要来了。那天，母亲在外面修整了灌木丛周围的土地，还修剪了枯枝。她说那些浆果会长得非常好，到了秋天，就可以用它们做美味的果酱了。西蒙还是不让母亲离开自己的视线，跟着她去了灌木丛。母亲竭力安抚他，告诉他一切都会好起来。

"不会好起来的。"西蒙说，"不会好起来的。你不能把孩子生下来，不能。他说了，他不会让你生下这个孩子，肯定不会，他一定会杀了这个孩子的。那孩子大概什么时候出生？"

"你不要担心。"母亲说，"孩子出生后，我就把他带到镇上去，他不会看见孩子。他现在病了，只能整天躺在床上，什么也做不了。"

"那个孩子到底什么时候出生？"

"随时都有可能。"母亲温柔地说，"或许很快就结束了。别担心，西蒙，坚强点，就当是为了我，我亲爱的西蒙。"

"你为什么不去医院呢？为什么不离开这儿去别处生下他呢？"

"他不会让我走的。"她说，"他会找到我，然后逼我在家生孩子。他不希望被别人发现。到时候，我们就说孩子是捡来的，然后把他托付给好心人。他会满意这种处理方式的。一切都会好起来的。"

"但他说他会杀了那孩子。"

"他不会那样做。"

"我还是很害怕。"西蒙说，"为什么会变成这样？我不知道该怎么办，我什么也做不了。"他烦闷地嘀咕道。母亲看得出来，他整个人都被焦虑不安的情绪笼罩了。

现在，西蒙就站在那儿，看着躺在厨房床垫上的母亲。除了那间双人房，厨房是家里唯一大一点的地方。她躺在那里，开始痛苦地挣扎起来，但竭力控制自己不要喊出声。而托马斯在格里穆尔的房间里，西蒙偷偷地过去关好了那扇门。

米凯利娜安静地躺在母亲身边。突然，那扇门开了，托马斯经过走廊，来到了厨房。此时，格里穆尔正坐在床边痛苦地呻吟着。他让托马斯去厨房帮他拿点粥，还让托马斯自己也吃点。现在，他自己根本动弹不了。

托马斯经过他母亲、西蒙和米凯利娜身边时，看到了一个婴儿的头。母亲正用尽全力往外推着，不一会儿，婴儿的肩膀也露了出来。

托马斯端着一碗粥，拿着一个勺，正准备尝上一口的时候，被母亲发现了。母亲用眼角的余光看到托马斯正要吃那碗粥。

"托马斯！天呐！别碰那碗粥！别！"她绝望地喊道。

房间里突然死一般的寂静，孩子们惊讶地望着母亲。母亲抱着刚出生的孩子，盯着托马斯。而托马斯因为受到了惊吓，手里的碗滑落到地板上，摔了个粉碎。

卧室里的床吱吱呀呀地开始作响。

格里穆尔穿过走廊，来到了厨房。他看了看母亲和母亲怀里的婴儿，一脸厌恶。然后，他看向了托马斯，最后，目光落到了地板上的粥上。

"原来如此。"格里穆尔惊讶地低声道，好像突然之间找到了长期困扰他的谜团的答案。他扭头看向了孩子们的母亲。

"你要毒死我？"他怒吼。

母亲抬起头望着他。米凯利娜和西蒙都吓得不敢抬头。托马斯站在一旁，呆若木鸡。

"我他妈的居然没怀疑过你！每天昏昏欲睡，恶病缠身……"

格里穆尔环顾厨房。忽然，他窜到橱柜旁，猛地拽开抽屉，发疯似的翻着橱柜，把东西都倒在地板上，又拿起一袋燕麦片，恶狠狠地摔在墙上。袋子破了，一个玻璃瓶滚了出来。

"就这玩意儿是吗？"他大叫，俯身捡起玻璃瓶。"你这么干多久了？"他咬牙切齿地问道。

孩子们的母亲直视着他的眼睛。她旁边的地板上，一根蜡烛在燃烧。她趁他寻找毒药的空当，拿过一把剪刀，放在火焰上烤了烤，颤颤巍巍地剪断了脐带，打了结。

"回答我！"格里穆尔尖叫。

她不需要回答。她的眼神、她的表情和她的固执足以说明一切。不管他怎样毒打她，她的内心深处始终坚定不移地反抗着他。从她无声的抗议和挑衅的眼神里，他明白了一切。

"离我妈远点儿！"西蒙低吼。

"孩子给我！"格里穆尔疯狂地叫着，"把那野种给我，你这该死的毒蛇！"

"离我妈远点儿！"西蒙提高了嗓门吼道。

"现在就把孩子给我！"格里穆尔不顾一切地嘶吼，"要不然我把你们都杀了！一个不留！全都杀了！"

他满腔愤怒地吼着，唾沫随着他的怒火四处喷溅。

"他妈的婊子！不是想杀我吗？你真以为你能杀得了我吗？"

"住嘴！"西蒙怒吼道。

母亲一只手紧紧抱着婴儿，另一只手摸索着剪刀，但她没有摸到剪刀。她的目光离开格里穆尔，四处寻找剪刀，但剪刀不见了。

*

埃伦迪尔看着米凯利娜。

"谁拿了剪刀？"他问。

米凯利娜只是静静地站在窗前。埃伦迪尔和埃琳博格彼此对视了一眼，他们正想着同一件事。

"你是唯一一个活着的知情者吗？"埃伦迪尔问。

"是的，"她说，"唯一一个。"

"到底是谁拿了剪刀呢？"埃琳博格问道。

28

"想见见西蒙吗？"米凯利娜问道。泪水湿润了她的双眼。

"西蒙？"埃伦迪尔问道，不知道她在说什么。继而，他立马回想起来，西蒙就是把她从山上接回来的那个男人。"你是说你儿子？"

"不，不是我儿子，是我弟弟。"米凯利娜说，"我弟弟西蒙。"

"他还活着？"

"对，还活着。"

"那我们必须和他聊聊。"埃伦迪尔说。

"你们从他那了解不到什么的。"米凯利娜笑着说，"不过，还是去看看吧。他喜欢有人拜访。"

"你不打算把你的故事讲完吗？"埃琳博格问，"那个男人真的这么禽兽不如吗？我不相信真会有人这么做。"

埃伦迪尔朝埃琳博格看去。

"边走边说。"米凯利娜说，"我们去看看西蒙吧。"

*

"西蒙！"母亲大喊，万分惊恐。

"离妈妈远点儿！"西蒙尖叫道，声音颤抖着。没等大家反应过来，西蒙早已把剪刀插进了格里穆尔的胸口。

西蒙抽回手来，看到剪刀只露出了手柄的部分。格里穆尔完全不相信眼前这一幕，他望着儿子，似乎还没反应过来。他低头看了看剪刀，想动却动不了，又抬头望着儿子。

"你要杀了我吗？"格里穆尔痛苦地呻吟道，扑通一声跪倒在地。鲜血喷涌而出，溅落在地板上。他慢慢地向后倒去，最后重重地砸到了墙上。

母亲惊恐地抓紧怀里的孩子，默不作声。米凯利娜呆呆地躺在一旁。托马斯依旧站在原地。西蒙浑身颤抖着走到母亲身旁。墙边的格里穆尔一动不动。

屋里一片死寂。

突然，母亲发出一声撕心裂肺的号叫。

*

米凯利娜停顿了一下。

"不知道那孩子生下来就是死婴，还是因为母亲抱得太紧了，让她窒息了。那孩子是个早产儿。预产期本来是春天，但那时候还是深冬呢。那孩子一声不吭，一点儿动静也没有。母亲没帮她清理喉咙，只把孩子的脸深深地埋进她的怀里，她太害怕了，害怕格里穆尔会夺走那孩子。"

按照米凯利娜的指示，埃伦迪尔把车停在了一栋孤零零的房子旁边。房子很普通，没什么特别之处。

"他原本会在春天死去吗？"埃伦迪尔问，"她丈夫？她计划让他春天死吗？"

"我不这么认为。"米凯利娜说，"她已经给他连续下了三个月的毒了，剂量还是不足以致死。"

埃伦迪尔停下车，熄了火。

"你们听说过'青春期痴呆'这种病吗？"她拉开车门时问道。

*

母亲盯着怀里的婴儿，发疯似的摇晃着她，起初低声啜泣，后来开始号啕大哭。

西蒙似乎完全没有注意到母亲的反应，他只是盯着父亲的尸体，似乎还是不能相信眼前这一幕。父亲的尸体下，一摊血缓缓淌出。西蒙浑身颤抖，仿佛寒风里的秋叶。

米凯利娜想安慰母亲，可惜她做不到。托马斯一言不发，面无表情地从他们身旁经过，走进卧室，关上了门。

时间一分一秒地过去。

米凯利娜终于让母亲平静了下来。母亲恢复了神智，不再哭泣，抬起头望了望四周。眼前，格里穆尔倒在血泊里，西蒙站在她身旁瑟瑟发抖，而米凯利娜满脸痛苦地望着她。她开始用热水给婴儿擦洗身体。这个小生命，是西蒙救下来的。她小心翼翼地擦着婴儿，动作轻柔而缓慢。她似乎知道该做什么了。她放下婴儿，站起身，抱住西蒙。西蒙像是生了根似的站在原地，一动不动。慢慢地，他不再颤抖，又开始抽噎起来。母亲把西蒙领到椅子前，让他背对着尸体坐下。然后，她走到格里穆尔跟前，拔出剪刀，把剪刀扔进了水槽。

然后，她自己也瘫坐到了椅子上——刚刚生完孩子的她早已精疲力竭。

她跟西蒙和米凯利娜说了接下来要做的事。他们用毯子把格里穆尔的尸体包起来，推到了前门口。她和西蒙走到离房子很远的地方，然后西蒙开始挖坑。白天停了的雨，此时又下了起来。冬天的雨冰冷、刺骨，大颗大颗地砸在地上。泥土冻了一半，西蒙就用铁镐松了松，挖了整整两个小时。然后，他们把尸体搬到坑边，把毯子一扯，尸体就滚进了坑里。格里穆尔的左手还朝天指着，可母子俩谁也不敢动他。

母亲拖着沉重的步子，回到屋里。顶着寒冷的冬雨，她把婴儿抱了出来，放在了格里穆尔的身旁。

她刚想在坟旁边画十字，却陡然停了下来。

"世上没有这个人。"她喃喃道。

她开始填埋尸体。西蒙站在一旁，看着湿答答的黑色泥土狠狠地落在尸体上。此时，米凯利娜在家里收拾厨房。托马斯却没了踪影。

尸体上已经盖了厚厚的一层土。突然，西蒙看到格里穆尔动了一下。一阵寒战掠过他的身体，他惊恐万分地望着母亲，可母亲似乎并没有注意到。西蒙又低头看了看尸体，惊骇地发现那张被泥土掩了一半的脸居然动了。

他睁开了眼。

西蒙呆住了。

坟墓里的格里穆尔正看着他。

西蒙放声尖叫，母亲停下来，看了看西蒙，又看了看坟墓，发现格里穆尔还活着。大雨冲掉了格里穆尔脸上的泥。他们望着彼此，格里穆尔的嘴唇动了。

"求求你！"

说完，他又闭上了双眼。

她看了一眼西蒙，又看了看坟墓，目光又回到西蒙身上。然后，她拿起铲子继续填坑，仿佛刚刚什么也没发生。格里穆尔完全被泥土掩盖了，消失在视线里。

"妈妈！"西蒙哀号道。

"你先进屋去吧，西蒙。"她说，"一切都结束了。进屋去帮帮米凯利娜。求你了，西蒙，快去吧。"

西蒙望着被大雨淋透的母亲。她佝偻着腰，拿着铲子，一铲一铲地填满了坑。他没有再说一个字，离开了。

*

"兴许托马斯觉得都是他的错。"米凯利娜说，"他从不在我们面前提起这些事，也不跟我们讲话。他把自己关在自己的世界里。从母亲尖叫起来、他吓得摔碎了碗开始，发生的一系列事情改变了我们的生活，也导致了他父亲的死亡。"

他们坐在整洁的客厅里等西蒙。有人告诉他们，西蒙出去散心了，随时可能回来。

"这儿的人很善良。"米凯利娜说，"大家都很照顾他。"

"有人想起过格里穆尔吗？还是……"埃琳博格说。

"母亲把房子里里外外都清理了一遍。四天后，她对外宣称，自己的丈夫徒步穿过赫利舍迪沼泽去塞尔福斯了，之后就再也没听到他的音讯。没人知道她怀过孩子，至少没人问起过。救援队去沼泽地找过他，当然了，不可能找得到他。"

"那你母亲打算说格里穆尔去塞尔福斯做什么呢？"

"母亲不需要想这个。"米凯利娜说，"从来没有人过问过格里穆尔出行的事。他有盗窃的前科。谁会关心他去塞尔福斯干什么呢？这跟他们一点儿关系也没有。值得想的事情多着呢。母亲报警的那天，正好有一个冰岛人被几个美国兵射杀了。"

米凯利娜似笑非笑。

"几天过去了，几周过去了，他再也没有出现过。于是，他被报备成了失踪人口。就像你们经常遇到的那种失踪案。"

她叹了口气。

"母亲为西蒙流了不少眼泪。"

*

一切都结束了，整个屋子安静得可怕。

母亲坐在餐桌旁，身上湿答答的。她把满是污泥的双手搭在桌子上，眼神空洞地望向前方，没有注意自己的孩子。米凯利娜坐在母亲身旁，握着母亲的手。托马斯一直待在卧室里没出来。西蒙站在厨房里，呆呆地望着窗外的雨，眼泪淌满了脸颊。他看看母亲和米凯利娜，又重新看向窗外。那里，红醋栗树的轮廓隐约可见。他走了出去。

他走到灌木丛旁，轻抚着光秃秃的枝干。冰冷刺骨的雨水把他浇得浑身湿透，冻得他瑟瑟发抖。他抬起头来仰望天空，任雨水肆意地砸在他的脸上。天黑漆漆的，远处雷鸣阵阵。

"我知道，"西蒙自言自语，"没有别的办法。"西蒙低下头，任雨水砸在自己的身上。"太难熬了，这种日子太难熬了。我真不明白，他为什么要那样做，真不明白自己为什么不得不杀了他。"

"西蒙，你在跟谁说话呢？"母亲问道。刚刚西蒙出来的时候，她也跟着出来了，此时，她正用双臂抱着西蒙。

"我是杀人犯。"西蒙说，"是我杀了他。"

"你不是，西蒙。在妈妈心里，西蒙永远不会是杀人犯。至少不应该比妈妈多担一点儿罪责。或许这就是他的命，是他自作孽。他已经死了，不要因为他而感到痛苦。"

"我杀了他，妈妈。"

"因为你当时别无选择，你要清楚这一点，西蒙。"

"但我觉得糟透了。"

"我明白，西蒙，我都明白。"

"我真的好难受，从来没有像现在这样难受过，妈妈。"

她望着灌木丛。

"到了秋天，灌木就会结果，那时候，一切都会好起来的。西蒙，你要相信，一切都会好起来的。"

29

　　前门打开了，他们都朝门口看去。一个大约七十岁的男人走了进来。他佝偻着背，头顶白发稀疏，脸上挂着和善的微笑，身穿一件整洁的套头毛衣和一条灰色的裤子。他的一名援助者已经得知了家中有几位客人，于是就把他领进了客厅。

　　埃伦迪尔和埃琳博格站起身。米凯利娜走过去抱了抱他，他朝米凯利娜微微一笑，脸上焕发着孩童般的光芒。

　　"米凯利娜。"这个男人的声音竟洋溢着一股年轻人才有的活力。

　　"你好，西蒙。"米凯利娜说，"我带了几位客人过来，他们一直想见见你。这位是埃琳博格，这位是埃伦迪尔。"

　　"我叫西蒙。"他跟他们握了握手，"米凯利娜是我姐姐。"

　　埃伦迪尔和埃琳博格点了点头。

　　"西蒙很开心。"米凯利娜说，"尽管我们另外几个人从未真正开心过，可西蒙很开心，只要他开心就足够了。"

西蒙跟他们一起坐下。他紧紧地握住米凯利娜的手，微笑着看着她，轻抚了一下她的脸颊，又对埃伦迪尔和埃琳博格笑了笑。

"他们是谁？"西蒙问道。

"都是我的朋友。"米凯利娜回答。

"你在这里过得还好吧？"埃伦迪尔问道。

"你叫什么名字？"西蒙问道。

"我叫埃伦迪尔。"

西蒙微微一笑。

"我是米凯利娜的弟弟。"

米凯利娜轻抚着西蒙的手臂。

"他俩是侦探，西蒙。"

西蒙扭过头望着埃伦迪尔和埃琳博格。

"他俩都知道了。"米凯利娜说。

"妈妈去世了。"西蒙说。

"是啊，妈妈去世了。"米凯利娜应了一句。

"还是你跟他们说吧。"西蒙恳求道，"你来跟他们说。"他望着姐姐，不去看埃伦迪尔和埃琳博格。

"那行，西蒙。"米凯利娜回答道，"我以后再来看你。"

西蒙微笑着站起身，走进走廊，沿着走廊，一步一步地挪出了客厅。

"青春期痴呆症。"米凯利娜说。

"青春期痴呆症？"埃伦迪尔不解地问道。

"我们也不知道这是什么病。"米凯利娜说，"不知道为什么，他似乎停止了生长。西蒙还是原来那个善良的好孩子，但他的心理没有随着身体的成长而成熟。青春期痴呆症属于精神分裂症的一种。西蒙就像彼得·潘。这病有时候与青春期的遭遇有关。或许他早就病了。他一直都很敏感，一发生可怕的事，他就崩溃了。他一直活在担忧和焦虑中，一直忍受着巨大的压力。他觉得自己有义务保护母亲，因为没有其他人能保护母亲。他本是我们当中最高大最强壮的一个，结果后来却成了最弱小的一个。"

"他年轻时就住进了看护所？"埃琳博格问。

"不，母亲去世前——差不多是二十六年前了，他一直跟我和我们的母亲住在一起。像西蒙这样的病人，脾气很温和，非常好相处，只不过，他们需要长期的悉心照顾。母亲在世时，一直照顾着他。西蒙状况好的时候就帮居委会干点儿活。他当过清洁工，拿棍子拾捡垃圾。他一路数着袋子里的垃圾，几乎走遍了雷克雅未克的每个角落。"

他们静静地坐着，一时间陷入了沉默。

"戴夫·韦尔奇再也没有联系过你们？"埃琳博格最后问道。

米凯利娜看了他一眼。

"直到临死前，母亲还在等他。"她回答。

"但他一直没有回来。"

她顿了顿。

"继父回来的那天早晨，母亲在农场给戴夫打了个电话。"她终于说道，"他们聊了聊。"

"那他为什么没上山呢？"埃伦迪尔问道。

米凯利娜微微一笑。

"他们互相道过别了。"她说，"戴夫要去欧洲大陆。那天一早，船就要出发了。母亲打电话给戴夫，不是要告诉他她有危险。她只是想跟他道别，告诉他一切都好。戴夫说他一定会回来，兴许他在战斗中牺牲了。母亲再也没听到任何有关他的消息。战争结束了，他还是没有回来……"

"可为什么……"

"她觉得格里穆尔会杀了戴夫。所以，她独自一人回到山上，不希望他去帮她。她想自己解决一切。"

"戴夫一定知道你继父即将出狱。而你母亲和戴夫的事早已传得沸沸扬扬。"埃伦迪尔说道，"你继父肯定也知道，他肯定也听说了。"

"不知道我继父到底是从哪儿听来的。母亲和戴夫约会都是私底下的，我们真不知道他怎么就知道了。"

"那个孩子……"

"人们不知道她怀孕了。"

埃伦迪尔和埃琳博格思索着米凯利娜的话，沉默了许久。

"托马斯呢？"埃伦迪尔问，"他过得怎么样？"

"托马斯死了，只活到了五十二岁。他离了两次婚，有三个孩子，都是男孩。我跟他们没有任何联系。"

"为什么？"埃伦迪尔问道。

"他跟他的父亲一个样。"

"怎么一样了？"

"生活得不幸福。"

"什么意思？"

"儿时的经历把他变成了另一个格里穆尔。"

"你是说……"埃琳博格看着米凯利娜，一脸疑惑。

"脾气暴躁，虐待妻儿，酗酒。"

"他和你继父关系怎么样？会不会是……"

"我们都不知道。"米凯利娜说道，"我觉得不是这样，我希望不是这样。我尽量不去想这件事。"

"你继父临死前说的那句话是什么意思呢？'求求你！'他是想求你母亲帮他？求你母亲原谅他？"

"我和母亲也讨论过，母亲有个解释，我们俩都比较认同。"

"什么解释？"

"格里穆尔一直都知道自己是个什么样的人。"

"我没懂你的意思。"埃伦迪尔说道。

"格里穆尔知道自己是个什么样的人，而且我觉得，在他的内心深处，他知道自己为什么会变成那个样子，只是他从来不跟我们说。我们都知道，他的童年很不幸。曾经，他也是个小男孩，成年后的他与曾经的那个小男孩一定有着千丝万缕的联系，那个小男孩时不时地出来召唤着他。即使在他愤怒到难以控制的时候，那个小男孩还在喊着，叫他停下来。"

"你的母亲真的很勇敢，勇敢得让人惊叹。"埃琳博格感叹道。

"我可以跟他说说话吗？"埃伦迪尔沉默了片刻，问道。

"你是说西蒙？"米凯利娜问道。

"可以吗？我能单独进去见见他吗？"

"他从不提起这些事。母亲觉得，就当什么都没发生过最好。母亲去世后，我试图让西蒙敞开心扉，却发现那几乎毫无希望。好像过去的一切都消失了，他只记得那以后的事情。不过，如果我逼着他说，他会偶尔说上那么一两句。否则，他就把自己完全封闭起来。他活在另一个更平静的世界里，一个他为自己创造出来的世界。"

"你介意吗？"埃伦迪尔说道。

"我觉得不要紧。"米凯利娜说。

埃伦迪尔站起身来，沿着走廊走了出去。大部分房间的门都开着，他看见西蒙坐在床边，盯着窗外。埃伦迪尔敲了敲门，西蒙这才转过头。

"我可以进来吗？"埃伦迪尔问道，等待他的许可。

西蒙望着他，点了点头，随即又扭头望着窗外。

桌边有把椅子，但埃伦迪尔还是走到西蒙身旁，坐在了他的床上。桌上有些照片，埃伦迪尔一眼就认出了米凯利娜，中间那位年长的妇女应该就是他们的母亲。埃伦迪尔伸出手，拿起了照片。妇女坐在厨房的桌旁，穿着一件彩色花纹的薄尼龙长袍——那时候，很多她这个年纪的妇女都穿这个。她对着镜头，笑容里带着几分拘谨、几分神秘。西蒙坐在她身边，笑得很灿烂。埃伦迪尔觉得照片应该是在米凯利娜的厨房拍的。

"这是你妈妈吗？"他问西蒙。

西蒙看了看照片。

"嗯，是我妈妈，她去世了。"

"我知道。"

西蒙又望向窗外，埃伦迪尔把照片放回桌上。有一会儿，他们都没有说话。

"你在看什么呢？"埃伦迪尔问。

"妈妈跟我讲过，一切都会好起来的。"西蒙说，眼睛仍然盯着窗外。

"确实一切都好了。"埃伦迪尔说。

"你要把我带走吗？"

"不，我哪儿也不带你去，就想见见你。"

"或许我们会成为朋友。"

"当然啦。"埃伦迪尔说。

他们安静地坐着，两人都望着窗外。

"你有一个好父亲吗？"西蒙突然问道。

"是的。"埃伦迪尔回答道，"他是个好人。"

又是一阵沉默。

"你能跟我讲讲你的父亲吗？"西蒙最终开口说道。

"当然。"埃伦迪尔说，"他……"

埃伦迪尔停了下来。

"他怎么了？"

"他失去了一个儿子。"

他们又都凝视着窗外。

"我只想知道一件事。"埃伦迪尔说道。

"什么事？"西蒙说，

"她叫什么名字？"

"谁？"

"你妈妈。"

"为什么想知道？"

"米凯利娜跟我说起过她，但从没告诉过我她的名字。"

"她叫玛格丽特。"

"玛格丽特。"

这时,米凯利娜出现在门口,西蒙看见她便站了起来,向她走去。

"你给我带浆果了吗?"他问道,"你带红醋栗来了吗?"

"等到秋天,我就给你带些来。"米凯利娜回答,"今年秋天,我就会给你带些浆果来。"

30

埃娃·琳德依旧一动不动地躺在死气沉沉的重症监护病房里。突然，她的眼眶里悄悄涌起了一小颗泪珠，然后泪珠慢慢变大，最后滑出了眼角，顺着她的脸颊淌了下来。

几分钟后，她睁开了眼睛。